아침
15분

긍정일기

긍정일기

아침 15분

"나는 지금 당장 행복해지기로 결심했다"

조영근 지음

미래북
miraebook

아침 긍정일기 활용법

당신은 4차원의 세계에 살고 있다!

인간이 과거를 생생하게 기억하게 된 이유는 지난날을 되돌아보는 과정이

미래의 가능한 시나리오를 유추하는 데 매우 중요하기 때문이다.

그리고 미래를 내다보는 것은 환경에 적응하는 데 반드시 필요한 능력이다.

-캐슬린 맥더모트

아침 긍정일기를 쓰는 창의적 마인드 세팅

- 긍정적 의도로 감사할 내용들을 찾아본다.
- 시각, 청각, 촉각, 후각, 미각, 모든 감각을 총동원한다.
- 미래의 꿈을 움직이는 그림으로 만들어 본다.
- 과거의 부정적 내용도 일기에 쓰면 긍정적 현실로 변한다고 믿어라.
- 지금 당장 시작하라.

어제의 당신보다 미래의 당신을 생각한다. 오늘의 당신을 아침 긍정일기에 적는다. 이미 이루어진 것처럼 당신은 미래로부터 현재에 와서 살고 있다. 아침 긍정일기에 그린 당신의 하루는 최고의 하루이다. 당신이 이루고자 하는 결과는 반드시 이루어질 것이다. 이미 이루어졌다.

아침 긍정일기 쓰기를 위한 준비 사항

- 몰스킨(Moleskine) 혹은 오롬(Orom) 다이어리처럼 최고급 제품을 준비한다.
- 몽블랑 만년필 등 최고급 펜을 준비한다.
- 매일 아침 15분을 준비한다.

매월 초 키워드 체크

- 매월 초에는 지난달에 적었던 일기를 다시 본다.
- 3색 볼펜을 이용한다.
- 매일 적은 일기 내용 중 키워드 3가지를 뽑는다.
- 키워드에 네모칸 혹은 동그라미로 마구 표시해 둔다.
- 여백에는 그때 느낌을 메모해 둔다.

나는 주말에 외출할 때는 지하철을 주로 이용한다. 몰스킨 검정 고급 가죽 일기장과 3색 볼펜 한 자루만 가볍게 손에 들고 집을 나서는데 상당히 간편하다. 국내 주식 시장의 색깔을 활용한다. 빨강(+) 좋은 것을 표시한다. 파랑(-) 안 좋은 것을 표시한다. 검정은 중립적이거나 추가로 코멘트를 적을 때 활용한다.
.

'긍정 외침' 을 만들고 활용하는 방법

- 주어는 항상 '나'이다. 당신 자신에게 하는 말이다!
- 긍정 외침은 현재형으로 적는다. 이제 당신에게 '불안'은 없다!
- 짧게 외치기 좋은 한 문장으로 만든다. 당신의 행복을 사랑하는 사람들에게 나누어 주어라!
- 반복해서 매일 외친다. 당신이 이 책의 긍정 외침만 따라 읽어도 이미 성공했다!
- '감사하다!'라고 자기최면을 걸어라. 시작과 끝에 '이미 이루어진 것'에 대해 감사했다면 당신은 행복한 사람이다!

'긍정 외침'이란, 생각하고 있는 긍정적 사고를 말과 행동으로 항상 이어질 수 있게 만들어 준다.

내면을 채우고 싶은 욕구,
내면에 숨겨진 진짜 나를 만나라

인생에 정말 중요한 것을 찾기 위해 얼마나 고민했는지 곰곰이 생각해 보았다. 주변의 친구들도 어느덧 20대를 지나 30대로 접어들며 고민을 하기 시작했다. 인생에서 가장 중요한 것은 무엇인지 진지하게 고민해보지 못하고 대학 때는 술 마시며 흥청망청 보냈다. 대학을 졸업하고는 취업 준비하며 여기저기 돌아다니고, 결혼할 생각하며 안절부절못하는 모습을 많이 보게 됐다.

내가 20대 초반에 인터넷을 시작하며 만들어 낸 아이디가 ingforme이다. '달려가고 있는' 모습의 영어 현재진행형 ing 그리고 '나를 위한'다는 뜻인 for me를 붙여서 의미를 만들었다. "나를 위한 인생을 달려

간다!" 나는 항상 이 문구를 실천하기 위해 노력하려 했다. 지금 벌써 30대 중반을 달려가고 있음에도 내 인생에 중요한 건 무엇인지 진지한 고민을 하지 못하고 넘어갈 때마다 반성하게 된다.

어느 날 '과연, 인생에서 가장 중요한 것들은 무엇인가?' 자문했다. 돈인가? 가족인가? 일인가? 멋진 집이나 차인가? 아님 무형의 가치들인 행복인가? 성공인가? 아침 15분 동안 이러한 가치들에 대해 생각해 보았다. 일을 시작하기 전에 온전히 나만의 시간을 가질 수 있다면 하루가 좀 더 행복해지지 않을까? 내가 긍정일기 쓰기를 시작한 계기는 바로 내가 지금 무엇을 해야 할지에 대한 고민 때문이었다. 그리고 어떻게 해야 할지를 고민한 데에서부터 아침 긍정일기에 적기 시작했다. 나는 '나를 사로잡고 있는 내 인생에 중요한 것들은 무엇인가?'라는 5가지 의문이 있었다.

'나는 부모님께 정말 효자일까?'
'내가 진짜 하고 싶은 일은 무엇인가?'
'나는 정말 건강한가?'
'나는 왜 여자 친구와 계속 싸우고, 헤어지는 걸까?'
'나는 시간과 돈을 가치 있게 쓰고 있는가?'

주로 2030세대가 고민하는 것이다. 가정, 직장에서의 성공, 건강, 연애와 결혼, 재테크와 시간관리 등 어쩌면 남녀노소를 떠나 중요한 일이라 생각한다. 이에 대한 간단명료한 해답으로서 저자의 경험이 책에 담겨 있다. 내가 생각하는 '아침 긍정일기'란 이런 것이다.

일기 = 자신의 영혼

일기를 쓰는 것 = 영적인 휴식을 가지며 '나다움'을 완성하는 것

일기장 = 자신의 인생철학이 담긴 꿈 그림 노트

긍정 외침 = 물질과 비물질의 '풍요로움'을 자신 안으로 끌어오는 적극적 행동

　내가 아침 긍정일기를 쓰다가 책으로 출간한 이유가 있다. 첫째, 나의 이야기가 분명 타인의 기준에 흔들리거나 사로잡혀 있는 2030세대에게 자기 확신을 심어줄 수 있을 거라 믿는다. '아침 긍정일기 쓰기'라는 작은 행동에서 시작하여, 많은 젊은이들이 고민을 스스로 해결할 수 있도록 해주고 싶다. 나는 지금도 수많은 고민들을 일기장에 적어나가고 있다. 매일 아침 긍정일기를 쓰다 보니 자연스럽게 책으로 출간할 수 있는 기회가 주어졌다. 현재 2030세대가 가장 크게 고민하는 5가지 주제에 대해 내가 생각하는 올바른 가치관과 성공 사례들을 적어 보았다. 이 주제들에 대해 같은 고민을 가진 분들이라면 '아침 긍정일기 쓰기'를 통해 조금이나마 도움이 됐으면 하고 바란다. 또한 일기를 오랜만에 다시 써보려고 하는 분들은 다음을 명심하면 좋겠다.

　'행복 = 성공 = 돈 = 시간 = 풍요로움'

모두 일맥상통—脈相通하는 느낌의 말이다. 다음과 같은 분들에게는 아침마다 일기 쓰기를 권해 드린다.

"지금의 무의식적인 삶을 '의식적인 삶'으로 바꾸고 싶다."
"물질적인 부뿐만 아니라 '정신적인 부'도 쌓고 싶다."
"지금보다 더 '성공'하고 싶고, '행복'해지고 싶다."
"나의 색깔을 찾고 '나다운 삶'을 살고 싶다."
"내 안에 '풍요로움이 가득한 삶'을 원한다."

당신은 아침 긍정일기 쓰기를 통해 자기 안에서 벌어지고 있는 모든 일들에 대해 이해하게 될 것이다. 당신과 상호작용하는 주변 사람들의 삶에 대해서도 이해하게 될 것이다. 아침 긍정일기 쓰기는 당신 삶에 '나다움'이라는 소망을 일깨워준다. 기쁘고 즐겁게 하루하루를 살 수 있도록 스스로 빛을 밝혀줄 것이다.

한 달이 지난 후 당신이 매일 썼던 일기를 바라보며 '내가 정말 이렇게 생각했었나? 이게 내가 쓴 글이 맞나?' 할 정도로 놀라운 경험을 하게 될 것이다. 일기장이 소중하게 보일 것이다. 풍요롭고 행복한 마음이 솟아날 것이다. 지금 당신의 이야기를 일기장에 적어라!

2015년 새로 마련한 나의 안식처에서
조영근

9

CONTENTS

DAILY OF
POSITIVE THINK
PART1

마음,

여행이
시작되는 곳이자
끝나는 곳이다

스스로 '나다운' 삶을 살 수 있게 무의식을 의식적으로

바꾸기 위한 습관을 들이는 데는 시간이 걸린다.

오늘부터 아침 긍정일기를 쓰며 긍정 외침을 매일 외쳐 보자

바로 당신, 여행에서 가장
중요하게 챙겨라

01

행복은 종착지가 아닌 여정임을 기억하라

- 로이 구드만

"잘 사니?"

간만에 친구에게 전화가 왔다. 나는 깜짝 놀라며 전화를 받았다.

"이 아침에 웬일이야?"

친구는 담담히 대답했다.

"나 오늘 새 직장에 첫 출근해."

친구의 사업이 망했다고 얘기했다. 안정적인 공기업을 박차고 나와 동업으로 사업을 시작한다고 했었다. 취업 준비하는 학생들을 대상으로 정부의 지원을 받아 공익에 기반을 둔 이익을 추구하는 사업이라고 했었다. 사업한다고 했을 때 나는 기뻤다. 취업을 준비하는 학생들에게 강의를 부탁할 일이 있을 테니 그땐 잘 준비해서 도와달라고 했다. 친구의 사업이 잘 되길 응원했는데 안타까웠다.

다행히 금전적 손해는 크지 않다고 했다. 그렇지만 다양한 일을 하며 아직 한곳에 정착하지 못하는 친구가 불안해 보였다. 어떻게 사업을 정리하고 다시 구직을 하게 되었는지 친구는 지금은 너무 혼란스러우니 나중에 만나면 설명해 주겠다고 했다. 혼자 짐작해 보건대 이 친구는 특별한 꿈이 없이 기회에 따라 이리저리 떠도는 여행객처럼 보였다.

문득, 일본 여행이 생각났다. 포항에서 해병대 정보장교로 전역하던 날 바로 여행을 떠났다. 해병대 빨간색 트레이닝복을 입고, 출퇴근을 같이 하던 파란색 자전거를 준비했다. 애국심으로 곧게 펴진 태극기도 자전거에 꽂았다. 그리고 텐트와 침낭을 싣고 부산으로 가 후쿠오카행 배에 실었다. 아직도 잊을 수 없다, 2월 28일. 3월이 되면 남쪽 일본은 따뜻할 거라 생각하고 2박 3일로 계획한 여행이었다. 하지만 일본도 텐트에서 노숙하기엔 추운 기온이었다. 전역 1주일을 남기고 급조한 여행이었기 때문에 철저한 준비를 할 수 없었다. 전역과 동시에 자유를 만끽하며 일본 땅에서 자전거를 타고 싶다는 단 한 가지 이유 때문이었다.

후쿠오카에 도착했다. 부산과 같은 항구 도시였는데 거리에 쓰레기 하나 없을 정도로 깔끔했다. 항구의 냄새를 맡으며 자전거를 타고 무작정 돌다가 점심때가 되면 근처 라면집에 들어가 라면도 먹고, 일본

돈카츠와 우동도 자유롭게 골라 먹었다. 후쿠오카 사람들은 친절해 보였고, 자전거의 태극기와 한류 스타들에 관심 있는 아주머니들을 길에서 만나 수다를 떨기도 했다. 나는 일본어에 서툴고 아주머니들은 한국어에 서툴러서 서로 일본어와 한국어를 짬뽕으로 뒤섞어 막 떠들어대는 모습은 상상만으로도 웃음을 자아낸다.

그냥 특별한 목적 없이 자유를 만끽했다. 아무 거침도 없었다. 다른 핑계거리도 목적도 없이 시간은 신나게 잘 갔다. 해가 어느 정도 질 때쯤에 노숙할 곳을 물색했다. 조용한 주택가 한편에 놀이터가 있었다. 그 당시 나는 일본에 노숙이 금지되어 있다는 걸 몰랐다. 지금 생각해보면 여행하는 동안 경찰에 걸리지 않은 게 참 다행이란 생각이 든다. 여행을 하며 혼자서 사진 찍고, 혼자 밥 먹고, 혼자 자전거 타고, 혼자 잤다. 정말 자유롭게 자전거를 타고 돌아다녔다.

자전거 일본 여행을 하며 많은 생각을 했다. 그리고 깨달은 게 한 가지 있었다. 여행에서 가장 중요한 것은 바로 '나'라는 사실이었다. 일본의 깔끔한 거리를 느끼는 것도, 후쿠오카 항구의 냄새를 맡는 것도, 지나가는 친절한 일본인들과 대화를 하는 것도, 일본 라멘을 먹는 것보다 바로 '나'에 대해 생각해 보는 시간을 충분히 갖는 것이 더 중요하다는 것을 깨닫게 되었다. 나는 왜 이곳에 왔고, 또 돌아가서는 무엇을 하고 싶은가? 그리고… 과연, 나는 지금 행복한가?

삶은 계속해서 가보지 않았던 곳으로 나를 이끈다. 여행처럼 새로운 곳에 가면 새로운 무언가가 있을 거란 생각과 기대감으로 가득했다. 대학 때도 많은 곳을 여행했다. 프랑스어를 전공하며 파리와 리옹, 스트라스부르 등 유럽을 3번 정도 다녀오며 독일, 핀란드, 오스트리아에 있는 친구들도 만났다. 유럽을 갔던 이유는 현지에 친구들이 많았기 때문이다. 대학 때는 그냥 호기심에 여행을 했고, 나에게 '역마살' 같은 게 있지 않나 생각하기도 했다.

군대에서 전역하자마자 떠난 일본 여행을 통해 느낀 게 있다. 여행이 끝나고 나면 늘 '공허함'이 밀려왔다. 많은 여행 후에는 항상 허무함 비슷한 감정을 느끼면서 더 이상 혼자 여행은 하지 않기로 다짐하곤 했었다. 그러나 일본 여행 후에는 오히려 나를 찾아 떠나는 여행을 해야겠다고 생각했다. 나를 찾는 일은 어쩌면 실제 여행이 방해가 될 수도 있다. 오히려 여행을 가며 주변 환경에 관심을 뺏기기 때문이다. 대신, 내 스스로 나와의 대화 시간을 많이 가질수록 더욱 나에 대해 잘 알아갈 수 있다는 것을 느끼기 시작했다.

나는 주로 여행에서 어느 국가, 어느 도시를 갔는지를 기억한다. 왜냐하면 다녀온 곳의 숫자를 세기도 편하고, 지도에 찍어 표시하기도 좋고, 남들에게 자랑하기도 좋기 때문이다. 하지만 정작 내가 그곳에서 무엇을 느꼈는지는 상대적으로 기억이 적었다. 그리고 당시에는 일기를 쓰며 기록해 두지도 못했기 때문에 딱히 여행에서 기억에 남을 만한 스토리도 많이 간직하지 못했다. 그저 'SNS'에 찍은 사진들을 올리며 기억을 되새기고 정리한 게 전부였다.

인생을 여행에 비유하고 싶다. 여행을 통해 새로운 곳으로 간다. 그런데 내가 언제, 어디를 가든지 중요한 것은 내가 그곳에 온전히 나로 있어 행복하냐는 것 아닐까? 내가 어디에 있든, 언제든, 무엇을 하든, 누구와 있든지 간에 나로서 행복한지가 아침 긍정일기를 쓰며, 그리고 책을 집필하며 느낀 가장 큰 삶의 무게 중심이었다.

괴테Johann Wolfgang Von Goethe의《파우스트Faust》에서 신은 이렇게 말했다고 했다.

> "그가 지상에서 살고 있는 동안에는 네가 무슨 일을 하든 금하지 않겠
> 노라. 인간은 노력하는 한 방황하는 법이니라."

대학생 때부터 방황하는 나를 알고 싶었다. 대부분 대한민국 사람들의 학창시절이 비슷하지 않은가 싶다. 고등학생 때까지는 매일 일어나서 학교 가고, 수업 끝나면 학원을 가거나(제주도는 학원이 없어 나는 학원을 다니지 않았다) 자율 학습하러 도서관이나 독서실 갔다가 밤늦게 들어와서 자고, 또 일어나 학교 가는 생활의 반복이었다. 고등학생 때까지만 해도 책도 거의 읽지 않았다. 그러다 대학에 진학하면서 나는 심리학에 대해 관심을 가지기 시작했고, 나를 알아가고 싶었다. 나라는 사람에 대해 궁금했다. '내가 왜 이렇게 행동을 했을까?, 내가 왜 이런 생각을 했을까?, 나는 어떤 걸 하고 싶은가?' 등등에 대해 말이다. 그리고 나에 대한 이해가 확장되면서 다른 사람들의 생각과 말과 행

동에 대해 관심이 생겼다. '왜 저 사람은 저런 말을 하지?, 저 사람은 왜 저런 행동을 하지?'라는 궁금증이 생기기 시작했다.

우리네 청춘은 '내가 지금 행복한가?'를 고민해 볼 시간도 없이 달려 간다. 여행에서는 쉬면서 생각도 하고 기록도 필요한데 말이다. 여행 을 하며 자신의 행복감을 느끼지 못하는 것이나 자신이 추구하는 삶 의 중심을 찾지 못한다는 것은 목적지를 알 수 없는 KTX에 타고 있는 것과 마찬가지이다. 내 의지, 내가 원하는 삶, 나다운 삶을 살기 위해 어떻게 해야 할까? 아침을 정신없이 보내다 보면, 하루도 정신없이 가 기 마련이고, 하루가 정신없이 가면, 일주일, 한 달이 금방금방 간다. 나는 이 아까운 청춘의 시간을 그냥 흘려보내지 않고 꼭 잡고 싶었다.

사업을 정리한 친구도 비슷한 심정일 것이라 느꼈다. 통화를 끊기 전, 지금도 아침에 일찍 일어나는지 물어보았다.

"너 요즘도 아침 일찍 일어나니? 난 요즘 5시에 일어나는 습관을 들 이고 있어."

친구는 피곤한 기색도 없이 대답한다.

"그럼! 나는 아직도 4시 반에 일어나고 있어."

친구를 응원해 주고 싶었다.

"그럴 것 같았어. 내가 아침에 일어나면 긍정일기를 쓰거든. 너도 꼭 써봐. 돈이 들어오기 시작할 거야."

친구에게도 아침 긍정일기를 쓰며 자신과 대화할 수 있게 권해 주 었다.

이 친구는 같은 대학을 다니며 친해졌는데 상당히 인상적이었다. 시험기간이면 어김없이 도서관에 제일 먼저 갔다. 6시 도서관 문이 열리기도 전에 늘 기다리고 있었다. 친구는 셔터를 올리는 경비 아저씨와 인사하며 첫 자리를 잡을 정도로 부지런했다.

전화를 끊고 나서 '매일 성공하면서 행복해져라!' 이 말을 문자 메시지로 보내주었다. 내가 그렇듯 친구의 시간도 목적 없이 흘러가고 있다는 걸 느낄 수 있었다. 진심으로 친구가 긍정일기를 통해 스스로의 꿈을 찾아가길 바랐다. 우리가 살아가면서 목적과 방향을 잃는 순간이 온다. 이때 진정 되돌아봐야 할 것은 무엇일까? 주변 상황이나 타인보다 자기 자신의 마음을 우선 돌봐야 하지 않을까?

당신이 있는 곳이 지옥이라 생각하면 지옥이 되고 천국이라 생각하면 천국이 될 수 있다. 당신이 있는 그곳이 천국이 되길 간절히 바란다. 당신이 행복한 여행을 하길 원한다. 당신의 삶을 무의식에서 의식 수준으로 끌어올릴 수 있는 기술을 활용하면 된다. 스스로 '나다운' 삶을 살 수 있게 말이다. 무의식을 의식적으로 바꾸기 위한 습관을 들이는 데는 약 한 달 정도가 걸린다. 오늘부터 아침 긍정일기를 쓰며 내가 제시하는 긍정 외침을 매일 외쳐 보라.

 긍정 외침

"행복해지기 위해 진정한 나를 찾는 여행을 시작한다. 어디에 있든 무엇을 하든 중요한 건 나의 마음이다. 다른 사람이나 상황이 아닌 나로부터 모든 일은 시작되고 완성된다. 나는 내가 생각한대로 이루어질 것이다!"

잘못 들어선 길에서의 만남이
당신을 크게 한다

02

우리는 모두 발명가이다. 각자 세상에 하나 밖에 없는 개인 해도에 의지하여
발견을 위한 항해에 나선다. 세상은 온통 문이고 기회이다.

- 랄프 왈도 에머슨

공부가 재미있어서 시작한 건 고등학교 2학년 때부터였다. 같은 반
에 함께하는 공부 멤버가 있었는데 KY, YS, JH 그리고 나 이렇게 4명
이었다. 우리는 쉬는 시간에도 앞자리에 앉아 공부했다. 점심시간에도
급식소 가서 기다리는 시간 1분조차 아까워 공부하다가 가서 점심을
먹었다. 우리 4명은 점심 먹고 들어와 바로 또 공부하기 시작하는 놀라
운 집중력을 보였었다.

아침에 학교 가서 책상 앞에 앉자마자 공부를 하기 시작했다. 수업
시작과 끝나는 타이밍에도 분초를 쪼개서 책 한 페이지라도 더 봤다.
시간을 금쪽같이 아껴 썼다. 게다가 고등학교 2학년 때는 다른 친구들

이 공부를 잘 안 했기 때문에 내가 공부하면 하는 만큼 성적이 쑥쑥 올라 투자한 노력대로 성과가 나왔다. 이 경험으로 생전 처음 공부하는 것이 성장하는 기쁨을 가져다준다고 느꼈다. 공부하는 것이 나의 미래를 밝혀 줄 중요한 방법임을 깨달았다. 그러다 보니 공부가 더 재미있었다.

3학년이 되자 너도 나도 대학수학능력시험을 위해 공부를 했다. 물론 2학년 때 기초를 튼튼히 잘 쌓아둔 덕택에 3학년 때 수업은 어렵지 않았다. 학교 진도 맞춰 문제 푸는 것보다 스스로 자습하는 게 문제 푸는 속도가 더 빨랐을 정도였다. 당시 성적 우수자들은 심화반을 따로 운영했는데 나를 포함한 대부분 심화반 친구들은 수업시간에도 선생님 수업 안 듣고 앞자리나 옆자리에서 혼자 문제를 풀었다. 오히려 대학수학능력시험을 더 빨리 쳤더라면 더 좋은 점수가 나왔을 수도 있었을 거란 생각도 했다.

그런데 나는 당시에 대학에 무슨 과가 있는지조차 잘 알지 못했다. 그냥 점수 맞춰 갈 수 있는 학교는 서울대는 안 되었고, 고려대나 연세대 정도였다. 고등학교 3학년 때는 너도나도 하는 의무적인 공부가 재미없었고, 무엇보다도 뭘 하고 싶은지에 대한 확고한 꿈이 없었다. 2001학년도 대학수학능력시험은 무척 쉽게 출제되어 사상 초유의 수능 만점자가(64명) 나왔다. 내가 다니던 학교는 신흥 명문 고등학교로 2명의 만점자가 나왔다. 그런데 나는 모의고사 점수만큼만 나왔으니 오히려 수능을 못 본 것이 되어 버렸다. 시험지를 채점하면서 틀린 문제를 하나씩 볼 때마다 '이거 맞을 수 있었는데!' 하며 아쉬운 탄성만 질러댔다.

수능 시험 다음 날 학교에 갔더니 반에서 1등 하던 HJ는 조용히 있었다. 그래서 나는 '얘가 시험을 못 봤나?' 궁금해졌다. 으레 다들 수능 점수 가채점한 것을 가지고 점수 잘 나왔는지 서로들 묻곤 했다. HJ에게 다가가 왜 조용히 있느냐고 물어보니 "시험을 너무 잘 봐서, 내가 전체 수석하면 어쩌나 싶어서"라고 대답했다. 나는 그 얘기를 듣고 어이가 없어 '빵' 터졌다. HJ의 수능 점수는 정말 좋았기 때문에 충분히 서울대 합격도 가능하리라 담임 선생님도 예상했지만, 점수 인플레이션이 너무 심해 서울대는 떨어지고 고려대 경영학과에 4년 장학생으로 합격했다. 그 당시 시험이 얼마나 쉽게 출제되었는지 짐작할 수 있으리라 생각한다.

한편, 나의 수능 점수대에는 1~2점 차이에 가장 많은 수험생이 몰려 있었다. 약 2천 명 가까이 1점 사이에 몰려 있었던 것으로 기억한다. 2천 명이면 서울 시내 4년제 대학 1학년 정원의 절반 가까운 인원이다. 수능 문제 수학 최저 점수가 한 문제에 2점이었으니 한 문제만 더 맞았더라면 아마 당시 원하는 학교에 충분히 합격했을 거란 생각이 든다. 그렇지만 수학 문제 하나 더 틀린 것은 내가 3학년 때 게으름 피운 벌을 하늘이 주신 거라 생각했다. 신께서 나에게 재수하며 게으름 피우지 말고 정신 차리고 한 번 더 공부하라고 주신 기회라고도 생각했다.

올림픽 경기 중 모태범과 이상화가 출전했던 스피드스케이팅이라는 종목이 있다. 0.001초 차이로 메달 색깔이 바뀐다. 결승전에 출전한 모든 선수들의 시간 차이는 1초도 아닌 0.9초 이내이다. 하지만 1등, 2등, 3등은 메달 색깔부터 사회적, 경제적, 국가적 차원의 대우가 크게 차이 난다. 대학 입학 원서 접수할 때 나는 별 생각이 없었다. 올림픽 메달리스트들과 달리 순수한 올림픽 정신으로 원서 접수 행사에 참가하는 데에만 의의를 두었다. 그래서 합격하고자 하는 의지도 없었고 불합격해도 미련이 없었다.

그런데,
내 꿈은 뭐지?

지금 생각해 봐도 당시 특별한 꿈이 없었다. 주변에 조언을 구하거나 들을 수 있는 기회가 많이 없기도 했고, 친인척 중에 먼저 서울로 대학에 진학한 사람도 없었다. 학교 선생님들과의 진로 상담은 형식적이었고, 친구들과도 꿈에 대해서는 거의 이야기를 하지 않았다. 그저 교과서와 문제집 보고 시험공부만 할 뿐이었다.

특히 어머니는 나의 적성에 대해 관심이 전혀 없으셨다. 진로에 대한 조언이나 고민을 누군가와 나눌 수 없어 나는 섭섭하기도 하고 정신적으로 힘들기도 했다. 다른 어머니들은 자식 진로에 대해 상당히 관심이 많은데 나의 어머니는 어릴 때부터 공부하라는 얘기조차 하지 않으셨다. 그리고 학원을 보내주지도 않았다. 고등학교 때 막연히 생각했다. '어머니가 나의 진로나 적성에 조금만 더 관심을 가져 주셨더라면 서울대를 목표로 할 수 있었을 텐데….' 하는 아쉬움도 있었다. 대신 아버지는 "네가 공부하겠다고 하면 학비는 아버지가 만들어 주겠다."고 말씀하셨다.

나는 스스로 재수를 결심했다. 아버지는 나에게 경찰대학을 가라고 하셨다. 아버지가 왜 경찰대를 가라고 했는지 자세히는 몰랐지만 그냥 아버지가 가라고 했으니 '아버지 뜻에 따르자'라고 생각했다. 하지만 간절함 같은 게 없었다. 그저 아버지가 가라고 하니 나도 도전 같지 않은 도전을 한 셈이다.

부모님은 어릴 적부터 내가 "왜요?"라고 질문하는 걸 상당히 싫어하셨다. 내가 질문을 하도 많이 해서 귀찮아했다. 제발 말 좀 그만하라고 했던 기억이 난다. 그저 나는 잘 몰라 궁금해서 물어본 것이었는데 부모님은 하지 말라고 말만하지 그 이유나 상황에 대해서 납득할 만하게 설명해주신 적이 거의 없었다.

재수 때도 나의 꿈과는 상관없이 아버지가 원하는 경찰대학교에 원서를 넣었다. 하지만 내 마음은 이미 경찰대학과 나와의 연관성을 찾을 수 없다는 걸 알고 있었다. 1차 경찰대 학력고사와 2차 체력장 시험을 치르며 본 경찰대 선배들은 멋있었다. 우수한 수능 성적의 자부심과 경찰 간부라는 직업적 안전성이 있다는 것도 알게 되었다. 그렇지만, 정작 나는 머리 짧게 자르는 게 싫었고, 딱딱한 경찰 조직에 잘 적응할 수 있을지에 대한 불안감이 더욱 컸다. 그냥 '아버지를 위해 그래도 도전하자'라고만 생각했다. 그래서인지 수능 점수가 경찰대 합격에 도달하지 못했고 결과는 좋지 않았다.

H대 경제학과에 61:1의 경쟁률을 뚫고 합격했다. 아버지께는 입학해서 다니겠다고 말씀드렸다. 하지만 실패한 수능 시험에 대한 미련이 남아 있었다. H대를 잠시 입학하고자 했던 이유는 휴식이 필요했다. 배수의 진을 치고 남아 있는 모든 배를 불사르는 심정으로 수능 시험에 한 번 더 임하고자 마음을 다지기 위한 방책이었다. 그런데 반성도 하기 전에, H대에서 B를 만났다.

B를 처음 본 건 중간고사 기간 경영대 도서관이었다. 큰 눈에 아이 같은 표정이 내 시선을 사로잡았다. 고향이 서울이어서 그런지 상당히 세련됐고, 성격이 밝아 보였다. 그녀는 항상 책을 손에 들고 다녔다. 벤치에 앉아 책을 읽는 모습도 간간히 보였다.

운이 좋게도 B하고 같은 과에 재수 때 같은 반에 다녔던 A라는 친구가 있었다. 나는 A에게 B를 소개해 달라고 했다. A 덕분에 B를 만날 수 있었다. 그렇게 만나게 된 첫 소개팅 자리에서 털털한 B의 성격에 빠져들었다. 그녀는 항상 책을 읽어서 그런지 아는 것도 많았다. 당시 나는 책도 많이 안 읽었고 여자를 만나본 경험도 없어서 어떻게 데이트를 해야 하는지도 몰랐다. 오히려 털털한 B가 만남을 이끌어 갔다.

"우리 같은 나이니까 친구하자. 내가 인사동이랑 경복궁, 서울 구경 시켜 줄게."

나는 제주에서 올라와 서울 지리를 잘 몰랐고, 내 모습은 상당히 촌

스러웠을 것이다. 게다가 다시 삼수를 하러 학교를 떠나 수능 전문 학원을 가야 했기 때문에 우리는 연인 관계까지 발전하지도 못하고 짧은 만남을 남긴 채 헤어져야만 했다.

비록 짧게 만났지만 B는 나에게 큰 자극이 되었다. B와의 만남은 내가 책을 읽고 성장해서 남자답게 멋있어지겠다고 다짐하게 됐던 터닝 포인트였다. 그리고 그녀가 책을 좋아한다고 해서 그때부터 나도 책 읽는 것을 좋아하게 됐다. 그녀가 스키를 좋아한다고 해서 나도 스키를 배우고 싶었었다. 무엇보다도 내 스스로가 정말 멋진 남자가 되기 위해 열심히 공부해야겠다고 생각했다. 남자들은 나처럼 여자들에 의해 열정이 불타오르기도 한다.

당신도 긍정일기에 열정을 일깨웠던 일들을 적어 보면 어떨까. 잊고 지냈던 지난날 자신의 가슴을 두근거리게 했던 추억 말이다. 아침 긍정일기는 안타까운 일들조차도 아름다운 추억으로 바꾸어 준다. 잘못된 일이나 실패라고 생각했던 모든 것들은 자신이 만들어낸 '잘못된 전화번호'에 지나지 않는다. 잘못된 전화번호를 눌러 봐야 자신이 원하는 사람과 연결될 수 없음은 당연하지 않은가. 진짜 자신이 원했던 꿈의 번호를 눌러야 한다. 아침 긍정일기를 쓰며 꿈을 다시 일깨우자.

 긍정 외침

"꿈을 찾기 위해 진정한 공부를 다시 시작한다. 배우는 것에는 밈춤이 없다. 잘못된 것은 다시 고치고, 못하는 것은 더 잘 하기 위해 계속 배워 나간다!"

집을 떠나 어른이 되는
여행을 시작한다

03

우리는 잘 모르는 사람을 칭찬하고 뜨내기손님을 즐겁게 해주지만,
정작 사랑하는 사람에게는 생각 없이 무수히 많은 상처를 입힌다.

- 엘라 휠라 윌콕스

초등학교 때 우리 집은 2층에 있었다. 1층에는 부모님께서 조그마한 김 공장을 운영하셨다. 아버지, 어머니는 매일 같이 일을 하시는데도 서로 거의 말씀을 하지 않으셨다. 아버지는 김 공장 기계가 잘 안 돌아가는 날이면 내가 학교에서 돌아와 인사를 해도 얼굴이 빨개질 정도로 기계를 고치며 화를 내고 있을 때도 있었나. 어널 때부터 아버지, 어머니는 자주 다투셨고 집안은 화목하지 않았다.

초등학생 때 나는 학교에서 시험을 보면 100점을 받아온 적이 많았다. 아버지는 "남들도 100점 받는 건데 뭘…."이라며 별로 기뻐하지 않으셨다. 말도 참 예쁘게 하셨다(반어법). 하지만 나는 100점 받으면 어

머니께 용돈 100원씩 달라고 했다. 나 혼자라도 기쁨을 만끽하기 위해서였다. 특히 나에게 100원이면 오락실에 가서 신나게 놀다올 수 있는 귀중한 돈이었다.

오락실은 나에게 자신감을 키워준 놀이터였다. 나는 당시 가장 인기 있던 오락인 '스트리트 파이터'를 무려 41판까지 이겨봤다. 우리 동네 오락실에는 기계가 1대밖에 없었기 때문에 열댓 명이 돈을 미리 집어넣고는 기다렸다 하곤 했다. 두 명이서 대결하는 걸 내 뒤에서 여러 명의 친구들이 뻉 둘러서 지켜보았다. 키가 작은 친구들은 관중들 뒤로 의자를 받치고선 까치발을 들고 봐야 할 정도로 대단한 인기였다. 나는 동네에서 오락'킹'이었다.

하지만 아버지는 그것도 모르고 내가 오락실 들어가는 걸 본 날이면 마포자루를 분질러서 나를 호되게 야단쳤다. 나는 재미있는데 아버지는 가지 말라고만 했다. 납득할 만한 설명도 하지 않으셨다. 지금 생각해 보면 물론 내가 나쁜 길로 빠질 것이 염려되었을 거라 생각할 수 있지만 말이다. 당시 아버지는 내가 재미있어 하는 것도 별로 관심이 없는 것 같았다.

나는 고등학교 졸업하고 사춘기가 비교적 늦게 온 편이었다. 서울에서 수험생활을 하는 20대 초반 나는 내 멋대로 하기 시작했다. H대에 들어가서 신나게 놀다가 중간고사 이후 6월 초에 아버지께 전화를 했다.

"아버지 저 내일 집에 좀 내려갈게요. 드릴 말씀이 있어요."

아버지는 갑자기 전화해 뜬금없는 얘기를 하는 나에 대해 못마땅해

하셨다.

"갑자기 왜 내려오는 거냐? 평일인데 학교는 안 가냐? 전화로 하면 안 되냐?"

나는 고집스럽게 얘기했다.

"뵙고 말씀드려야 해요"

바로 다음 날 제주로 갔다. 오랜만에 가족들이 모여 외식을 하러 부모님과 누나들과 고깃집에 가서 밥을 먹는 중이었다. 나는 삼수를 하겠다고 선언했다. 집은 발칵 뒤집혔다. 아버지는 말씀하셨다.

"또 시험을 보겠다고 하니, 나는 너 때문에 동네 창피해서 못 다니겠다. 재수해도 경찰대 못 들어가서 아빠가 모임 가면 창피한데 또 시험을 보겠다는 거냐!"

내가 창피하다니 충격이었다. 나는 아버지의 말에 밥을 먹다 말고 눈물을 뚝뚝 흘렸다.

'나는 아버지를 위해서이기도 했는데….'

나는 특별한 꿈도 없이 그저 아버지가 경찰대에 가라고 해서 또 경찰대를 지원하기로 결심했을 뿐이었다. 나의 삼수 생활도 대학 입학에 대한 계획도 목적도 없어졌다. 이젠 수능 시험을 보는 것이 아버지를 위해서도 아니었다.

내가 서울에서 공부를 할 때 부모님께서는 먼저 전화를 잘 안 하셨다. 내가 전화를 먼저 하지 않으면 한 달에 전화 통화 한 번 안 한 적도 있었다. 어머니는 가끔 전화를 하면 "전화 요금 많이 나오니까 빨리 끊어라, 밥 잘 먹고 다녀라, 특별히 할 말 없다." 이런 말만 반복하셨다. 아버지는 그저 용돈과 문제집 살 돈, 고시원 사는 월세 떨어지면 주는 게 전부였다. "공부 잘 하냐?, 힘들진 않냐?, 어려운 건 없냐?"라고 한 번도 물어본 적이 없다. 나는 공부도 안 되고 불안하고 힘든데도 부모님과 3분 이상 통화한 적이 거의 없었다. 부모님은 잘 들어주시질 않으니 제대로 얘기할 수가 없었다. 부모님은 "힘내라, 잘 할 수 있다, 사랑 한다" 등등 부모 자식 간의 응원이나 애정 표현도 아예 한 적이 없었다. 전화를 자주 하면 오히려 아버지는 "전화를 왜 이렇게 자주 하냐"라며 핀잔을 주기 일쑤였다. 아버지는 나를 위한 일이 그저 공부할 수 있게 돈을 주는 게 최선이라 생각하는 것 같았다. 하지만 나는 정서적인 지원이 필요했다.

수능은 어느덧 끝나고, 또 경찰대학 불합격 통지서를 받았다. 조용히 혼자 집에서 눈을 감고 누워 있었다.

나는 왜 최선을 다하지 않았을까?
나를 위한 공부를 해야 했는데 왜 그러지 못했을까?

뜨거운 눈물이 두 뺨을 타고 흘러내렸다. 내가 너무 한심하고 못난이 같았다. 부모님이 내 진로에 관심을 가져 주길 바라는 마음이 있었다. 누군가 여자 친구가 되어 내 옆에서 힘이 되어 주길 바라는 마음도 있었다. 다른 사람들이 나에게 잘해 주길 바라는 '나의 욕심'이었던 것이다. 정작 내가 나를 위해 독하게 공부하지 못했다. 내 삶의 주인공은 바로 나인데 말이다. 내가 스스로 목적지를 정해 여행 계획을 짜야 했는데 말이다.

나에 대한 심도 있는 고민의 시간도 없었다. 내가 무엇을 하고 싶은지에 대한 확실한 목표도 없었다. 집에 가면 대화가 안 통하는 부모님 때문에 스트레스는 더 쌓였을 뿐이었다. 나에 대해 몰라주고 힘들 때 힘이 되어 주지 못하는 부모님이 원망스럽게 느껴졌다. 나는 마음이 가난한 집에 다시 가고 싶지 않을 정도로 부모님이 미웠었다.

처음에는 부모님이 나에게 관심이 없다고 생각했다. 그러나 부모님은 표현을 잘 못하고 내가 좋아하는 표현 방식이 아니기 때문이지 관심이 없는 건 아니라는 것을 깨닫기 시작했다. 아침 긍정일기를 쓰면서 초등학생 때 문득 아버지가 나를 어디로 데리고 갔던 생각이 났다. 전파상 같은 곳이었다. 아버지는 특별한 말없이 오락기를 사주셨다. 나는 그곳에서 '훼밀리 팩' 오락기를 집어 들고는 어리둥절해했다. 돌아오는 길에는 신나서 집에 오자마자 오락기를 켜 보았다. 그날은 온 가족이 방에 모여 저녁 늦게까지 테트리스와 비행기 게임을 했던 기억이 난다. 저녁 먹고 자기 직전까지 꽤 오래 즐겁게 했던 기억이 살아났다. 아버지가 당시 말씀은 없으셨지만 내가 오락을 좋아하는 걸 알고 사준 건 아닐까 생각했다.

나는 추석과 설날, 1년에 2번만 고향에 내려간다. 긍정일기를 쓰기 시작하면서는 금년 봄에 휴가를 내고 한 번 더 내려가고 싶어졌다. 부모님과 좀 더 많은 대화를 나누고 싶었기 때문이다. 내가 부모님에 대해 너무 부정적으로 생각하고 있다는 것을 알게 됐다. 부모님을 만나 툭 터놓고 얘기를 하고 싶었다. 이제까지 못 나누었던 수많은 이야기들을 할 수 있었다.

부모님이 나에게 공부하라고 하지 않은 것도 내가 다 알아서 공부했기 때문이라고 하셨다. 괜히 공부하라고 하는 게 스트레스 주는 것 같다고 생각했다고 했다. 아버지는 할아버지를 아주 일찍 여의고 얼굴도 못 보았다고 했다. 어머니도 외할아버지가 안 계셨다. 몇 년 전 외할머니가 돌아가시기 전까지 어머니는 외할머니에게 미움만 받고 자랐다는 충격적인 사실도 알게 됐다. 어머니는 학창시절 기억 때문에 가슴에 한이 맺혀 있는 것 같았다.

부모님 이야기를 듣다 보니 부모님은 부모 역할을 어떻게 해야 하는지 제대로 몰라 헤매고 있을 수도 있다는 걸 이해하게 되었다. 그리고 이제 내 스스로 성장해야겠다고 생각했다. 내가 마음을 잘 추스려 부모님을 'Let it go~'하고 지금까지 무탈하게 잘 키워주신 것만으로도 감사하게 생각하기로 했다. 존경하는 마음을 갖겠다고 아침 긍정일기에 적었다. 부모님이 나를 이해해 주기만을 바라지 않고 내가 부모님을 이해하기로 결심했다.

내가 부모님을 용서하고
꼭 껴안아 드려야겠다!

"용서는 어쩌다 한 번 하는 행위가 아니라 지속적인 태도입니다."

마틴 루터킹 주니어는 말했다. 긍정일기에 용서와 감사하는 마음들이 솟구쳐 오르는 걸 모두 적어보았다. 긍정일기를 쓰고 나서 놀랍게도 제주의 고향 집이 정말 따뜻하게 느껴졌다. 오직 바뀐 건 '나의 생각'뿐이었다. 집에 가서는 부모님을 원망하고 짜증내기보다는 그냥 재미있게 대화하자는 마음이 커졌다. 변화된 생각이 나로 하여금 진정한 어른으로 성장하게 했다. 부모님을 용서했다. 나를 위해 했던 모든 말에 감사하기 시작했다.

당신도 아버지를 용서해야 한다. 그리고 어머니도 용서해야 한다. 부모님의 눈을 바라보며 마음 깊숙한 곳에서 "나는 아버지 그리고 어머니를 용서합니다."라고 말해 보라. 그리고 자기 자신도 용서하며 오늘은 용서의 일기를 써보자. 당신이 이제까지 생각했던 모든 오해와 분노, 미움의 감정을 용광로처럼 녹여내는 의식**Ritual**을 거행하는 것이다. 진짜 어른이 되는 것은 부모를 용서하고 감싸안을 수 있을 때 완성된다.

 긍정 외침

"아버지의 눈을 보며 용서한다. 어머니의 눈을 보며 용서한다. 자신에게도 용서하고 감사한다. 나는 나를 용서하고 사랑한다. 아침 긍정일기를 쓰며 진짜 어른이 되어 집으로 돌아간다!"

당신의 마음에 따라
부모님이 새롭게 보인다

04

아는 것만으로는 부족하다. 적용해야 한다.
마음만으로는 부족하다. 행해야 한다.

-괴테

아버지는 성실, 신용, 근검의 교훈을 몸소 보여주셨다. 가끔 방학이 되면 아버지가 같이 새벽 운동을 가자고 할 때가 있었다. 특히, 겨울에는 날씨도 엄청 춥기 때문에 따뜻한 이불 속에서 늦잠 자고 싶은 생각이 간절했지만 아버지는 매일같이 나를 데리고 가려 하셨다. 매 방학마다 내가 10일도 제대로 따라가지 못하자 아버지는 그 이후로는 혼자 다니셨다. 솔직히 운동을 가더라도 조깅하며 거의 아무 대화도 오가지 않아서 재미도 없었고 별로 가고 싶지 않았다. 졸리기도 엄청 졸린데 말이다.

아버지는 30년 넘게 아침에 조깅으로 운동을 하신다. 저녁 10시쯤 주무시고 아침 4시 반에 일어나신다. 6시쯤에 아침 식사를 하는 생활을

365일 중 약364일 정도 지키신다. 가족끼리 여행을 가거나 전날 술을 하시더라도 성실한 생활은 계속되었다. 아버지는 나에게 성실해야 한다는 말씀을 한 번도 한 적이 없으셨지만 몸소 성실함이란 무엇인지를 보여주셨다.

아버지는 식품 가공업을 오랫동안 하셨다. 주로 시장 상인들을 상대로 영업을 하셨는데 나도 아버지와 함께 배달을 다닌 적이 있었다. 항상 단골 가게로만 배달을 가서 몇 번 따라가면 배달 코스를 다 익히곤 했다. 상인들에게 아버지는 같은 시간에 배달 오는 사람이었다. 물건이 떨어지면 급하게라도 물건을 채워주기도 한다. 반품 처리도 확실했기 때문에 장기간 거래하는 곳이 많았다. 시장 상인들과의 거래에 있어 아버지는 믿을 수 있는 사람으로 강하게 각인되어 있었다. 그리고 아버지 친구들과 가끔 저녁 식사를 하며 술자리를 같이 할 때도 있었다. 친구분들은 아버지가 시간 약속이 칼 같은 사람이라고 말씀하셨던 것도 기억이 난다.

큰아버지는 가족의 행사가 있으면 항상 아버지에게 조언을 구했다. 사촌형은 나에게 큰아버지가 아버지를 많이 신뢰한다고 말했다. 아버지는 나에게 신용에 대해 직접 말씀하진 않으셨지만 난 느낄 수 있었다.

아버지는 돈을 함부로 쓰지 않았다. 친목 모임이 매 주말마다 1~2개씩 있었지만 술을 많이 하시거나 유흥을 즐기지 않으셨다. 필요 없는 물건을 충동적으로 사지도 않았다. 김 공장을 하며 기계 구입 비용으로 돈이 많이 들어 빚이 많았지만 아버지는 꾸준히 돈을 잘 모아서 빚도 다 갚아 나가셨다. 김 공장을 적절한 타이밍에 다른 인수자에게 넘기며 큰 수익도 얻었다. 최근에는 건물을 하나 사서 임대업을 시작하셨는데 지금도 아버지는 큰 차로 바꾸거나 하지 않으신다. 추석이나 설날 때 친지들을 만날 때나 아버지의 친한 친구분들을 뵈면 몇몇 분들이 나에게 '네 아버지가 알부자'라고 이야기하실 정도였다. 그런 얘기를 들을 때마다 아버지 노후 걱정은 없어 안심이 되었다. 한편으론 나도 아버지처럼 근검절약하는 생활을 하며 편안한 노후를 맞이할 수 있게 준비해야겠다는 생각도 하며 아침 긍정일기에 적었다.

어머니는 나에게 건강한 신체, 바른 식습관, 저축하는 습관을 길러주셨다. 나는 어릴 적부터 그 흔한 감기조차 잘 걸리지 않았다. 어머니 말씀으로도 잔병치레 한 번 없었다고 한다. 나는 허벅지가 상대적으로 굵은 편인데 한창 멋 부릴 어릴 때는 내 허벅지가 콤플렉스였다. 반바지도 고등학생 때까지 잘 입지 못했으니 말이다. 보통의 운동복들도 내가 입으면 허벅지가 무척 타이트했다. 다리가 날씬하고 잘빠진 친구들을 보면 마냥 부러웠다. 하지만 성인이 되어서는 지금처럼 튼튼한 허벅지로 낳아주신 어머니께 정말 감사드린다. 확실히 '남자의 힘'은 허벅지에서 나오지 않나 싶다. 축구를 하며 공을 찰 때나 오래달리기를 할 때 튼튼한 허벅지 힘은 엄청난 도움이 된다. 내 체격에 비해 공을 상당히 잘 차는 편이고, 근지구력도 상대적으로 좋아 해병대 지원 오래달리기 테스트에서 1등을 한 적도 있다.

어머니는 어릴 때부터 식사할 때 늘 밥풀 하나 남기지 말라고 말씀하셨다. 반찬도 항상 고기와 야채 및 섬유질 등을 골고루 섞어서 차려 주셨다. 우리 집에서 나오는 돌김도 항상 단골 반찬이었다. 어머니는 밥도 항상 잡곡밥으로 지으셨다. 내가 좋아하는 닭볶음탕, 갈비찜, 전복요리, 고등어, 은갈치 구이, 옥돔 구이, 양파와 된장, 청국장, 양념 고추장, 파김치와 총각김치 등등 집에서 다양한 반찬들을 먹을 수 있었다. 항상 아침, 점심, 저녁을 잘 챙겨주셨기 때문에 좋은 식사 습관을 형성하는 데 도움이 되었다. 예전이나 지금이나 어머니가 해주시는 집밥이 가장 맛있다. 그리고 어디를 가나 밥을 남기는 일은 없다.

어머니는 내가 초등학교 4학년 때부터 한 달에 삼천 원씩 용돈을 주었다. 용돈 천 원이 남을 때면 저축을 하라고 말씀하셨다. 그때 나는 바로 천 원을 들고 은행에 달려갔다. 처음으로 내 스스로 통장을 만든 날이었다. 그리고 중학교 3학년 때 담임 선생님이 자기 이름으로 통장을 가지고 있는 학생을 찾았는데 당시 내 통장에는 약 백삼십만 원 정도 저축이 되어 있었다. 매 설날, 추석 때 받은 용돈을 어머니 말씀대로 차곡차곡 쌓아둔 덕분에 학교에서 '저축상'을 받을 수 있었다. 어머니는 자랑스러워하셨다.

부모님으로부터 받은 3가지 장점과
부모님이 존경스러운 때를 아침 긍정일기에 적어라

부모님께 내가 긍정일기에 적은 '아버지로부터 배운 3가지' 내용을 이야기했다. 부모님은 "네가 그런 생각도 했냐?"라며 놀라워하셨다. 어릴 때부터 내가 고집부리던 모습만 떠올리셨나 보다. 아버지는 누나들이 대학을 서울로 가지 못하게 막으셨다. 반면 나는 반대에도 무릅쓰고 대학을 서울로 가겠다고 했다. 그때부터 아버지와는 거리가 멀어졌던 것 같다. 아버지는 오히려 나를 말리지 않고 20살 때부터는 따로 떨어져 살면서 하고픈 대로 하게 하셨다. 최대한 간섭하지 않으려 나에게 하는 말도 아꼈다고 하셨다. 아버지의 깊은 뜻을 헤아리고 감사히 생각했다.

아버지는 고등학생 때 매일 야간 자율학습하는 나를 데리러 학교에 오셨다. 내가 다니던 고등학교는 제주 봉개동에 위치해 있어 10시 이후에는 버스도 없고 택시도 거의 오지 않는 동네였다. 밤 11시~12시까지 매일 자율학습을 했다. 그런데 아버지는 10시 전에 보통 주무시기 때문에 나를 기다리는 동안에는 항상 차에서 주무시고 계셨다. '똑똑' 창문을 두드려 주무시고 계신 아버지를 깨워야 차에 탈 수 있었다. 그런 아버지를 보며 '나중에 꼭 성공해서 호강시켜 드려야지!'라고 다짐하곤 했다. 이렇게 아버지에 대해 좋은 생각도 많이 했다는 것을 긍정일기를 쓰며 다시 깨닫게 되었다.

이미 부모님은 나에게 많은 돈을 주었다. 전세 자금과 같이 큰돈이 필요하면 실시간으로 무이자로 빌려 주셨다. 오피스텔에 투자하겠다고 했을 때도 묻지도 따지지도 않고 바로 바로 빌려 주셨다. 결혼할 때 쓰라고 큰돈도 흔쾌히 주셨다. 내가 좋은 대학을 나올 수 있었던 것도 아버지께서 재수할 때, 삼수할 때 학원비를 내주셨기 때문이다. 집세도, 대학 등록금도 내주셨다. 부모님은 나에게 이미 많은 걸 주셨다는 걸 깨닫고 한 번 더 감사를 드렸다.

긍정일기를 쓰며 부모님께 늘 잘하는 방법을 강구해야겠다고 생각했다. 매일 부모님을 생각하기로 했다. 부모님 건강과 행복을 위해 아침 긍정일기에 감사 편지를 자주 적기로 했다. 그렇지만 일기장에만 적어 놓으면 나중에 또 잊어버릴 수 있으니 다른 방법도 생각했다. 부모님께 긍정일기에 적었던 감사한 내용을 바로 문자로 보내드리기로 했다. 최근에는 책을 읽다가 좋은 글귀들이 있으면 추가로 문자를 보내기도 한다. 아침 7시, 점심 1시, 저녁 7시에 예약 문자를 설정해 하루 3번씩 보내드렸다. 한 달간 꾸준히 보냈다. 생전 안 하던 것을 하니 부모님도 약간은 적응의 시간이 필요하다고 생각했다. 적응을 가장 빨리할 수 있는 방법은 빈도를 높이는 것이라 생각해 멈추지 않고 계속 보냈다. 그러자 아버지는 잘 보고 있다고 말씀하셨다. 이제는 하루에 한 번씩 아침 7시에 매일 보내드리고 있다. 책을 읽고 밑줄을 긋고 제일 먼저 하는 일은 부모님께 좋은 글을 알려드리는 것이다.

부모는 자식에게 생명을 주고,
자식은 부모에게 풍요로운 삶을 준다

'부모님의 장점을 보자'라고 생각을 바꾸는 일은 채 1분도 걸리지 않는다. 당신이 믿는 대로 바로 생각할 수 있기 때문이다. 부모님의 생각을, 마음을, 살아온 인생을 이해하고 받아들이기로 마음먹으면 된다. 부모님을 바꾸려 하지 말고, 대화하려 하지 말고, 그냥 두 귀를 열고 듣기만 해도 된다. 그리고 그냥 무조건 좋은 쪽으로 해석하면 된다. 생각은 당신의 자유이니까 말이다. 부모님이 얘기하는 긍정적 의도를 생각해 보자. 그리고 긍정일기에 적어 보길 바란다. 눈물 닦을 화장지도 꼭 준비해야 할 것이다.

 긍정 외침

"부모님과 대화할 땐 '행복 통역사'가 된다. 부모님과 나는 다르다는 것을 깨닫는다. 부모님의 마음을 편안하게 해주는 것이 효도이다. 모든 것은 나의 마음이 바뀐 순간부터 시작된다!"

도서관에서 쓰는 긍정일기는
내면 여행이다

05

독서는 충실한 인간을 만들고,
글쓰기는 정확한 인간을 만든다.

- 프란시스 베이컨

초등학생 때 나는 개구쟁이였다. 엄청 활동적이어서 한시도 가만히 있질 못했다. 집에 동화 전집이 있어도 책을 보는 것보다 하루라도 오락실을 안 가면 머리가 아플 정도로 밖에서 노는 걸 다 좋아했다. 집 밖으로 나가 뛰어 놀며 공기를 쐬지 않으면 숨이 막혔다. 아버지는 늘 "해 떨어지기 전에 들어와라."라고 했지만 친구들과 학교 운동장에서 축구하고 친구 집에서 놀다 보면 어느덧 해는 이미 져 있었다.

중학생 때도 축구를 자주 했다. 시험 때 도서관에 공부하러 갔지만 도서관 가서도 친구들하고 축구를 하기도 했다. 도서관에서 축구를 하다가 수위 아저씨에게 혼나서 친구들과 쫓겨날 뻔한 적도 있다. 제주

우당 도서관 출입구 앞에 있는 야외 휴게실에서 축구를 하다니! 지금 생각해 보면 엄청 대담한 행동이다. 나에게 중학교 시절 도서관이란 시험공부를 할 수 있는 곳일 뿐만 아니라 친구들과 추억을 만들었던 긍정 체험관이었다.

나에게
도서관이란?

첫째, 사랑하는 사람을 만나는 것처럼 가슴 설레게 하는 곳이다.

나에게 도서관은 예찬을 하지 않을 수 없는 장소이다. 도서관에서는 항상 가슴 뛰는 향기가 난다. 첫사랑을 만났을 때 추억이 살아 숨 쉬는 것처럼 말이다. 무수히 많은 책들이 있어 온몸이 자극되는 곳이다. 책에 관심을 가진 시기가 늦었던 것 같긴 하지만, 대학 때부터는 본격적으로 책을 읽기 시작했다. 대학 때 중앙 도서관에 가면 조용하게 공부하는 분위기가 좋았고 지적인 여학우들도 많아 책을 읽을 때 집중이 더 잘 되는 것 같았다. 물론 책에 관심이 있었지 여학우들에게 관심을 가진 건 아니었지만 말이다.

도서관에서 책을 읽는 것은 마치 고등학교 때 학교 간 축구 시합을 하면 관중석에 여자들이 있다는 것만으로도 힘이 나서 더 열심히 뛰었던 것과 마찬가지였다. 도서관에서 자기계발서를 읽으며 발전해 있을 몇 년 후 나의 모습과 미래의 배우자가 겹쳐지며 시너지를 일으키는 것 같은 느낌이 들었다. 특히 나에게 대학교 중앙 도서관은 다양하고 흥미로운 성공 서적들이 많아서 좋았다. 도서관은 같은 공간에 있는 것만으로도 동기 부여가 되는 지적으로 매력적인 사람들이 있는 곳이었다.

둘째, 나를 성장하게 하는 곳이다.

책을 읽으며 내 스스로 '성장하고 있구나'라고 느낄 수 있는 곳이다. 책에 심취했던 대학 때 전공은 불어불문학이었지만, 도서관에 가면 주로 도서분류번호 325 내외로 시작하는 경제, 경영 서적 위주의 자기계발서를 많이 읽었다. 자기계발서를 읽을 때는 시간 가는 줄 모르고 집중력 있게 빠져들었다. 당시 읽었던 책 중 GE의 CEO였던 잭 웰치의 《끝없는 도전과 용기》는 아직까지도 책을 읽었을 때의 감동이 살아 있다. 보통 서적의 2배 정도로 두꺼운 600쪽 이상이지만 무거운 책을 들고 그 자리에서 몇 시간 동안이나 책장을 넘기며 집중적으로 읽었다. 'CEO 잭 웰치는 핵폭탄의 위력만큼이나 엄청난 추진력을 가진 사람'임을 느낄 수 있었다. 'CEO 한 사람의 힘이 GE라는 엄청난 글로벌 회사를 움직이는 원동력이 되는구나'라고 깨달았다. 잭 웰치가 많은 직원들을 감원하며 혁신을 일으킬 때의 고뇌와 후계자를 생각하며 회사 내 교육 시설 투자를 통해 인재 양성을 하겠다는 신념도 느낄 수 있었다.

대학 도서관에서 경제, 경영 분야 대가들의 책을 보며 그들의 성공한 삶에 대해 알고 배울 수 있었다. 성공한 사람들이 남긴 명언들을 보며 '나도 이렇게 성공한 사람들을 따라 해 봐야지'라고 생각하며 성장할 수 있었다.

셋째, 나의 마음을 가장 편안하게 해주는 곳이다.

나는 포항 해병대 군 생활을 할 때도 도서관에 자주 갔다. 인천에서 일을 할 때도 지역에 있는 도서관을 꼭 찾아갔다. 일 끝나고 저녁 시간에는 업무를 마무리하기 위해 가기도 했고, 주말에는 도서관 사서 봉사 활동을 하기도 했다. 도서관 가면 책도 읽고, 월간지도 보고, DVD 영화도 빌려 보고, 신문도 읽었다. 도서관에 가면 왠지 마음이 편했기 때문이다. 이러한 습관은 대학 때부터 생기지 않았나 싶다. 대학교 중앙 도서관은 공강 시간이나 할 일 없을 때 가면 마음이 편해지는 곳이었다. 《운명을 바꾸는 공병호의 공부법》에서 저자 공병호는 말했다.

"공부는 감정 노동이다. 책 읽기에도 요령이 필요하다."

내가 도서관에서 책을 읽는 방법은 핵심 파악 위주의 속독이다. 보통 주말이면 도서관에서 4~5권 정도의 책을 2~3시간 만에 읽는다. 한 권을 훑어보는 시간은 30분을 넘기지 않으려 한다. 약 2~3초에 한 장씩 책장을 넘기며 왼쪽 위에서 우측 아래 대각선 방향으로 스캔하듯이 눈동자를 움직인다. 내가 책의 내용을 속독하며 잘 기억해서가 아니다. 큰 그림이나 주요 단어들 위주로 머릿속 생각과 일치시키며 신나게 페이지를 넘긴다. 한 권의 책을 오래 잡고 있기보다는 책을 2번 이상 읽겠다고 생각하고 가벼운 맘으로 스캐너가 된 것처럼 읽는다.

도서관에 있는 순간만큼은 책에 집중한다. 실제로 도서관에서 정해진 시간 내에 책을 보기 시작하면 집중력이 상승되어 훨씬 책의 내용이 머릿속에 잘 들어오기도 한다. 시간 내에 원하는 책의 주요 내용을 파악할 수 있어 효율적일 때도 많다. 그리고 그중 가장 핵심적인 사항, 특히 나의 머릿속에 각인되는 사항 3가지만 뽑아서 포스트잇에 적어 놓는다. 그냥 읽기만 하면 대충 소화가 된다. 속독을 너무 빨리하면 책의 엑기스가 나의 뇌에 완벽히 체화되지 않은 느낌이 있다. 그래서 포스트잇에 적어 집에 오면 책상 앞에 붙여 놓고 수시로 다시 보면 책의 내용을 암기하는 데 도움이 된다.

도서관에선 책에 낙서를 할 수 없다. 그래서 책을 읽고 정리할 수 있게 다이어리를 따로 하나 만들었다. 3색 볼펜을 활용하여 책을 읽으며 기억하고 싶은 문구와 명언들을 다이어리에 표시해 가며 적어 놓는다. 책을 기억하기 위해 책 표지 사진을 찍어 두고 나중에 정리하며 되새긴다. 예전에는 도서관에서 그냥 훑어보았던 책들이 많았지만 최근에는 귀중하게 책을 구매해서 읽고 있다.

일본에서 불문학을 전공하며 26세에 출판사를 설립해 잡지를 출간한 책꾼이 있다. 책 괴물로 불리는 마쓰오카 세이고는《창조적 책 읽기, 다독술이 답이다》에서 다음과 같이 얘기했다. 그는 "책은 한 인물과의 만남이고 전집을 통해 연속적이고, 입체적으로 책을 접할 수 있는 게 독서의 마력이다. 또한 책을 읽을 때는 '독서 근육'의 여러 부위를 움직여, 머릿속 커서들을 맵핑하라. 독서는 패션이다. 책은 반드시 두 번 이상 읽는다. 그리고 잡지의 헤드라인 읽기 기술로 다독 능력을 향상 시켜라."라고 조언했다. 나는 실제 독서를 할 때 전두엽(머리 앞부분)이 자극되면서 눈썹이 올라가고 머리가 이리저리 흔들리고 동공이 확대되며 머릿속에서 불빛이 환하게 열리는 느낌을 받곤 한다.

　다독을 하기 위한 방법이 있다. 도서관에서 책 하나를 잡고 오래 보기보다는 여러 책을 접하는 것이다. 좋은 책을 골라내는 연습을 하는 것이다. 배우려면 성공한 사람들에게 제대로 배워야 한다. 성공한 사람들은 성공했던 방법을 명확히 알고 있다. 내가 혼자 도서관가서 눈에 띄는 책들만 골라 읽는다면 어떨까? '성공하겠다는 굳은 결심' 없이는 아무리 좋은 책을 읽어도 효과를 보지 못할 것이다. 카이 롬하르트는《지식형 인간》에서 "다른 책을 읽을 필요가 없게 만드는 책을 읽어라. 심오한 한 권의 책을 100번 읽는 것이 100권의 책을 읽는 것보다 낫다."고 했다. 당신이 이런 책을 찾기 위해선 성공한 사람들의 방식을 안 필요가 있다. 성공할 것 같은 어마어마한 기운이 담겨 있어 놀라운 변화를 경험할 수 있는 책을 고르는 것이다.

　저자들을 소개할 테니 꼭 사서 읽어 보기 바란다. 나폴레온 힐, 브라이언 트레이시, 네빌 고다드, 제리 힉스, 앤서니 라빈스, 브랜든 버처드, 엠제이 드마코, 닐 도날드, 스티븐 코비, 론다 번, 데일 카네기, 지그 지글러 등 성공학의 A to Z를 책 속에 담은 인물들이다. 일본의 성공한 사람들 이노우에 히로유키, 사토 토미오 등과 국내에 성공한 구본형, 한근태, 박경철, 남경홍 등등을 만나 보길 바란다. 이분들보다 훨씬 많이 있지만 내가 읽어 본 책들의 저자 중 지금 생각나는 사람들만 적어 보았다. 네이버 블로그에 내가 읽었던 다양한 책들을 '서재'란에 더 올릴 것이다. 책을 읽을 시간이 많이 없는 분들에게 도움이 될 것이다.

최근에 초등학교 동창 친구들을 만났다. 나를 보고 상당히 놀라워했다. 초등학교 때는 말썽도 많이 피웠는데 지금은 상당히 얌전해졌다고 했다. 공부도 잘 하게 되어 좋은 대학 갔다고 신기해했다. 내가 많이 변할 수 있었던 것은 책을 많이 읽었기 때문이다. 주변에 자기계발서를 읽지 않는 사람들은 대부분 이렇게 이야기한다. '그거 뻔한 내용이잖아, 다 아는 내용인데 뭘…' 그렇다면 나는 물어보고 싶다.

"아는 것을 다 실천하고 계신가요?"

내가 책을 읽는 이유는 스스로가 부족하다고 느끼기 때문이다. 나의 부족함을 책을 통해 배우고, 내 마음을 꽉 채우기 위해 '긍정일기'를 쓰는 것이다. 아침마다 긍정일기를 쓰고 '긍정 외침'을 동시에 하면 분명 더 잘될 수 있다고 믿는다.

당신의 잠재의식 속에 이미 긍정 에너지와 성공할 수 있는 가능성은 내재되어 있다. 제대로 된 독서와 긍정일기 쓰기를 통해 잠재력을 끄집어 낼 수 있다. 책에는 시대를 초월하여 이미 성공한 사람들의 이야기가 쓰여 있다. 책은 구매해서 소장하여 옆에 두고 자주 보아야 한다. 책은 당신의 긍정 의식을 일깨워 줄 것이기 때문이다. 완벽해지기 위해서도 좋고, 완벽하지 않음을 느끼며 성장하기 위해서도 책 읽기는 필요한 것이다. 성공학 서적과 함께 매 순간 긍정 의식을 키우며 자기 계발을 할 수 있다. 책 읽기와 더불어 아침 긍정일기를 쓰며 몸과 마음을 온 우주로 확장시켜라.

 긍정 외침

"도서관은 휴식 공간이다. 도서관에서 책을 읽는 건 최고의 휴가 계획이다. 책은 나에게 여행이다. 도서관에서 책을 읽으며 의식을 확장한다. 술보다 책이 진정한 인생을 알려준다. 읽은 책의 저자 생각을 긍정일기에 녹여 낸다!"

'여행의 끝'을
적어보라

06

인간의 중요성은 무엇을 달성하느냐가 아니라
무엇을 달성하고 싶어 하느냐에 있다.

- 칼린 지브란

해병대에서의 레펠 강하 훈련이 아직까지도 기억이 난다. 훈련장에
는 산을 깎아 만든 절벽이 있었다. 절벽 밑에서 레펠 강하 현장을 올려
다보니, 큰 원판이 30m 정도 절벽 꼭대기 높이 허공에 있었고, 절벽과
원판을 밧줄로 연결해 구름다리가 이어져 있었다. 깎인 절벽 뒤쪽으로
산을 가파르게 올라가 구름다리 앞에 섰는데, 절벽 밑에 있던 동기들
이 손톱만 하게 보였다. 나는 흔들리는 구름다리에서 대기하고 있었는
데, 다리가 엄청 후들거려 제대로 기다릴 수가 없는 지경이었다. 밑을
내려다보니 아찔해서 머리가 어지러웠고 등에서는 식은땀이 났다.

한 명씩 레펠 강하 원판을 향해 순서대로 가서 뛰어내리고 있다. 앞

에 대기하던 2~3명은 금방 사라지고 어느새 내 순서가 왔다. 조교가 가까이 오라고 했지만 귀가 멍멍한 상태였다. 원판에 올라섰을 때 조교가 침착하게 설명을 하며 "준비하고 구령에 맞춰 뛰어!"라고 하면 뛰라고 했다. 밑에서 예행연습을 하긴 했지만 실제 위 상황에서 나의 마음은 달랐다. 배운 대로 기본자세를 취했다. 원판에 발을 지탱해서 서 있는 자세로 얼굴은 땅을 향하게 하고, 한 팔은 앞으로 뻗고 한 손으로 레펠을 힘껏 잡고 있어야 했다. 그림이 상상이 되는가? 내 몸은 마치 허공에 떠서 얼굴은 바닥을 향해 뻣뻣이 서 있었다. 땅을 직접 쳐다 보고 있으니 정말 아찔했고, 이 레펠을 놓는 순간 떨어져 죽을 것 같았다. "뛰어!"라고 했지만 손이 놓아지지가 않았다. 순간 나는 부모님이 가장 먼저 떠올랐다. '효도도 제대로 못 해드렸는데…. 부모님 사랑합니다. 먼저 가게 돼서 죄송합니다!'라고 속으로 얘기하고 나니 눈물이 찔끔거렸다. '손을 놓으면 나는 떨어져 죽는 거다!'라고 생각하고 눈을 감으며 잡고 있던 레펠을 놓았다. '으아' 마음속으로 외치고 있었다. 정말 죽는 줄 알았다.

짧지만 긴 시간이었다. 두 다리가 땅에 닿는 순간 세상이 달라 보였다. 부모님께 효도하고 싶은 생각이 더욱 간절해졌다. 같은 땅을 밟고 있는 동기들이 더 사랑스러워 보였다. '내가 당장에 죽더라도 여한이 없게 최선을 다해 살아야겠다!'라고 깨우친 순간이었다.

후회 없이 성공적으로
사는 삶이란 어떤 것인가?

"매일 직장에서 가장 잘하는 일을 할 수 있는 기회를 얻습니까?"라는 말은 "만약 당장 죽음을 맞이한다면, 현재 불행한 일을 하는 데 만족하면서 살겠습니까?"와 같은 말이라 생각했다. 나는 지금 이 순간이 마치 마지막이 될 것처럼 최선을 다한다. '내가 가장 행복하게 할 수 있는 일을 한다면 성공한 삶이라 할 수 있지 않을까?'라고 스스로 자문하며 아침 긍정일기에 적어나가기 시작했다.

갤럽에서 30년간 전 세계 직장인 200만 명을 대상으로 조사한 결과 대부분의 조직 구성원들이 자신의 능력 중 약 20% 정도만을 활용하고 있다는 사실이 밝혀졌다. 여러분들도 이 말에 동감하는가? 자신이 원하는 일을 할 때 잠재된 능력도 잘 발휘할 수 있다고 믿는다. 누구나 능력을 40% 정도로 발휘하여 매일 사용할 수 있다면 업무 성과가 2배는 향상될 수 있다는 암시를 주는 것이다. 워런 버핏의 일화가 이러한 예를 잘 보여주고 있다.

"난 사실 여러분과 전혀 다르지 않습니다."

평소처럼 수수하게 차려 입은 버핏은 네브래스카 대학에서 학생들을 향해 강의를 하고 있었다.

"어쩌면 나는 여러분들보다 돈이 더 많을 수는 있겠지만, 그것은 여러분과 나의 진정한 차이가 되지 못합니다. 물론 나는 비싼 최고급 양복을 살 수 있지만, 내가 입으면 싸구려처럼 보입니다."

강의실 안은 웃음으로 가득 찼다. 버핏은 계속 말을 이어 갔다.

"여러분과 나 사이에 차이가 있다면 단지 나는 매일 아침에 일어나서 하고 싶은 일을 할 수 있는 기회를 가진다는 사실입니다. 매일매일 말이죠. 이 말이 내가 여러분에게 해줄 수 있는 최선의 충고입니다."

매우 성공적인 삶을 살아가는 다른 많은 사람들과 마찬가지로 워런 버핏은 자신이 매일 할 수 있는 가장 하고 싶은 일을 실천하면서 자신의 부를 이루는 데 성공했다는 사실이다.

나는 해병대 동기들 중에 몇 명 경험해 보지 못했던 공수부대로 발령을 받았다. 특히나 공수 훈련은 사회에서는 쉽게 해보지 못하는 경험임이 틀림없다. 육군 ROTC에서 해병대 장교로 지원했을 때부터 '꼭 해보고 싶다'고 생각했다. 공수 훈련을 받는다는 것 자체가 운이 참 좋은 것이다. 군 생활에 대한 이야기를 하는 걸 별로 좋아하진 않지만 내 삶에 긍정적 경험을 가져다주었던 일들이라 계속 얘기하고 싶다.

전역을 4개월 정도 남긴 시점에 공수 훈련이 있었다. 나는 당시 소대장이었고 소대원들과 함께 낙하 준비를 하고 있었다. 비행기 안에서는 엔진 소리가 너무 시끄러워 소대원들에게 잘 들리지는 않았겠지만 이렇게 외쳤다.

"멋지게 하늘을 날자!"

크게 소리치고 제일 먼저 뛰어 내렸다. 레펠 강하 경험 이후 공수 훈련 중에는 '할 수 있다!'는 자신감으로 힘차게 비행기에서 낙하산을 안고 뛰어내릴 수 있게 됐다. 그리고 한 손에는 비디오카메라를 들고 뛰었다. 뛰어내리는 모습을 녹화하기 위해서였다. 전역하기 전 추억을 남기고 싶기도 했고, 소대원들에게도 추억할 수 있게 만들어 보여주고 싶었기 때문이다. 하늘을 날며 같이 뛰어내린 소대원들의 모습과 하늘을 360도로 촬영했다. 지금도 이 동영상을 가끔 본다.

공수 훈련은 상당히 집중력 있게 하지 않으면 부상자들이 속출한다. 그날은 바람이 많이 불어 공수 훈련을 할지 말지 고민을 할 정도였다. 부상자들도 몇 명 있어 다음 날 목발을 짚고 다니는 대원들도 보였다. 최악의 경우 낙하산 고장으로 사망하는 경우도 있는 공수 훈련인데도 나는 과감하게 한 손에 카메라를 들고 뛰었다. '매 순간을 최선을 다해 추억하고 싶다'고 생각했기 때문이다. 실제 착지하면서 나는 통신 차와 박을 뻔했다. 나는 착지 준비를 하려고 카메라를 정리하면서 통신 차를 보지 못했지만 착지 후 주변에서 같이 훈련 받던 통신 장교가 이야기해줘서 알았다. 솔직히 죽어도 좋다고 생각하며 목숨 걸고 뛰어내렸다.

만약 1 시간 후 죽는다면,
무엇을 하고 싶은가?

얼마 전 회사에서 책을 추천하는 행사가 있었다. Y 상무님이 추천한 《내가 알고 있는 걸 당신도 알게 된다면》칼 필레머의 책이 생각난다. 이 책은 1,000명이 넘는 70세 이상의 각계각층 사람들로부터 8만 년의 삶, 5만 년의 직장 생활, 그리고 3만 년의 결혼 생활을 지켜 오면서 얻은 인생에서 가장 소중한 30가지 지혜에 관한 책이다. 나는 이 책의 추천 문구 중에서 "살아 있음에 감사하라. 우리에게 주어진 나날들 시간들 속에서 누릴 수 있는 헤아릴 수 없이 수많은 기쁨들에 감사하라"는 말이 가장 와 닿았다. 정말 중요한 건 지금이다. 당장 죽어도 후회할 일 없게 살겠다고 아침 긍정일기에 적었다.

"죽을 때 누가 옆에 있는가가 중요하다. 회사 팀장이 옆에 있을 건가? 죽을 때 옆에 있을 사람들을 존중해줘야 한다. 가정을 포기하는 사람은 결코 행복해지지 않는다. 행복하지 않은 사람과 일한다는 건 자신도 불행한 일을 하고 있다는 증거이다."라고 TBWA Korea 박웅현 ECD는 말했다. 그렇다. 당신 인생의 끝을 미리 생각해 보아야 한다. 누가 당신의 장례식을 함께 할 사람들인가 말이다. 류시화 시인의 《사랑하라, 한 번도 상처받지 않은 것처럼》에 나와 있는 시들 중에서 가장 감명 깊게 느꼈던 시를 감상해 보자.

춤추라, 아무도 바라보고 있지 않은 것처럼.

사랑하라, 한 번도 상처받지 않은 것처럼.

노래하라, 아무도 듣고 있지 않은 것처럼.

일하라, 돈이 필요하지 않은 것처럼.

살라, 오늘이 마지막 날인 것처럼.

-알프레드 디 수자

'지금'부터가 중요한 것은 '삶의 마지막'까지가 연결되어 있기 때문이다. 주변 사람들의 시선 때문에 나답게 살지 못했다면 지금부터라도 결심해야 한다. '나답게 살겠다! 내가 하고 싶은 것을 하겠다! 오늘이 마지막인 것처럼 살겠다! 행복해지겠다!'라고 외쳐보자. 당신도 매일 아침 일어나면 오늘 당장 하고 싶은 일을 긍정일기에 적어보며 느끼길 바란다. 묻지도 따지지도 말고 당장 행복해지기 위해 실천해야 한다. 당신의 마지막을 함께할 자식들에게, 사랑하는 남편이나 아내에게, 좋아하는 당신의 친구들에게 미리 유언장을 적어보라.

 긍정 외침

"인생 '여행의 끝'을 생각한다. 지금이 마지막인 것처럼 '나답게' 살겠다. 내가 진정 원하는 것을 눈을 감고 생각한다. 마음으로 크게 외친다. 나는 내가 원하는 것을 반드시 이룬다!"

DAILY OF
POSITIVE THINK
PART2

일,

우주의 원리가
신기하게
작용한다

최고가 되기 위해서는 우선 '최고가 되겠다!' 는 생각부터 해야 한다.

되고 싶은 모습을 생생하게 상상하면 그것은 사실이 된다.

매일매일 당신 스스로 우주가 돌아가는 원리를 터득하라!

우주가 돌아가는
법칙을 보아라

01

목표가 확실한 사람은 아무리 거친 길이라도 앞으로 나아갈 수 있습니다.
목표가 없는 사람은 아무리 좋은 길이라도 앞으로 나아갈 수 없습니다.
- 토마스 칼라일

회사에 입사한 지 1주일 정도 되었을 때 일이다. 대전에 있는 대둔산에 전체 팀이 워크숍을 가기로 했다. 공교롭게도 워크숍 바로 전날 밤 해병대 전 대대장님과 전역한 소대장들과의 만남이 있었다. 소주를 빠른 속도로 먹고(기억으론 인당 2병 정도씩), 2차 맥주 집에서 인당 2000cc 피처 1개 정도를 폭풍 드링킹했다. '내일 워크숍인데 못 일어나면 큰일인데….'라며 걱정했지만 즐거운 만남이어서 기분 좋아 많이 마셔 버렸다. 그런데 지하철을 타고 오다가 술에 취한 상태에서 '누군가에게 도움을 청해야겠다'는 생각이 들었다. 입사 첫날 처음으로 동행을 하면서 내일 같이 대전에 가기로 한 B 차장님께 전화를 했다.

"어…. 누구야?"

자다 일어난 듯한 목소리였다.

"저, 신입사원 조영근입니다. 제가 술을 좀 많이 마셔서 내일 못 일어날 수도 있을 것 같아서요. 혹시 일어나시면 저한테 전화해 주실 수 있을까요?"

술 마시고 혀가 꼬이지 않게 또박또박 얘기했다.

"뭐? 넌 도대체 정신이 있는 놈이냐! 지금 전화해서 깨워 달라는 거냐? 너 내일 7시까지 꼭 와라! 늦으면 혼날 줄 알아!"

나는 술이 번쩍 깼다. 전화를 잘못했다고 후회했다. 친근감이 과해서 개념 없이 전화를 한 것이다. 정신없이 집에 도착했고 내일 아침 일찍 봉천동에서 분당으로 가야 했기 때문에 '빨리 씻고 자야지'라고 생각했다. 자기 전에는 항상 샤워하고 자는 버릇이 있다. 샤워를 하는데 그만! 욕실에서 샤워하다 잠이 들어 버린 것이다. 나도 당시에는 너무 황당했다. 일어나 보니 물은 틀어져 있고 나는 샤워하려 옷을 벗은 채 욕실에 누워 있었다. 허둥지둥 시계를 보니 6시가 넘었다. 최소 1시간은 택시 타고 가야 하는 데 늦을 것 같았다. 어떻게 집을 나왔는지도 모르게 택시 타자마자 "분당으로 얼른 가주세요."라고 외쳤다. 다행인지 어쩐지 아침 일찍이어서 차는 안 막혔지만 이미 늦게 나와서 약속 시간보다 10분 정도 늦어 버렸다. 나는 변명의 여지조차 없었다.

B 차장님은 성화를 내며 "너 대전 갈 때까지 얘기하지 말고 조용히 있어!"라고 말했다. 차장님 차로 대전까지 조용히 갔다. 차장님은 대전

에 가자마자 본부장님께 당시 내 얘기를 하며 나를 내쫓으라고 했다. 정말 그때 생각하면 술 먹고 나의 개념 없는 전화 때문에 너무 죄송했다. 게다가 이 일을 온 팀 사람들이 다 알게 되어 엄청 화제가 되었다. 회사 입사하고 1주일 만에 나를 모르는 사람은 없을 정도가 됐다. 나는 1주일 만에 회사에서 쫓겨날 뻔한 유명인(?)이 되어 있었다.

당시만 해도 차장님이 엄청 무서웠다. 회사 내에서 소문이 엄청 빨리 퍼지는 것에 놀라며 주변 사람들이 나를 부정적으로 생각할까 두려웠다. 나의 첫 직장 생활이라 잘하고 싶었는데 첫 단추부터 완전 잘못 끼워진 느낌이었다. '결자해지結者解之!' 내가 잘못 낀 단추를 처음부터 다시 끼워야 하는 상황이다.

나는 B 차장님을 생각하며 '이 사람을 내 사람으로 만들어야겠다'라는 목표를 정했다. 내 자존심을 모두 버리기로 했다. '어차피 이렇게 된 거, 바닥부터 시작하는 맘으로 나를 버리고 새로 채우자'라고 결심했다. 차장님에게 다가가기 위해 차장님 말이면 뭐든지 했다. 아침 일찍 일어나 매일 아침에 공중전화로 출근 보고하라고 할 때도 하루도 빠지지 않고 충실히 했다. 또한 고객들을 모시고 행사를 진행할 때도 차장님 옆에서 도울 수 있는 일들을 찾아 도왔다. 그리고 술자리에서도 차장님 말씀을 잘 들으며 배우려고 노력했다.

100명의 사람을 1%씩 만족시켜 100%를 얻을 때보다 한 사람을 만족시켜 100%를 얻을 때가 훨씬 어렵다고 했다. 1년 이상을 꾸준히 성실하고 믿음직스럽게 일했다. 아마 내 주변에서 같이 일하는 사람들이 내가 열심히 하는 모습을 먼저 알아보기 시작했을 것이다. 드디어 차장님도 나를 인정했다. 처음엔 엄청 혼만 냈었는데 조언을 해주기 시작했다. 개인적인 자리에서는 11살 차이나 나지만 형, 동생하자며 친한 사이가 되었다. 차장님은 주변 사람들에게 나의 장점도 많이 얘기하며 든든한 후원자 역할도 해주었다.

차장님과 인연을 쌓은 경험은 일을 할 때도 큰 바탕이 되었다. 세일즈 활동에 나의 타고난 재능인 '사람을 끌어들이는 자석 같은 능력'을 활용하기로 했다. 나의 재능을 활용한다면 어려운 고객들도 모두 내 편으로 끌어올 수 있다고 믿었다.

신입사원 때
무슨 목표가 있었나?

"인생의 목표야말로 발견할 가치가 있는 자산이다. 그리고 그것은 외부에서 발견되는 것이 아니라 자신의 내부에서 발견되는 것이다."

로버스 루이스 스티븐슨Robert Louis Stevenson은 말했다. 목표를 가지고 있느냐 없느냐는 당신도 알듯이 결과에 큰 차이가 생긴다. 내가 대학생 때 처음 듣고 자주 이용하는 구절을 또 이야기하고 싶다.《절대로 실패하지 않는 세일즈》에서도 언급했던 내용이다.

1953년 예일대 연구팀은 졸업반 학생들을 대상으로 '삶의 목표'를 적어 놓은 종이를 가지고 있는 학생이 어느 정도나 되는지 조사를 했다. 그중 3% 정도만이 글로 쓴 삶의 목표를 가지고 있었다. 그 후 20년이 지나 1973년 추적 조사를 실시했다. 각계에서 열심히 일하고 있는 사람들이 대부분이었지만, 놀랍게도 글로 쓴 삶의 목표를 가지고 있던 3%의 사람들이 나머지 97%의 사람들의 재산보다 10배 정도가 더 많았다. 놀랍지 않은가? 글로 쓴 삶의 목표가 이처럼 엄청난 부의 차이를 결과적으로 가져다준다는 것이 말이다.

나도 이 목표의 중요성에 대해 세삼 깨닫게 되었다. 내가 인천 지역에서 중하위권에 있을 때, L형과 K님과 우연히 맥주 한잔 할 수 있는 자리가 있었다. 그 자리에서 나는 생각의 전환을 한 번 일으킬 수 있었다. K님은 "1등해서 받을 수 있는 인센티브 2,000만 원이면 웬만한 중소기업 다니는 직원 연봉이 된다. 왜 인센티브를 타기 위한 기회를 잡으려 하지 않느냐?" K님은 따뜻하면서도 따끔하게 나에게 충고해 주었다. 그렇다! 나는 충분히 할 수 있는데도 1등을 하려는 목표가 없었다. 그냥 지금 있는 현실에 만족하며 '잘 하고 싶다'라고만 막연히 생각했다. 1등을 하기 위한 목표가 없었기 때문에 결국 내가 할 수 있는 일들에 대해서는 생각해 보지 못했던 것이다.

그 이후로 나는 휴대폰에 '목표는 1등!'이라고 적었다. 내가 1등을 목표로 하고 나서 더 많이 일하려는 마음가짐이 생겼다. 우선 더 많은 시도를 하기 위해 전략을 구상하기 시작했다. 연초에는 인천 지역 주요 고객들을 중심으로 팀 전체 고객들을 초청할 수 있는 대규모 심포지엄을 계획해야겠다고 생각했다. 당시 팀장에게 1, 2, 3안의 제안서를 제출했다. 그리고 할 수 있는 방법에 대해서도 계속 고민했다. 심포지엄의 성사 여부를 떠나 전에는 생각하지 못했던 다양한 기회들이 보이기 시작했다. 1등 하기 위해 변화된 나의 생각이 나의 말과 행동을 바꾸기 시작했다.

세일즈 팀에서 1등 해서 인센티브도 최고로 받고 싶었다. 오로지 1등에게만 주어지는 해외여행 프로그램을 통해 내가 고생한 보상을 확실히 받겠다고 사람들에게 얘기하고 다녔다. 인천 지역을 비교적 오래 담당했고 필드 상황이 바뀐 건 거의 없었다. 그렇지만 한 가지! 내 스스로가 세일즈에 대한 열정으로 가득했다.

고객들에게 나의 열망을 보여주며 새롭게 다가가고자 노력했다. '내가 고객들을 위해 더 할 수 있는 건 없을까? 전문가다운, 그리고 고객에게 호감 가는 직원으로서 나는 어떻게 해야 할까?'를 생각하며 더 고민했다. 연초에 내가 담당하던 지역이 중하위 등수에서 2등으로 반짝 뛰어 올랐다. 2월부터는 1등을 달렸다.

세일즈 결과에 대한 변수는 여러 가지가 있을 수 있다. 그렇지만 중요한 건 1등을 하고자 하는 나의 열망과 목표가 나를 바꾸었다는 사실이다. 내가 바뀌면 내가 대화하는 방식이 바뀐다. 나의 말과 행동에 따라 나와 대화하는 고객이 바뀌었다. 고객이 바뀌면 내가 달성하고자 하는 성과도 바뀐다는 것을 경험하게 되었다. Y 상무는 "영근 씨가 인천 지역에서 잘 해준 덕분에 지역 고객들의 반응이 많이 좋아졌다는 것을 알고 있다."고 말했다. 뿌듯했고 인정해줘서 감사했다. 한편으론

이 말을 들으며 개인적으로는 조금 부끄럽기도 했다. 왜냐하면 진작 1 등 하고자 마음먹었다면 4년이 아니라 2년이면 가능했을 거라 믿기 때문이다.

최고가 되기 위해서는 우선 '최고가 되겠다!'는 생각부터 해야 한다

내가 세일즈를 시작한 이상 필요한 기술이나 사람들을 대하는 방법을 알아야 한다. 그리고 나의 마음가짐을 확고히 하기 위해 철저히 공부해야 한다고 생각했다. 무엇보다 '나의 내·외부 고객들을 위해 나는 어떻게 해야 하는가?'라고 자문했다. 그리고 스스로 답했다. '나는 담당 지역에서 회사를 대표하는 영업 총괄이다!'라는 마인드로 고객들을 관리했다. 핵심 고객을 감동시켜 내 편으로 끌어오기 위해 노력했다. 이러한 노력들은 인위적으로는 될 수 없다고 생각한다. 자연스럽게 내 마음 깊은 곳에서 울리는 소리가 고객들에게 전해져야만 만들어진다고 믿는다.

나는 고객들을 만나는 게 즐거울 때가 많았다. 비록 힘든 점이 있더라도 나의 발전을 위한 과정이라 생각했다. 1등 하고자 하는 목표를 생각하며 긍정적으로 배워 나갔다. 스티브 잡스가 다음과 같이 말한 걸 떠올렸다.

"멋진 일을 해내려면 자신이 하고 있는 일을 좋아해야만 한다. 아직 그런 일을 발견하지 못했다면 계속 찾아나서야 한다."

나는 고객을 만나는 게 좋았고, 회사 목표에도 맞춰 일하는 게 즐거웠다. 주변 분들에게도 배우며 발전하는 나의 모습이 더 나은 내일을 만들어 줄 것이라 확신했기 때문이다.

당신의 뇌는 상상과 현실을 구분하지 못한다. 되고 싶은 모습을 생생하게 상상하면 뇌는 그것을 사실로 받아들인다. 오랫동안 생생하게 상상하고 그 모습을 흉내 내고 지속적으로 말하면 상상은 어느새 현실이 된다. 누구나 가지고 있는 능력을 깨우쳐야 한다. '눈에 보이지 않는 목표를 설정할 수 있는 능력' 말이다. 이 능력을 최대한 활용하면서 당신 스스로가 매일매일 우주가 돌아가는 원리를 느껴보라.

 긍정 외침

"1등이 목표다. 1등을 만든다. 목표가 명확한 만큼 방법이 곧 떠오를 것이다. 나의 강점은 무엇인지 정확히 파악한다. 강점을 바탕으로 원하는 목표를 만든다!"

당신의 하루는
즐거운가, 피곤한가?

02

내가 일하는 8할의 이유는 '재미'있기 때문이다.
- 조영근

같이 일하는 사람에게 불만이 없는 사람은 없을 것이다. 인내심 강하기로 정평이 나 있는 링컨 대통령의 일화를 보자.

1863년 7월 4일 밤, 게티스버그 지역에서 남북전쟁이 치열하게 벌어졌다. 남군의 리 장군이 이끄는 부대는 북군에 밀려 후퇴하고 있었다. 포트맥 강변에 다다랐을 때, 폭우로 인해 강물이 범람해 더 이상 후퇴할 수 있는 길이 없었다. 링컨은 이때를 전쟁을 끝낼 수 있는 절호의 기회로 생각하고 당시 북군을 이끌고 있던 미이드 장군에게 '끝까지 추격해 전투를 승리로 이끌라'고 전보를 쳤다. 그리고 특사까지 파견하여 당장 공격을 개시하도록 독촉했다. 하지만 미이드 장군은 공격하지 않았다. 오히려 작전 회의를 열어 시간이 지연되는 바람에 강물이 줄어 리 장군의 부대가 무사히 강을 건너가 버렸다. 링컨은 이 소식을 듣고 몹시 흥분했다. 자신의 명령을 거역하고 승리의 기회를 놓친 미이드 장군에게 실망하여 분노의 편지를 썼다.

"미이드 장군 보시오! 나는 남군 총사령관 리 장군의 탈출로 인해, 앞으로 닥쳐올 불행한 사태의 중대성을 귀하가 올바르게 인식하고 있다고 생각하지 않습니다. 남군은 확실히 독 안에 든 쥐였습니다. 당신이 그때 추격만 했더라면 최근에 우리가 거둔 승리와 함께 전쟁은 종결되었을 것이 분명합니다. 이렇게 좋은 기회를 놓쳐 버린 지금, 전쟁의 종결을 기대하기는 어렵게 됐습니다. 장군은 지난 월요일 남군을 추격하는 것이 가장 현명했습니다. 하지만 그것을 하지 못했으니 남군이 강을 건너 버린 것입니다. 지금에 와서 그들을 공격한다는 것은 불가능합니다. 나는 앞으로 장군의 활약을 기대한다는 것이 무리라고 생각합니다. 장군은 하나님께서 주신 절호의 기회를 놓치고 만 것입니다. 그일로 말미암아 나는 지금 생각지도 못한 고통에 시달리고 있습니다."

링컨은 화를 내는 편지도 참 고상하게 쓰는 것 같다. 직접적으로 욕을 하지도 않으면서 말이다. 그래도 이 편지를 미이드 장군이 본다면 어떤 느낌을 받았을까? 전장에서 피 흘려 쓰러져 가는 군인들의 맘을 헤아리지도 못하고 비난만 하는 옹졸한 대통령이라고 생각할 수 있지 않았겠나 싶다. 하지만 미이드 장군은 링컨 대통령의 편지를 받지 못했다. 이 편지는 링컨 대통령이 세상을 떠난 후 유품을 정리하다 발견되었다. 링컨 대통령은 일부러 미이드 장군에게 보내지 않고 혼자 편지를 쓰며 분노를 승화시켰음이 분명하다. 편지를 쓰고 나서 창밖을 내다보며 생각해 보니, 전장에서 고군분투하고 있을 미이드 장군의 입장에서 다시 한 번 심사숙고하게 되지 않았을까?

직장 생활하면서도 상대방에 대한 기대와 오해로 인해 실망과 분노가 생길 때가 있다. 또한 일에 대한 불평과 불만만을 얘기하고 일부러 일을 하지 않는 등 짜증나는 스트레스 상황이 넘쳐난다. 그렇지만 조금만 더 현명하게 생각해 보자. 일에 대해서나 동료들에 대해 불평, 불만을 얘기하게 되면 듣는 사람에게 피해를 줄 뿐만 아니라 얘기하고 있는 자신에게도 기분 나쁜 일이 된다. 주변 환경을 탓하는 대신 생각을 바꿔 자신의 내면 소리에 귀 기울이면 하루가 훨씬 즐거워질 확률이 높아진다. 실제로 생각을 전환하는 것은 채 1분도 걸리지 않을 수 있다. 구체적인 방법을 한 가지 소개하겠다.

짜증나는 상황을 없애기 위한
'유리 공 던지기'

- 눈을 감고, 팔을 뻗어 손바닥을 하늘로 향하게 펴라.
- 몹시 괴롭히고 있는 상황을 '동그란 유리 공'으로 만들어 손바닥 위

에 꺼내 놓아라.

- 손바닥을 오므리고 손가락으로 공을 잡듯 말아서 유리 공을 벽에다 던져라.
- 유리 공이 산산조각 나서 깨지는 상상을 하라.
- 이제는 존재하지 않는 일이고 나와 상관없는 일이 됐다고 믿어라.
- 자유로워졌는가? 부정적 생각을 버릴 수 있었음에 감사하라.

내가 가끔 사용하는 방법이기도 하다. 미움, 분노, 불안, 질투, 원망 등등 당신을 괴롭혔던 그 장면을 생각하면 떠오르는 단어들이 있을 것이다. 그런 것들을 유리 공에 담아 있는 힘껏 벽에다 던지면 훨씬 더 후련하다. '유리 공 던지기'를 하고 기분이 어떻게 달라졌는지 느껴 보았는가? 당신이 직접 행한 액션이 느낌으로 증명해 줄 것이다.

아침 긍정일기 쓰기를 활용하는 방법도 있다. 직장 상사 혹은 동료들 때문에 피곤한 하루가 아니라 즐거운 하루를 살 수 있는 방법을 또 한 가지 알려 주겠다. 출근 전 아침 긍정일기에 스트레스 받게 하는 상사에 대한 불평이나 불만, 혹은 상사한테 하고 싶은 말이나 직설적인 욕을 일기장에 적어 보길 권한다. 짜증나게 하는 상대에게 무슨 말을 하고 싶은지, 특히 직설적인 욕이나 상대에 대한 불평, 불만을 일기장에 적게 되면 상대방에게 직접 얘기 하지 않아도 스트레스가 확 풀리는 놀라운 경험을 직접 하게 될 것이다. 이 또한 스트레스 없이 하루를 시작할 수 있는 긍정적인 방법이다.

마찬가지로 상사라면 같이 일하는 직원이 맘에 들지 않을 수 있다. 불평, 불만의 일들에 대해 아침 긍정일기에 적어 보길 권하고 싶다. 아침부터 직접 대면해서 짜증내며 얘기할 필요 없이 미리 출근 전에 아침 긍정일기에 한 번 적어 보면 어떨까? 실제 직원을 대했을 때 짜증내고 화를 내는 일이 사라질 수도 있다. 오히려 아침 긍정일기를 적으며 기분 전환이 될 것이다.

일기에 욕을 쓴다고 상대가 직접 볼 수 있는 것은 아니다. 상대방에게 직접적으로 피해가 가지 않는다. 일기장에 시원하게 욕으로 꽉 채워 봐도 좋겠다(절대 회사 책상 위에 남이 볼 수 있게 놔두지 말 것). 그러고 나면 신기하면서도 놀랍게도 만났을 때 불평, 불만을 말할 일이 없어질 것이다. 이미 일기장에 욕을 다 했으니 얼마나 마음이 편안해졌겠는가? 아직까지도 해 보지 않고 이 글을 읽고 있다면 지금 당장 해보고 편안한 마음을 느껴보길 바란다.

나는 실제로 맘에 안 드는 선배, 후배 한 명씩에 대해서 이 방법을 써 봤다. 정말 효과적이었다. 굳이 내 감정이 안 좋은 상태에서 얼굴을 보며 감정싸움을 할 필요가 없다. 내 안에 있던 안 좋은 감정들을 긍정일기 쓰기를 통해 털어버렸다. 다음에 상대를 만났을 때는 편안하게 이야기할 수 있었다. 왜냐하면, 긍정일기 쓰는 동안에 이미 짜증이 승화가 되어 없어졌기 때문이다.

그리고 운전하다 짜증나는 경우도 있을 것이다. 나는 욕을 하고 싶은 걸 잠시 참았다가 차에서 시동을 끄고 내릴 때 하려고 노력한다. 차

속에서 혼잣말로 욕하면 다른 사람이 직접 들을 수는 없을지라도 내가 그 욕을 듣게 된다. 그렇지만 내릴 때쯤 욕을 하려 하면 가끔 '내가 아까 무슨 욕을 하려 했지?'하고 잊어버리고 안 하는 경우가 생긴다. 내가 욕하는 걸 듣지도 않았으니 나한테도 피해가 가지 않는다. 그리고 정 욕을 하고 싶으면 차 안에 욕을 쓸 수 있는 노트를 놓아두고 욕을 적고 찢어 버려라. 나는 덕분에 욕을 참 잘 적게 되었다.

나는 회사를 다니며 좋은 점들에 대해 생각해 보면서 하루를 즐겁게 보냈다. 비록 어렵다고 생각할 수도 있지만 그럼에도 불구하고 회사의 장점은 분명히 있다. 내가 회사 생활을 하며 가장 좋다고 느낀 점 중 하나는 일과 삶의 균형**Work &Life Balance**이 잘 보장된다는 것이다. 퇴근 이후나 주말의 여유 시간을 잘 활용할 수 있다는 장점이 회사 생활에 만족하며 잘 다니고 있는 가장 큰 이유 중 하나이다. 퇴근 이후나 주말에 이렇게 책 쓰는 시간도 확보할 수 있었다. 매일 퇴근하면서 느낄 수 있는 긍정의 시간이다.

《스트레스에 대응하는 자세》라는 책을 쓴 에드워드 P. 사라피뇨**Edward P. Sarafino**는 말했다.

"스트레스는 환경과 교류를 하면서 상황이 요구하는 것과 개인 자신의 생물적, 심리적, 사회적 시스템이 제공하는 자원 사이에서 진짜든 아니든 격차를 인식할 때 나타나는 결과이다."

스트레스는 우리가 직장 생활을 하는 사회인으로 활동하면서 필수 불가결하게 겪게 되는 요소이다. 하루를 피곤하지 않게 스트레스를 줄이려면 사회적 관계를 잘 쌓아야 한다. 짜증나는 일도, 즐거운 일도 아침 긍정일기에 적고 마음껏 상상하며 즐겁게 하루를 보내자. 스스로를 즐겁게 만들자. 상황이나 주변 사람들에 의해서가 아니라 내 스스로 즐거운 일들을 해보는 것이다. 즐거운 대화를 시도하는 것만으로도 하루가 즐거워진다.

 긍정 외침

"매일 달라지는 하루를 느낀다. 즐거운 이유와 즐겁지 않은 이유를 구분한다. 내가 즐거워야 다른 사람도 즐겁게 해줄 수 있다는 사실을 깨닫는다. 내가 하는 말을 녹음해서 들어보고 내 스스로가 즐거워지는지 느껴본다!"

일상적인 것을
인상적인 것으로 만들어라

03

만일 여러분이 위대한 일을 할 수 없더라도,
작은 일을 위대하게 할 수 있음을 기억하라.

- 나폴레온 힐

나의 주요 고객은 8할이 여성이다. 고객을 만나기 위해서는 점심시간이나 오후 시간에 경쟁사들과 같이 방문하게 된다. 하지만 고객은 바쁘기도 하고, 너무 많은 세일즈 담당자들이 순식간에 왔다 갔다 하기 때문에 누가 왔다 갔는지조차 잘 기억하지 못할 때도 많다. 그렇다고 식사 시간이 다 되어 저녁 식사까지 함께 하기에도 여성 고객들은 쉽지가 않다.

나는 방문 전략을 점심이나 저녁이 아닌 아침 시간으로 바꿨다. 나의 마음도 고객을 아침에 만나는 걸 선호하도록 마인드 세팅을 했다. 월, 화, 수, 목, 금 매주 같은 요일 같은 아침 시간에 고객을 방문했다.

아침 8시 전에는 다른 직원은 거의 보이지 않았다. 내가 연초부터 꾸준히 아침 방문을 시작한 이래로 지속적으로 본 사람은 화요일 오전 다른 회사이지만 같은 품목 담당하며 서로 도와주는 J 과장님 밖에는 없었다. 내가 정한 요일의 아침 시간은 마치 '블루오션' 같았다. 가끔 한두 번 오는 분들도 있었지만, 나처럼 계속해서 꾸준히 방문하는 직원은 없었기 때문이다. 성실하게 일하는 나의 강점을 활용하며 나와의 약속을 지켜나갔다.

아침 시간에 방문을 한다는 게 그냥 일상적인 것이 될 수도 있다. 그렇지만 분명 연말까지 1년 정도를 꾸준히 한다면 나에 대한 큰 신뢰가 쌓일 수 있는 인상적인 일이라 믿었다. 나는 심지어 아침에 회사에서 회의가 있는 날도 고객들에게 먼저 인사하고 회사로 가기도 했다. 이는 내가 고객에게 약속한 것이기 때문에 지켜야 한다고 생각했다.

오후에 방문하는 고객들에게도 같은 요일 같은 시간대에 방문을 했다. 5개월 정도가 지나자 한 고객은 다른 요일에 방문하면 의아해하며 나에게 먼저 반응해 주었다. 그리고 내가 같은 시간에 찾아가지 않는 경우 오히려 고객이 지난주에는 왜 안 왔는지 물어보기도 했다. 고객이 휴가가 있거나 하면 미리 나에게 얘기를 해 주기도 했다. 나는 매 방문 때마다 성심성의껏 자료를 준비했을 뿐만 아니라, 고객이 생각할 수 있는 시간과 장소에 한결같이 있는 사람으로 각인시켰다. 지속적으로 방문하는 노력이 고객들에게 신뢰를 받을 수 있을 것이라 확신했다.

당신은 어떤 가치를 고객에게
전하는 일을 하고 있는가?

아침은 가끔 고객들이 바쁜 시간일 수 있다. 그래서 쪽지를 이용하기도 했다. 좋은 글귀를 적어 포스트잇을 이용해 고객들에게 전하기 시작했다. 매주 같은 요일에 만나는 고객들이라 '어떻게 하면 방문이 꾸준하면서도 매주 다른 내용의 느낌을 전해 드릴 수 있을까?' 고민을 하던 끝에 생각해 낸 아이디어였다. 매주 주간 멘트를 정해서 일정하게 고객들에게 전달하기로 생각했다.

고객들이 하루를 즐겁게 시작할 수 있게 하고 싶었다. 회사에서 나온 제품 데이터 자료만 드리기에는 아침 시간이 무미건조할 수 있으니 말이다. 하루를 시작하는 아침을 '살아 숨 쉬게'하고 싶었다. 사소한 일이라도 내가 하는 일에 어떤 의미를 두느냐에 따라 다르다. 내가 하는 일의 어떤 가치를 발견해서 전달하느냐에 따라 지금 하고 있는 일은 하늘과 땅 차이로 벌어진다고 믿는다. 그 어떤 것도 내 스스로가 의미를 부여하기 전에는 아무 의미도 없다고 생각한다. 나는 고객의 요구에 맞게 고객별로 맞춤화된 정보와 해결책을 제시하고 고객으로부터 제품의 가치를 확인하고 있다. 여기까지는 대부분의 세일즈 담당자들이 비슷하게 하고 있는 일이다. 그렇다면 나는 플러스알파의 특별함이 필요하다고 생각했다. 내 스스로가 고객들에게 '풍요로운 아침'의 가치를 전하는 일을 하고 싶었다. 다음은 실제로 고객들에게 전해준 쪽지에 적었던 글귀들이다.

"오늘은 의외의 기쁨과 풍요로움이 가득한 운 좋은 하루 보내세요."

"간절히 상상하고 소망하면 꿈이 이루어진다고 합니다. 원하시는 일들이 이미 이루어진 것처럼 즐거운 하루 보내시길 바랍니다."

"아침에 일찍 일어나면 잠자고 있던 꿈이 '살아 있는 꿈, 움직이는 꿈'으로 만들어진대요. 저도 요즘 아침 일찍 일어나 매주 교수님을 뵐 수 있어 기쁩니다."

"하루를 살아가며 두 가지 목표가 있습니다. 첫째, 원하는 것을 손에 넣는 일. 둘째, 손에 넣은 것을 즐기는 일이라고 해요. 오늘 하루도 즐기시길 바랄게요."

"하루를 살며 '이미 이루어졌음'에 감사하며 살아가고 있습니다. 둘러보면 세상엔 참 감사할 일이 많습니다. 아침마다 교수님을 뵐 수 있다는 걸 감사하며 오늘 하루도 시작하겠습니다."

위와 같은 글귀들을 포스트잇에 적어 요청한 제품 자료와 함께 드렸다. 아주 간결하면서도 마음에 와 닿을 수 있게 '풍요로움'이 묻어나는 내용들을 적어 보내기 시작했다. 그러면 고객들이 아침에 나를 맞이하는 느낌이 훨씬 좋아질 거라 믿었기 때문이다.

영화 〈역린〉에서 주인공 현빈이 중용 23장을 인용한 마지막 대사가 기억에 남는다.

"작은 일도 무시하지 않고 최선을 다해야 한다. 작은 일에도 최선을 다하면 정성스럽게 된다. 정성스럽게 되면 겉에 배어나오고 겉에 배어

나오면 겉으로 드러나고 겉으로 드러나면 이내 밝아지고 밝아지면 남을 감동시키고 남을 감동시키면 이내 변하게 되고 변하면 생육된다. 그러니 오직 세상에서 지극히 정성을 다하는 사람만이 나와 세상을 변하게 할 수 있는 것이다."

이 대사에 가슴이 요동쳤다. '작은 일에도 정성을 다해야 한다! 그러면 자연스럽게 발현될 것이다!'라고 믿는다.

고객에게 신뢰를 받고 나답게 감정적 느낌을 전해 주었다. 그렇게 하기 위해 외적인 부분도 신경을 썼다. 정장 색깔부터 머리 스타일 구두와 넥타이 등도 매력적으로 보이게 할 필요가 있다. 나는 악수를 할 때도 반듯하게 하려고 하고 메시지를 전할 때도 매력 있고 신뢰감 있는 목소리로 말하고 행동하려 노력한다. 또한 순간순간의 상황들에 대해서도 기민하게 반응하려 한다. 고객들과 식사할 때 음식들 또한 인상적인 것으로 선택하고 신뢰 관계를 쌓을 수 있게 고급으로 대접한다. 20세기 최고의 물리학자 아인슈타인은 다음과 같이 말했다.

"인생에는 두 가지 삶밖에 없다. 한 가지는 기적 같은 건 없다고 믿는 삶이고, 또 한 가지는 모든 것이 기적이라고 믿는 삶이다. 내가 생각하는 인생은 후자이다."

맞다! 어떻게 믿고 사느냐에 따라 나의 삶이 일상적인 것에서 인상적인 것으로 바뀔 수 있다고 생각한다. 나는 매일이 기적 같은 삶을 만들고 싶었다.

《365일 거인과 함께 가라》의 저자 앤서니 라빈스는 인생에서 즉각

적인 변화를 만들기 위해서 사용하는 3가지 기본 원칙을 다음과 같이
제시하고 있다.

　　1 단계 : 인생의 기준을 높여라.
　　2 단계 : 제한된 믿음을 변화시켜라.
　　3 단계 : 삶의 전략을 변화시켜라.

　　B와 D 사이에는 어떤 알파벳 글자가 있는가? C이다. 그럼 B가
Birth 태어난다는 뜻이고 D가 Death 죽음이라는 뜻이다. 그럼 C의
뜻은 뭘까? 많은 분들이 알고 있겠지만 Chance, Change, Champion
등 다양한 단어를 떠올릴 수 있을 것이다. 나는 이 중에 C는 Change
라는 뜻에 대해 말하고 싶다. 탄생과 죽음 사이에는 끊임없는 Change
만 있을 뿐이다. 많은 철학의 세계에서도 변화에 대해 이야기했다. 힌
두교와 불교 등 인도 철학에서는 "이 세상은 창조도 없고 죽음도 없으
며 오직 변화만 있을 뿐이다."라고 했다. 중국 도교 철학에서는 "이 세
상은 혼돈 그 자체인 무극에서 시작하여 음과 양의 두 가지 성질로 나
뉘는 양극상태로 변화하면서 이 세상이 창조되었다."라고 보고 있다.
또한 인도 철학에서는 영원한 것은 없고 모든 것은 변할 뿐이라고 했
다. 어찌 보면 우리가 태어나서 죽는 순간까지 변하지 않겠다고 다짐
하는 것보다는 "변하겠다!"라고 다짐하는 편이 좀 더 자연스러운 선택
이 될 것 같다.

아침에 일어나서 오늘 하루의 전략적인 일을 미리 긍정일기장에 적어 보았다. 이미 그렇게 된 것처럼 말이다. 중요한 건 내가 변화된 삶의 전략을 실행하고 그것을 지속하는 것이다. 변화는 1분도 채 걸리지 않을 수 있다. 나의 일에 대해 내 스스로가 해야 할 당위성과 그 이유를 생각했다. 약간의 변화만으로도 일상적인 일이 인상적인 것으로 바뀔 수 있다는 걸 깨달았다.

《영혼을 위한 닭고기 수프》의 공동 저자이자 세계적인 베스트셀러 저자 앨런 코헨은 다음과 같이 말했다.

> "세상에는 변명하는 사람과 결과를 얻는 사람이 있다. 변명하는 사람은 일을 수행하지 못한 이유를 찾지만, 결과를 얻는 사람은 일을 해야 하는 이유를 찾는다. 반응하는 사람이 아니라 창조하는 사람이 되어라."

그렇다! 당신은 당신 인생의 창조자이자 실행자이다. 당신의 삶을 맛있게 요리하는 요리사이기도 하다. 당신 안에 숨어 있는 '나다움'을 끄집어내어 '풍요로움'으로 요리할 수 있다. 양념을 살짝 뿌리는 작은 변화만으로도 큰 맛의 차이를 만들 수 있다. 맛있는 요리를 만들어 풍요로운 삶을 살 수 있다고 외쳐라.

 긍정 외침

"긍정 외침을 통해 일상적인 '일'도 인상적으로 만든다. 작은 차이가 평범함에서 비범함으로 만든다. 크게 바꾸려 하지 않고 방향을 1도만 바꾸어 본다!"

썩은 사과 근처에서
썩지 마라

04

가장 파괴적인 죄악은 남에 대한 비방이다. 이는 인간의 마음에 상처를 주며,
여타 모든 죄악과 합세하여 무자비하게 명예를 훼손시킨다.
- 나폴레온 힐

신입사원으로 입사 이후 최근까지도 썩은 사과 때문에 시달렸다. 팀원 중 한 명이었던 F 선배이다. 썩은 사과의 전형적인 예라 생각하여 교훈을 줄 수 있는 사례들을 말하고자 한다. 썩은 사과의 특징에 대해 우선 살펴보자.

썩은 사과는 밀실에서 일에 대한 불평,
불만을 퍼트린다

썩은 사과와 같이 있으면 정말 일할 맛이 안 난다. 회사와 주변에 있

는 동료들에 대한 안 좋은 얘기들만 듣게 되어 부정적인 시각을 형성하게 된다. 썩은 사과의 뒷담화에는 일상다반사로 씹기 위해 올라오는 반찬거리로 다양하다. 썩은 사과가 식사 자리에서 하는 얘기 중 대부분은 자신의 팀장에 대한 뒷담화이다. 팀장 앞에서는 "예, 예" 하면서도 인정 못 받는 경우가 많다보니 뒤에서는 시키는 일에 대해서 불평, 불만을 쏟아내고 태업을 하는 경우가 많았다.

한번은 내가 팀 프로젝트를 주도한 적이 있었다. 팀원들의 도움이 필요했다. 각 팀원들 각자가 담당하는 고객들에게 방문하여 팀 프로젝트를 진행해야 하는 상황이었다. 프로젝트는 휴대폰 카메라 등을 이용하여 고객들에게 영상이나 음성 피드백으로 '담당 품목 판매 초과 달성 기념 영상물'을 제작하는 것이었다. 프로젝트를 진행하면서 우리 팀도 힘을 내서 일하자는 취지에서 프로젝트 이름도 "Cheer-up" 프로젝트라고 명명하여 진행했다.

같은 팀 F 선배는 "그런 거 해서 뭐하냐, 의미 없다!"라고 얘기하며 프로젝트 참여를 등한시했다. 다른 팀원들의 경우에는 동영상 촬영이 어렵고 생소하지만 그럼에도 불구하고 팀 프로젝트를 하기로 했다. 고객들로부터 피드백을 받기 위해 최고령 차장님조차도 노력했다. 동영상 촬영이 어려워 잘 안 되는 고객에게는 음성으로만 피드백을 받기로 한 의견도 적극 반영하여 진행했다. 가능한 고객들 중 딱 1명만이라도 피드백을 받아 프로젝트를 완성하기로 했다. 다른 팀원은 1명씩 피드백을 받아 나에게 전달해 주었다. 반면 F 선배는 "내 고객 중엔 가능한 사람이 없네."라고 얘기했고, 단 한 명의 고객에게서도 피드백을 받지 않았다.

썩은 사과는 불통의 아이콘이다

F 선배가 회사 내에서 동료들을 욕하고 등을 돌린 사람들만 10명 이상이었다. 내가 신입사원으로 입사했을 때 당시 팀장을 강등시키는 데 주도적인 역할을 했다. 팀 미팅 이후에는 팀장의 욕을 엄청 해댔다. 자신과 비슷한 연차의 O 선배와는 제주도에서 있었던 연초 미팅 회식 장소에서 말싸움까지 했다. 얼굴이 빨개져 씩씩거리며 두 명이 회식 장소 밖으로 나가 말싸움을 이어나갔다. 또한 H 여선배와는 같은 지역에서 일하며 감정싸움을 했다. H 선배는 여성인데다 F 선배보다 나이가 어렸다. H 여선배는 오죽했으면 팀장에게 얘기해 팀을 옮겨 달라고 할 정도였겠는가. 당시 모든 팀원들이 두 사람 때문에 저녁 회식을 잡아 화해의 자리를 만들 정도였다.

또한 나와 친했던 G 선배가 같은 팀이 되었다. 새로 팀장도 바뀌었고 팀원들이 바뀌자 F 선배는 본인이 팀에 가장 오래 남아있었고 지역 사정을 잘 알고 있다며 차석 역할을 하고 싶다는 뉘앙스로 얘기했다. 나와 친했던 G 선배와 3명이서 모인 술자리에서 나로 하여금 차석 역할에 대해 G 선배에게 얘기하게 했다. 그러나 새로운 팀장은 팀에 차석 역할이

군이 필요 없다고 했다. F 선배는 그제야 자기는 원래부터 할 생각이 없었다고 말을 바꿨다. 그러면서 먼저 승진한 H 여선배가 차석 역할을 해야 하는 것 아니냐며 팀장의 판단을 못마땅하게 생각했다.

이뿐만이 아니다. F 선배와 같은 지역을 담당하게 된 이직 사원 K라고 있었다. F 선배는 주변 사람들에게 K의 단점에 대해 떠벌리고 다녔다. 결국 K는 적응하지 못하고 회사를 그만 두었다. 실제로 F 선배는 K와 대화가 잘 통하지 않자 직접적으로 얘기를 하지 않기 시작했다. F 선배 대신 K의 적응을 도왔던 것은 같은 팀 같은 연배의 L이었다. F 선배는 K 앞에서는 다른 사람들에게 얘기하는 것만큼 솔직하게 얘기하지 않았다. 대신 뒤에서 다른 사람들에게 K에 대한 불평, 불만을 쏟아냈다. 이러한 모습을 지켜보는 주변 다른 사람은 F 선배를 보며 "속이 좁은 사람이라 후배를 감싸 안을 줄 몰라서 그런다."고 말했다. 하지만 정작 본인의 잘못은 생각하지 못했다. 그런 모습을 지켜보며 거의 대부분 다른 사람 탓만 하고 등을 돌리니 F 선배의 개인적 발전이 없는 것 같아 안타까웠다.

썩은 사과의 경우 좋은 대화 상대자가 되지 못하는 전형적인 이유는 이렇다. 일반적인 상황에 대해 달리 해석하고 다른 언어로 사람들과 대화하기 때문이다. 예를 들어, '추진력이 강하고, 지시를 잘 내리는 팀장'의 말과 행동을 보고 썩은 사과는 "자만심이 강하고, 밑에 사람 얘기를 잘 듣지 않는다."라고 표현한다. 이는 마치 빈 잔에 물이 반쯤 차있다면 한 사람은 "물이 반이나 남았네."라고 하고 썩은 사과는 "물이 반밖에 없네."라고 하는 것과 같은 상황 판단과 표현이다.

썩은 사과는 혼자
썩지 않는다

F 선배가 주변 사람들 욕을 할 때 예전에는 듣고만 있었다. '이 선배 이런 얘기까지 하는 걸 보니 참 힘든가 보다'라고 생각했다. F 선배가 하는 말과 행동을 보며 처음에는 너무 안쓰럽다는 생각이 들어 내가 도와주고 싶었다. '이 선배 힘든 것 같으니까 이렇게라도 기분을 좀 푸나 보다, 내가 그냥 얘기나 좀 들어주자'라는 생각에 얘기를 들어주곤 했다. 그러나 갈수록 정도가 심해졌다. 전화통화를 시작하자마자 다짜고짜 다른 사람 욕을 하는 것이다. 한번은 내가 내근 부서 어떤 분 성함을 언급하니 입에 담기 힘든 욕을 해서 깜짝 놀랐다. 더 욕을 퍼부을 것 같아 나는 바쁘다며 바로 전화를 끊은 적도 있었다. 정말 당혹스러웠다.

썩은 사과는 남도 깎아 내려 같이 밑으로 내리려 한다. 아무리 자신과 맞지 않거나 잘못했다고 치더라도 정도가 심했다. 그래서 나는 '안 되겠다. F 선배와 술 한잔하며 얘기를 해야겠다'고 생각하고 저녁 식사 자리를 마련했다. 저녁 식사 겸 술 한잔하며 이런저런 얘기를 했다. F 선배와 함께 일하는 동료 P에 대한 얘기가 나왔다. 나와 비슷한 또래 P에 대해 F선배는 이렇게 말했다. "연락이 빨리빨리 안 되고 부지런하지 못하다. P는 지난 번 비용 정산할 때 쪼르르 와서 새로 바뀐 정산을 어떻게 해야 하는지 물어봤는데 자기 급한 일 있을 때에만 물어보니 짜증난다."며 불만을 토로했다. 하지만 내가 보았을 때는 P도 F 선배와 함께 일한 지 몇 달 안 되어 맞춰 나갈 수 있는 시간적 여유가 필요하다고 생각했다. 게다가 P는 다른 회사에서 일하다 왔기 때문에 우리 회사 시스템에 대해 잘 몰라서 물어본 것 같았다.

내가 선배 입장이었다면 달랐을 것이다. 오히려 잘 다독거려 감싸주고 더 잘할 수 있게끔 독려해주어 같이 잘될 수 있게 이끌어 가면 좋을 것 같았다. 그래서 F 선배에게 솔직하게 얘기했다.

"형님, 지금 P의 상황은 오히려 잘 다독거려 데리고 가야 하는 상황인 것 같습니다. P는 갑자기 지역이 바뀌어 형님과 함께 일하게 된 지 얼마 안 되었잖아요? 회사 시스템도 아직 잘 적응이 안 될 수 있는데 그럴 때 일수록 내근 업무도 잘 알고, 회사 시스템을 잘 아는 형님이 보듬어 안고 가야 하지 않겠습니까? 형님이 P가 없는 자리에서 저한테 이렇게 말하는 것은 함께 지역 담당하는 P와 같이 하향평준화 되는 꼴이 됩니다."

그랬더니 F 선배는 나에게 "너는 같이 일 안 해 봐서 몰라!"라고 쏘아댔다. F 선배 입장에서 자기가 하는 말에 그냥 맞장구쳐 달라는 얘기였다. 나는 같이 일을 안 해봐서 잘 모를 테니 그냥 자기 말이 무조건 맞다고 알아달라는 것 같았다. 하지만 같이 일을 안 해봐도 같은 팀이기 때문에 P의 상황을 잘 모르는 건 아니었다. 또한 P의 성격도 알고 있었고 F 선배가 다른 사람들에게 하는 말과 행동을 아는데 어찌

그걸 모른다고 치부할 수 있겠는가. F 선배와 P가 담당하는 지역은 줄곧 최하위에 있었는데 말이다.

나는 1년간 P와 함께 같은 지역을 맡게 되었다. F 선배가 생각하는 모습과 내가 P와 일하며 느낀 점은 다른 게 많았다. 나는 P와 같은 동료로서 좋은 파트너십을 이루었다. 서로 신뢰 관계 속에서 일을 했다. P도 마찬가지로 나와 일하는 게 좋다고 했다.

> "진실은 드러나게 마련입니다. 속이려 하고, 감추려 해도 반드시 드러납니다."

링컨 대통령은 진실의 중요성을 말했다. 조직에서 썩은 사과가 아닌 것처럼 행동해도 주변 사람들은 다 알고 있다. 어쩌면 본인만 아니라고 생각할 수도 있다. 혹시나 본인이 썩은 사과와 같은 행동을 했던 적을 떠올리며 '찌릿'하고 느꼈다면 당신에게 묻고 싶다.

"왜 본인의 모습을 숨기려 하는가?, 왜 최선을 다해 일하지 않는가?, 과연 지금 하고 있는 말과 행동이 조직에 도움이 된다고 생각하는가? 아니면 본인을 위해서 말하는 것인가?, 왜 적극적으로 문제를 개선하기 위해 노력하지 않는가?"

이제부턴 밀실이 아니라 광장으로 나와서 적극적으로 리더십을 발휘하길 바란다. 팀원들 앞에서도 솔직하게 얘기해야 한다. 힘을 내서 일할 맛 나게 일할 수 있게 동기부여 되는 얘기를 많이 할수록 자신의 가치는 높아질 것이다. 주인의식을 가지고 책임감 있게 일하겠다고 외쳐라.

세상을 바꾸려 하지 말라. 그것은 단지 거울일 뿐이니.

세상을 강제로 바꾸려는 인간의 투쟁은, 나의 모습이 마음에 들지 않는다고 거울을 깨버리는 것처럼 무익한 짓이다.

거울은 그대로 두고, 그대의 모습을 바꾸라.

세상을 그대로 두고, 그대 자아에 대한 관념을 바꾸라.

- 네빌 고다드 《상상의 힘》 중에서

 긍정 외침

"당당하게 '나답게' 외치며 올바른 방향으로 나아간다. 다른 사람의 목소리가 아니라 내면의 나의 목소리를 듣는다. 아닌 건 당당히 아니라고 하며 일관성을 갖고 일과 사람을 대한다!"

당신은 얼마짜리
직원인가?

05

여러분이 가지고 있는 모든 것을 보여줘라.
여러분 모두 그러겠지만 어떤 상황에서건 훌륭한 삶을 살아라.

- 헨리 워즈워드 롱펠로

회사에서 알려주는 세일즈 스킬은 참 유용하다. 세일즈 향상 교육을 받으며 가장 좋아하는 말은 "Learning by Doing"이다. 행동을 통해 배운다는 뜻이다. 한번은 Y 상무님이 전체 회의에서 "약가 인하가 된 이유에 대해 설명해 볼 사람 있나요?"라고 했다. 약 5초 정도 정적이 흘렀다. 아무도 손을 들지 않았다. 보통 이렇게 물어봐도 눈치 보며 발표하려 하지 않는 경우가 많다. 나는 의약 전문 일간지에서 담당 품목이 전년 대비 100% 이상 성장했다는 내용을 얼핏 보았다. 알고 있는 내용이 맞는지 궁금했다. 오픈된 자리에 앉아 있어 앞으로 나가기가 쉬워 손을 들고 나가서 얘기했다. 상무님은 "틀렸습니다."라고 하며 등

을 툭 치셨다. 머쓱하게 자리로 다시 돌아왔지만 옆에 앉아 있던 팀장은 "Nice Try"라며 격려해 주었다. 내가 잘못 알고 있다는 것을 정확하게 알았을 뿐이라 생각했다. 그리고 용감하게 앞에 나가 발표를 하며 조직에 2가지를 기여할 수 있다고 생각했다.

> 첫째, 알고 있는 것을 이야기함으로써 다른 사람들과 생각을 공유할 수 있다.
> 둘째, 다른 사람이 정답을 더 정확히 이야기를 할 수 있게 발판을 마련했다.

조직 내에선 유연하게 생각이 계속 흘러야 한다고 생각한다. 내가 조직에서 요구하는 가치를 잘 실행하고 있는지 생각해 보았다. 추가적으로 어떤 가치를 주고 있는지 생각해 보아야 한다고도 생각했다. 내가 조직에 주는 가치만큼 나의 연봉과 직결될 것이라 믿기 때문이다. 《네 안에 잠든 거인을 깨워라》의 저자 앤서니 라빈스는 "더 좋은 결단을 내리는 방법은 결단을 많이 반복하는 것이다."라고 했다. 앤서니 라빈스는 계속 '결단과 확신'에 대해 강조한다. 그는 '운명을 좌우하는 세 가지 결단'에 대해 다음과 같이 말하고 있다.

- 어디에 관심을 둘 것인가? (방향성과 목적지)
- 그것이 내게 무엇을 의미하는가? (나와 무슨 연관성이 있는가?)

- 원하는 결과를 얻기 위해 무엇을 할 것인가? (방법 선택)

    결과를 만들어내겠다는 결단과 정열적인 소망이 있다. 성공의 비결은 고통과 즐거움에 휘둘리는 것이 아니라 활용하는 법을 배우고 그것을 잘 사용하는 것에 달려있다고 믿는다. 실제로 목표를 이루기 위해 한 걸음 내디딘 경험이 중요하다. 비록 실패하더라도 다음 성공을 위해 또 앞으로 걸어 나가는 일이 필요하다. 목표가 이루어지지 않아도 실망할 필요는 없다고 본다. 오히려 가만히 앉아 표적만 노려보는 것보다 훨씬 가치 있는 일을 할 수 있다. 표적만 노려보는 것만으로는 표적에 도달할 수 없고 발전도 즐거움도 없기 때문이다. 활시위를 강하게 당기고 노려보는 표적에 계속해서 꽂아 넣는 실행을 하는 사람이 되어 나만의 가치를 키우려 노력했다.

    나폴레온 힐은《성공의 법칙》에서 "조직 내 전략적인 위치에 호의적이고 조화로운 정신으로 화합할 수 있는 구성원들을 선택, 배치하는 것이 리더의 책임이다."라고 강조했다. 《성공의 법칙》에서 나폴레온 힐은 마스터 마인드를 중요시했다. 마스터 마인드란, '명확한 목표의 달성을 향해 완벽한 조화와 협력의 정신으로 뭉쳐진 둘 또는 그 이상의 마음의 연합을 의미한다. 마스터 마인드 원리는 모든 성공의 토대이며 개인이든 집단이든 인간의 모든 진보에서 가장 중요한 주춧돌 역할을 해왔다'고 나폴레온 힐은 강조했다.

    마스터 마인드의 예를 보자. 유명한 자동차 대리점에서 12명의 영업

사원을 고용했는데 마스터 마인드 법칙의 적용을 위해 2명이 한 조를 이루어 6개조를 만들었다. 이 대리점은 '한 주에 한 대 클럽'이라는 조직을 결성했는데 일주일에 평균 한 대씩은 팔자는 취지에서 이름을 지은 것이다. 클럽의 조직원들은 자동차 구매 의향 고객명단을 작성했고, 판매사원은 각기 자신에게 할당된 100명의 잠재적 고객에게 일주일에 카드를 한 장씩 보내고 매일 적어도 10통의 전화를 걸었다. 엽서 한 장에는 그들이 팔려는 자동차의 장점을 하나씩만 적어 보냈고 이에 덧붙여 면담을 요청하는 글귀도 첨가했다. 모두에게 놀랄만한 결과가 일어났다. 면담은 급증했고 거래 또한 급격히 이루어졌다. 대리점 전체가 활기를 띠기 시작했다. 성과는 매주 판매사원의 판매기록으로 드러났다. 그 결과 이들은 모두 종전의 판매기록을 갱신했다. 대리점은 이 클럽의 사원들에게 특별 보너스를 지급했다.

《해리 포터》의 저자 조앤 롤링은 남편과 이혼한 뒤 혼자 어린 딸을 데리고 다니며 책을 썼다. 딸의 감기약조차 살 돈이 없는 생활고에 시달렸지만 그녀는 좌절하지 않고 자신이 믿는 일을 향해 나아갔다. 그리고 마침내 1억 6000만 부라는 판매고를 기록한 베스트셀러 작가가 되었다. 세계적 베스트셀러 작가가 되기란 1000만분의 1의 확률이라고 한다. 롤링이 베스트셀러 작가가 되어 얼마를 벌었나 생각해 보자. 해리 포터의 총 매출은 210억 달러(한화 21조 원)였다. 조앤 롤링처럼 이 '확신'의 느낌을 개발하는 것이다. 바로 이 확신의 느낌이 성공의 느낌이다.

네빌 고다드는 결과에서 생각하는 것thinking from과 결과를 생각하는 것thinking of의 차이를 이야기했다. 곧 있으면 나도 영업부에서 최상위 단계 레벨로 진급을 바라보고 있다. 나는 최상위 단계 레벨에 맞는 역할과 자세, 마음가짐, 태도, 언행을 일치시키기 위해 나를 완성해 나가고 있다. 내가 지금 최상위 단계 레벨에 맞는 언행을 할 수 있어야 그에 맞는 레벨로 조직에서 승진할 수 있다고 믿기 때문이다. 나의 강점인 실행력에 신중한 언행이 더해져 여유롭고 풍요로운 회사 생활을 하기 위한 가치를 완성하는 것이다.

1904년 〈앙트러프러너Entrepreneur〉지가 발간됐다. 그로부터 110년이 흘렀고, 세상은 완전히 바뀌었지만 잡지 첫 페이지의 발간사만은 옛날 그대로다.

"나는 보통 사람이 되고 싶지 않다. 능력만 있다면 특별한 사람이 될 권리가 있다. 기회를 추구하고 현실에 안주하지 않는다. 회사의 비호 아래 보장된 삶을 사는 평사원이 되고 싶지 않다. 그것은 타인에게 무시당하는 일이고, 고통스러운 일이다. 의미 있는 모험을 할 것이다. 꿈이 있고, 창조를 원한다. 실패도 성공도 모두 맛보고 싶다. 당당하고 자신감 넘치며 그 무엇도 두려워하지 않는다. 용감하게 이 세상과 맞서 자랑스럽게 말한다. 신의 도움으로 이미 성공하였다고."

나도 이렇게 외친다. 기업가 정신을 가지고 나 스스로 회사 내에서 마치 성공한 CEO처럼 생각하고, 말하고, 행동한다. 나도 성공할 것이라 믿는다. 돈에 대한 욕구에도 솔직해지기로 했다. 소망이 좋은 모양 새로 잠재의식에 이식되면 그 소망을 실현해줄 수 있는 돈이 반드시 수중에 들어온다고 믿는다. 돈에 대해서는 더욱 솔직하게 행동할 필요가 있다. 연봉을 많이 받고 싶다고 상사에게 솔직하게 얘기했다. 진정으로 연봉을 많이 받는 상상을 하며 아침 긍정일기에 적었다. 아침 긍정일기에 쓰는 순간 실현될 확률은 훨씬 높아진다고 믿는다. 회사로부터 더 많은 인센티브를 받고 더 많은 기여를 하고자 마음먹었다. 대부분의 고액 연봉자들은 자기가 받는 것보다 회사에 더 많은 기여를 하며 더 많은 일을 하고 있다는 사실을 명심하며 말이다.

조직에 기여한 가치
= 당신의 연봉

"시장에서 얼마 정도의 몸값을 받고 있는지 냉정하게 알아볼 필요가 있다."

직장 생활을 할 때 잠깐 멘토 역할을 해 주었던 유명 MBA를 나온 C 선배와 S 선배는 연봉에 대해 "직장인으로서 연봉은 자기의 능력과 비례한다."는 이야기를 했다. 그렇다. 현재 시장에서 나의 위치에 해당하는 직원들의 연봉 수준에 대해 고민해 보았다. 현재 나의 가치뿐만 아니라 미래의 가치도 같이 생각해볼 필요가 있지 않겠는가? 내 안에 있는 성공 가능성을 나 스스로가 믿지 않으면 누가 나를 믿을 수 있겠는가? 나를 믿고 외쳤다!

"나의 가능성을 확신한다, 나는 큰 비전을 가졌다, 나는 성공할 것이다, 나는 나를 사랑한다!"

당신의 현재 연봉은 얼마이고 얼마를 더 받고 싶은가? 아침 긍정일기에 구체적으로 적어 보면 느낌이 달라질 것이다. 어쩌면 쓰는 순간부터 연봉이 인상되고 승진이 될 수도 있다. 아침 긍정일기에 적은 연봉만큼 올랐다고 미리 긍정 외침을 해도 좋다. 뚜렷한 목표를 적어두고 계속 생각할수록 목표를 달성할 확률은 더욱 높아진다. 구체적으로 얼마의 연봉을 받고 싶은지 자기 자신에게 우선 솔직해지자. 아침 긍정일기에 적은 액수만큼 연봉 인상이 이루어질 것이다.

 긍정 외침

"이미 최상위 단계로 승진한 것처럼 마음가짐과 말과 행동을 일치시킨다. 내가 받고 있는 연봉이 전부가 아니다. 나는 더 높은 곳을 향해 나를 발전시켜 나갈 것이다. 내가 열심히 일한 만큼 더 많은 연봉을 요구한다!"

성공한 리스트를
긍정일기에 적어라

06

성공하거나 부자가 된 사람은 모두 성공하거나 부자가 되기를 진실로 바라고 있었다.
따라서 당신이 찾고 있는 것이 무엇인지 잊지 않는 한
반드시 성공으로 가는 문은 열릴 것이다.

- 나폴레온 힐

아침 긍정일기를 쓰며 카페에 앉아 있다. 예전에는 무심코 흘려들었던 말들이 귀에 또렷이 들릴 때가 있다. 특히 주변에서 하는 대화 중 비난하는 목소리들이 선명하게 들리기 시작한다. 매주 수요일 아침마다 가는 목동의 한 커피숍에서 한 과외 선생과 학생의 대화가 너무나도 생생히 들린 적이 있다.

과외 선생은 대학생으로 보인다. 날카로운 눈매에 앙칼지고 똑 부러지는 목소리의 수학 선생이다. 과외를 하며 거의 95%를 얘기한다. 반면, 학생은 뚱뚱하고 자신감이 없어 보인다. 외모만으로도 조용한 학생이라는 느낌이 들었다. 내가 같은 층에 앉아 있다 보니 자연스레 과외 선생의 얘기가 들렸다. 과외 선생이 학생에게 하는 8할의 얘기가 "이것도 못 하겠냐, 또 틀렸다, 네가 잘못 본 거다, 남들은 진도 빨리 나가는 데 넌 느리다"라고 얘기한다. 학생은 아무 말이 없고 반응도 별로 없다. 그저 시키는 문제만 풀 뿐이다. 두 사람이 이미 여러 차례나 과외를 하고 있는 걸 보면 신기할 정도다.

그냥 아무 생각 없이 듣기만 했을 뿐인데도 머리가 아파왔다. 내가 잘 느끼는 편이기도 하지만 비난, 비판 등 부정적 얘기는 우리의 뇌를 오염시킨다. 그 말인즉슨, 누구든 긍정적으로 생각하고 긍정적인 얘기를 듣고자 노력하지 않는다면 뇌는 금방 부정적인 생각들로 물들어 갈 것이라는 얘기다. 두 사람의 대화를 듣고 내가 학생 입장이라면 별로 선생이 하라는 대로 따라 하고 싶지 않았을 것 같다. 매번 못했다고만 하면 당연히 더 힘이 빠지지 않겠는가?

나는 주변 사람들에게 잘한 일에 대해 많이 이야기하려 한다. 칭찬해주고 격려해주며 응원해주고 싶다. 힘내서 파이팅할 수 있다는 자신감이 생길 수 있게 이야기하는 편이다. 실제로 내 스스로가 다른 사람에게 해주는 응원의 말에 영향을 받기 때문이다. 다른 사람으로부터 듣는 내용도 마찬가지로 긍정문으로 나의 뇌에 저장해야 한다고 생각한다. 성공 요인에는 스스로가 경험하는 성공도 있지만 옆에서 지지해주는 말들에서도 큰 영향을 받게 된다. 뇌에서는 긍정적인 생각과 부정적인 생각이 합쳐져 100퍼센트의 생각을 만든다. 상황에 대해 어떻게 생각하느냐에 따라 나의 기분은 180도로 달라진다.

당신의 오늘은 성공적이었는가?
아니면 실패가 많았던 하루였나?

내 스스로 생각할 수 있게 질문한다. 성공은 나의 마음을 스스로 다스리는 것에서부터 시작된다고 믿는다. 원하는 것을 이루기 위해 계속해서 질문하는 습관은 나를 목표로 다가가게 한다. 오라클의 창업자 케리 앨리슨은 "모든 일에 질문을 던지는 성격 덕분에 지금의 성공을 이룰 수 있었다. 나는 통념에도 의문을 품었고, 전문가들의 말에도 질문을 던졌다. 이런 성격 때문에 부모님과 선생님들이 고생이 많았다. 하지만 이는 인생에서 꼭 필요한 성격이다"라고 했다. 나의 경우도 질문을 의도적으로 많이 하려 하는 편이다. 나도 어릴 적부터 질문이 많아 부모님과 선생님이 고생이 많았다. 그리고 일을 할 때도 질문하는 습관은 여전히 발휘된다.

세일즈 품목 중에 3개 회사가 연합하는 제품이 있다. 3사 담당자끼리는 서로 돕고 도움 받으며 손발을 잘 맞춰 나가고 있다. 하루는 3사 담당자들이 한 고객을 만나러 같은 시간에 방문하게 되었다. 다른 회사 담당자들은 제품에 대한 메시지를 전달하는 편이다. 하지만 나는 고객에게 사용 경험과 제품 효과에 대해 여쭤보았다. 고객의 대답은 우리 회사가 지향하는 포지션에서 제품을 사용하는 것이 아니라 지양하는 포지션에서 제품 효과를 경험하고 있었다. 그러니 당연히 아직 긍정적인 효과를 경험하지 못하고 있었다. 단순히 메시지만 전달하는 데 그쳤다면 고객의 경험을 알지 못할 뻔했다.

중요한 건 고객의 긍정적 제품 효과 경험을 듣는 것이라 생각한다. 효과적 질문을 통해 다음 방문 때 말씀드려야 할 내용도 명확해진다. 우리의 입을 통해 제품의 메시지를 전하는 것만큼이나 고객의 입에서 나오는 반응이 성공의 기회를 가져다준다고 확신한다. 그렇기 때문에 긍정적이고 효과적인 질문은 중요하다. 질문을 효과적으로 하는 강점을 스스로 개발하고 있다. 질문을 효과적으로 활용해 내가 담당하는 지역에서 목표를 달성할 수 있도록 해야겠다고 다짐한다.

"의문이 많으면 많이 나아가고, 의문이 적으면 적게 나아간다. 그리고 아무 의문도 없으면 전혀 나아가지 못한다."

주자는 이같이 말했다. 질문을 많이 할수록 그리고 질문의 크기가 사람의 크기를 결정하기도 한다. 질문은 꿈과 성공의 크기를 결정하며 상대를 움직이게도 한다. 성공을 위해 긍정적인 질문을 계속하는 습관을 들이면 좋겠다.

성공한 리스트를 만들어, 아침 긍정일기에 미리 성공한 것처럼 적었다

아침 긍정일기에 성공과 관련해서 적기 위해 많은 명언들을 찾았다. 영적인 성장을 도와주는 베스트셀러 작가 로버트 콜리어는 얘기했다.

"성공은 날마다 반복되는 작은 노력들이 합쳐진 것이다."

성공 철학을 집대성한 나폴레온 힐은 얘기했다.

"자신의 의지로 성공 철학을 활용해서 실패한 사람을 보지 못했다. 또 이 철학을 이용하지 않고도 무엇인가 위대한 일을 성취한 사람을 만난 적이 없다."

결과로부터 생각을 시작하고, 이미 성공한 것처럼 행동한다는 원칙을 정하듯 실행해 보기로 했다. 실제로 많은 성공한 사람들의 이야기 속에는 실패에 관련된 얘기가 있다는 것도 알게 됐다. 성공한 사람들에게도 모두 실패가 있는 이유는 무엇일까? 그들에게 실패란 무엇이고, 성공이란 과연 무엇일까?

영국의 '스티브 잡스'라는 별칭을 가지고 있는 제임스 다이슨의 《계속해서 실패하라》에서는 실패를 통한 성공은 어떻게 얻을 수 있는지를 잘 보여주고 있다. 그가 청소기를 발명한 일화를 듣고 있으면 '정말 성공에는 인내와 눈물과 열정 없이는 안 되는구나!'라고 감탄하게 된다. 알기 쉽게 결론부터 말하자면 5,127번 시도해서 5,126번 실패를 경험했다. 다이슨 진공청소기는 '실패'에서 시작됐다는 생각이 들 정도로 대단한 과정이었다는 것을 짐작할 수 있을 것이다. 전자 제품 회사 이름에 자기 이름을 그대로 사용한 다이슨 전자 제품은 선풍기나 청소기 등 품질이 굉장히 우수하고, 수많은 연구개발을 통해 독창적 디자인도 완성해 가전의 명품이라 할 수 있는 이유가 충분하다.

전에 다니던 회사에서는 '베스트 프렉티스'라는 어워드 프로그램이 있었다. 매번 성공 케이스를 발표하게 되는데 생각해 보면 왜 '워스트 프렉티스'는 없을까 싶었다. '이러한 실패들이 모여서 성공을 할 수 있는 열쇠를 줄 수도 있는 것 아닌가?'라는 생각이 들었기 때문이다. 그러면서도 '실패를 바탕으로 좀 더 많은 시도를 통해 꼭 성공하라는 의미로 볼 수 있겠구나'라고 깨닫게 되었다. 또한 '성공해서 베스트 프렉티스로 만들라'는 의미로 나는 자연스럽게 받아들였다.

10여 년 동안이나 전 세계 여론조사에서 가장 존경 받는 지도자 중 한 명으로 콜린 파월 장군이 뽑혔다. 그는 갤럽의 리더십 강연회에서 리더십과 인격에 관한 이야기를 갤럽 직원들에게 자연스럽게 전달했다. 그는 보통의 정치가들처럼 판에 박은 어투를 구사하지 않았으며, 설교자들처럼 허풍을 늘어놓지도 않았다. 또한 별도로 준비한 강의안이나 노트도 없이 편하게 강연했다. 그는 단순한 메시지로 완벽한 강연을 보여 주었다.

처음부터 파월 장군은 강연을 잘 했을까? 한 번에 완벽하게 잘 하는 것만이 꼭 성공일까? 미국 프로야구 선수 칼 립켄(Cal Ripken)은 16년 동안 한결같은 모습으로 2,632 경기에 연속으로 출전했다. 한국은 장기 출전 선수로 영구 결번을 가지고 있는 이종범과 선동열 선수 등이 있다. 그리고 세일즈 부서에서 근무하는 K 부장님은 25년 이상 한 회사에서만 근무하고 있다. 재작년에 세일즈 결과 전체 1등을 해서 해외여행도 다녀오셨다. 또한 디즈니 월드의 최고 청소부 중 한 명인 베티

나는 21년 이상 같은 호텔에서 같은 방을 청소해 왔다고 한다. 찰스 슐츠는 2000년 2월 사망하기 전까지 41년 동안 같은 만화《피너츠**Pea-nuts**》를 그려 왔다.

성공은 일회성으로 끝나는 게임이 아니다. '지속적으로 할 수 있는 것!' 그것이 곧 성공이다. 명심보감을 인용한 서평을 썼던 문용린 서울대 교육학과 교수가 아래와 같이 얘기한 것과 일맥상통—脈相通하다.

不積跬步無以至千里(부적규보무이지천리)
不積小流無以成江河(부적소류무이성강하)
작은 발걸음이 꾸준히 쌓이지 않고는 천 리 길에 이를 수 없고,
작은 지류가 꾸준히 모이지 않고서는 큰 강물이 이루어질 수 없다.

성공은 '실패의 끝'에서 알람도 없이 어느 순간 찾아온다. 긍정일기에 할 일 목록과 함께 성공한 리스트를 만들어 마음껏 적어 보자. 바로 당신의 행복을 위해 다가온 성공을 축하하며 소소하게 축하 파티를 열자. 실패는 성공의 과정일 뿐이지 않은가!

 긍정 외침

"성공을 통해 또 다른 성공을 계속 이어간다. 작은 실패에서도 큰 성공의 발판을 배울 수 있다. 모든 일은 성공을 위한 과정일 뿐이다. 나는 성공한다!"

간결하게
원하는 것에만 집중해라

07

할 수 있고 하게 될 것이라고 판단하면
그 방법을 찾을 수 있다.

- 에이브러햄 링컨

군대를 전역하고 외국어 공부에 관심이 많았다. 하루 20분씩 프랑스어, 일본어, 중국어, 영어 각각 공부하고 경제 신문을 읽기로 했다. 하루에 20분씩 5가지를 하는 것이다. 생각해 보면 너무 욕심이 많았던 것 같다. 한 가지만 매일 꾸준히 하기에도 쉽지 않아서 결국 몇 개월 하다 말았다. 취업하고 나서는 더 이상 못하게 됐으니 말이다. 이 중에 계속 한 언어만이라도 지금 계속 하고 있었다면 어떻게 됐을까 생각해 본다. 아마 나는 어느 나라 본토에 가더라도 모국어처럼 유창하게 하고 있을 게 분명했을 것이다.

반면에 대학 때는 한 가지 언어에 집중했던 기억이 난다. 대학 2학년 때부터 전공이 프랑스어로 정해졌다. 고등학교 때 수능 시험을 위해 잠깐 ABC 정도 공부한 것이 기억에 남아 있었다. 그렇지만 2학년 전공 첫 원어민 선생님 수업을 들어갔는데 도대체 무슨 말을 하는지 하나도 알아들을 수가 없었다. 프랑스인과 대화를 해 본 적이 한 번도 없었고 제대로 프랑스어를 공부해 본 적도 없었으니 말이다.

'일단 단어를 외워야겠다!'고 생각했다. 바로 달려가 프랑스어 사전을 샀다. 매일 들고 다니면서 모르는 단어를 보면 그 자리에서 찾아 외우기 시작했다. 영어는 당시 포기했다. 1년간 프랑스어 단어만 외우는 데 집중했다. 여름 방학에는 오전, 오후로 프랑스 어학원을 다녔고 저녁에는 TV5, TF1과 같은 프랑스 뉴스 방송을 인터넷으로 시청했다. 잠자기 전에는 스피커를 배게 양옆 귓가에 놓아두고《어린 왕자Le Petit Prince》프랑스어 CD를 틀어두고 잠자면서까지 들었다. 아침에 눈을 뜨면 또 어제 듣다가 잤던 부분부터 반복해서 프랑스어를 들었다. 1년간 프랑스어에 빠져서 살았다. 듣기도 프랑스어, 보는 것도 프랑스어, 생각하고 말하는 것도 프랑스어로 하려고 노력했다.

3학년이 되었다. 2학년 때 재수강 수업이었던 원어민 선생님 얘기가 정말 잘 들리기 시작했다. 같은 불문과 선배였던 현우 형(선현우의 'EBS 귀가 트이는 영어'강사이자 'Talk to Me in Korean'사이트 대표)과 가끔 프랑스어로 대화를 하기도 했다. "영근아, 너처럼 프랑스어가 빨리 느는 사람은 거의 본 적이 없는 것 같다." 나도 현우 형에게 칭찬을 듣고 놀라웠다. 1년 전만해도 프랑스어 단어조차 모르던 나였는데 말이다. 현우 형은 토익 만점자이자 7개 외국어를 구사할 수 있다. 그런 현우 형에게 칭찬을 들으니 더 기뻤다. 프랑스어에만 매일 집중하고 아침, 점심, 저녁을 프랑스어로 생각하고 회화를 연습하다 보니 '실력이 금방 늘 수 있구나'라는 자신감을 얻었다. 잠자는 시간까지도 프랑스어와 함께 했으니 어쩌면 당연한 결과였는지도 모른다.

대학 시절에 외국어를 잘하는 방법을 터득하며 깨달을 수 있었다. 월러스 D. 워틀즈가《부를 얻는 기술》을 통해 말하고 있는 바와 같다.

"어떤 일이 잘 되면, 반드시 다른 일도 잘 되게 되어 있다. 당신이 바라던 것에 다가가는 속도도, 바라던 것이 당신에게 다가오는 속도도 자꾸자꾸 빨라지게 될 것이다. '확실한 방법' 단 한 가지에만 집중하라."

계속해서 한 가지 잘하는 것에 집중하라는 얘기를 하고 있다. 집중하는 것이 왜 중요한지를 말해주고 있는 성공자들의 명언을 또 하나 살펴보자.

"나 자신이 아닌 사람에게 부탁할 수 있고 더구나 그 사람이 그 일을 더 잘 해줄 수 있다면 스스로 그 일을 할 필요는 없다."

자동차 왕국을 건설한 헨리 포드는 얘기 했다. 모든 일을 스스로 해결하려 하지 말고 자신이 잘할 수 있는 일을 찾아 집중하는 것이 개인의 발전에도 도움이 된다고 말이다. 또한 전체 조직의 성과에도 긍정적으로 작용한다.

Focus on Only One
Important Thing!

한 가지만 잘해서 성공한 사람들은 많이 있다. 투치족의 길버트 투하보네는 대대손손 앙숙인 후투족과의 싸움에서 죽을 뻔했다. 그런데 그는 달리기를 잘해 목숨을 건질 수 있었다. 그는 내전의 참화를 딛고 성공한 육상 선수가 되었다. 1995년 일본에서 열린 세계학생대회에도 참가했고 이듬해 부룬디에서 가장 촉망받는 육상 선수로 떠올랐다. 결국 그가 꿈꾸던 미국으로 가서 훈련을 받을 수 있는 훈련 캠프에 뽑히는 영광도 차지했다.

오래달리기를 잘하기 위해서는 기초 체력인 지구력을 발달시켜야 한다. 지구력은 보통 많은 시간과 노력이 필요하다. 반면 나는 집중하여 비교적 단기간에 성과를 달성할 수 있었다. 해병대 장교를 지원하기 위해 체력장을 준비할 때였다. 체력장 종목 중에서도 나는 오래달리기에 집중해서 연습해야겠다고 생각했다. 재수하면서 경찰대 체력장 시험을 볼 때 오래달리기를 하며 머리가 핑핑 돌았던 기억이 났기 때문이다. 게다가 해병대 체력장은 육군 ROTC 중에서도 나름 체력이 좋은 친구들이 준비하는 시험이라 더욱 분발해야겠다고 생각했다.

하숙집에서 저녁 식사 전 모래주머니를 발목과 팔목에 찼다. 매일 제기동 하숙집에서 녹지 운동장까지 오르막길을 뛰어 올랐다. 약 2km 정도 거리를 뛰어 올라 녹지 운동장 400m 트랙에 도착했다. 운동장을 4바퀴 정도 더 돌았다. 내 기억으로 체력장이 1.5km 정도 되니 4바퀴 정도면 된다 생각했다. 마지막 100m 남기고는 온 힘을 다해 막판 스퍼트로 피니시하는 연습을 했다. 정말 마지막에는 '죽을 것 같다'고 생각하며 뛰기 싫은 적도 있었다. 하지만 뛰고 나면 '오늘도 해냈구나'라는 생각과 함께 기분이 뿌듯해져서 좋았다.

한 달 정도 반복되는 연습을 했다. 드디어 해병대 사령부에서 체력장을 보는 날이 왔다. 생각했던 것보다 당일에는 좀 짧은 거리인 약 1km 정도로 체력장 오래달리기 코스가 정해졌다. 난 '좀 더 빨리 뛸 수 있겠다'라고 생각했다. 출발부터 반환점인 약 500m 지점까지는 체력을 안배하며 약 5~6명이 있는 선두 그룹을 유지했다. 그러고는 반환점을 도는 순간부터 선두 그룹이 빨라졌다. 나는 심호흡을 크게 한 번 하고는 그 순간부터 나머지 거리를 있는 힘껏 달리기 시작했다. 처음 3~4명은 쉽게 제쳤다. 모래주머니를 차지 않고 평지에서 뛰니 정말 날아갈 듯 몸이 가벼운 느낌이었다. 이제 앞에 가는 1등 한 명만 보였다. 성균관대 ROTC 출신인데 중학교 때까지 육상 선수를 했다고 들었다. 하지만 나는 거의 100m 달리듯이 전력으로 마지막 스퍼트를 내고 있는 중이었다. 동기는 뒤를 돌아보더니 나의 속도에 놀라며 자기도 속도를 높였지만 나의 속도가 훨씬 좋았다. 200m 정도를 남기고는 동기를 제쳤고 이미 나의 몸과 맘이 결승선에 가 있는 느낌으로 마지막을 있는 힘껏 내달렸다. 나는 1등으로 들어왔다. 몇몇 동기들은 결승선을 통과하자마자 무리했는지 구토를 하고 탈진하는 친구들도 있었다.

내가 좋은 결과를 얻을 수 있었던 건 체력장을 위해 매일 하루도 빠지지 않고 한 달 정도를 집중해서 연습했기 때문이다. 성공 원리는 단순했다. 모래주머니를 차서 몸을 무겁게 하고 오르막길과 막판 스퍼트를 연습했던 게 가장 큰 성공 요인이었다. 정신적으로나 체력적으로 안 된다는 생각은 버렸다. 집중하면 된다고 생각했다. 모래주머니는 '된다'주머니라고 생각하고 나는 지금도 힘들 때 차고 다닌다.

한 가지에만 집중해서 성과를 내는 경우는 많이 있다. ROTC 축구팀 감독인 K는 체육교육과에서 많은 전공 체육 중에 축구를 선택했다. 그는 축구가 좋아 축구만 했다고 했다. 주변 선배들이 축구로는 빛을 볼 수 없다고 했지만 K는 계속 축구를 하겠다고 했다. 그는 우리 팀 감독도 하고 체교과 축구 모임도 이끌어 갈 만큼 유능하다. 그의 모습을 보면 축구에 대한 열정과 집념이 보였다. 지금도 중학교 교사로서 학생들에게 축구를 가르치며 꿈나무를 키우고 있다.

운동에서 뿐만 아니라 창작 영역에서도 자신이 원하는 한 가지에 집중력이 필요하다. 영화 〈아마데우스〉에서 모차르트를 통해 음악에 대한 광기 어린 열정을 볼 수 있었다. 그는 아침부터 저녁까지 작곡만 했다. 심지어 죽기 직전까지도 머릿속에서 악보를 그리다 죽었다. 김태광 작가는 시인이 되기 위해 회사를 다니면서 아침 2시간, 저녁 퇴근 3시간을 책 쓰기에만 몰입했다고 한다. 그래서 그는 15년간 160권 가까운 책을 출판하고 기네스북에 오를 수 있었다.

공부를 할 때도 집중할 수 있는 시간이 필요한 건 분명한 사실이다.

세계 Top 10 MBA 합격자들의 대부분은 공부에 몰입하는 평균 시간이 하루 4시간 정도였다. 직장 생활과 공부를 병행해야 하기 때문에 퇴근 후 거의 모든 시간을 확보했다고 대부분 후기에서 밝히고 있다. 그리고 대부분의 합격자들이 주말엔 하루 종일 공부에 시간을 투자했다고 얘기했다. 세계적인 동기부여가 웨인 W. 다이어는 다음과 같이 말한다.

"과정과 목표는 항상 함께 합니다. 인간은 어차피 완성되는 것도, 궁극적인 목표에 도달하는 것도 아닙니다. 인생은 시시각각 변화하고 성장하는 것입니다."

'변화하고 성장하는 과정에서 하나에 집중할 수 있었다면 더 빨리 성장했을 텐데….'라는 생각이 들었다.

내가 긍정일기 쓰기에 집중하며 조금씩 일에 대해서 깨닫게 되었던 부분이 있다. 일을 할 땐 어떻게 집중해야 하는지를 알게 된 시점이 있었다. 신입사원 때는 일에 집중을 못하고 혼란스러울 때가 있었는데 송도에서 강화도까지 인천 전 지역을 돌아다녀야 했기 때문이다. 종합병원과 클리닉 등 가릴 것 없이 방문해야 하는 곳들이 많았다. 나는 우왕좌왕했다. '이게 도대체 뭔가?, 어딘가에서 세일즈는 오르겠지….'라는 어처구니없는 생각도 했었다. 하지만 경험이 쌓인 3년 차부터는 13개 종합병원 중 3개 주요 종합병원에 대해서 집중하는 게 옳다고 판단했다. 전체 60명의 고객 중 10명의 주요 고객을 선정하여 더 집중하기로 했다. 이처럼 집중을 하는 것은 최선을 다해 제한된 시간과 에너지를 효과적으로 사용할 수 있게 해 주었다.

긍정일기 쓰기를 하며
Only 일에 집중했다

당신도 오늘 하루는 아침 긍정일기 쓰기를 목표로 삼아 보면 어떨까? 어색했던 펜을 한 번 들고 집중해서 아침 긍정일기를 써 보면 새로운 느낌이 들 것이다. 하루를 단순화해서 중요한 것에만 집중해서 살아갈 수 있게 해 줄 것이다. 당신의 인생이 달라지는 경험이 될 것이라 장담한다. 원하는 것을 스스로 얻는 방법을 터득하고 싶은가? 당신도 나처럼 아침 긍정일기를 써보면 굉장히 단순한 실천을 통해 가능할 것이다. 자연스럽게 아침 긍정일기의 내용에 집중하게 될 것이다. 아주 자연스럽게 말이다.

 긍정 외침

"간결하게 원하는 것에만 집중한다. 목표를 이루기 위한 전략적인 노력을 한다. 시간은 한정적이니 목표를 이루기 위한 말과 행동만 한다. 내가 원하는 한 가지부터 순차적으로 이루어 나간다!"

건강,

당신과
반대로
뛰어간다

NO 3.   DATE.

건강을 지키기 위해 당신 스스로가 운동해야 하는 이유를

오감을 이용해 느껴보라.

그리고 꾸준함만이 건강을 지키는 지름길임을 명심하라.

뒤돌아보지 않으면
건강은 곁에서 멀어진다

01

건강에 해로운 짓을 한다고 해서 일찍 죽는 것이 아니지만 몇 년 혹은 몇 십 년을
만성질병으로 고통 받을 수 있다.

- 칼 필레머

술을 처음 접한 건 대학수학능력시험이 끝난 직후였다. 사촌 형이 제
주 시청 술집 골목에 있는 바로 데리고 갔다. 버드와이저 병맥주 하나
를 시켜 주었다. 처음이라 사촌 형이 알아서 병도 따 주었다. 짠하고
처음 한 모금을 마시는 순간! 왝~ 하고 토할 뻔했다. 맛이 엄청 썼다.
'아니 이 맛없고 쓴 걸 어른들은 왜 마시지?'라고 생각했었다. 술에 대한
첫 느낌은 '독약이구나!'였다. 술은 나에게 '약주'가 아니라 '독주'였다.

술 마시는 건 고통이었다. 오히려 술 먹는 시간에 책을 읽고 마음을
고양시켰으면 좋겠다고 술자리에서도 불현듯 생각한 적도 많았다. 특
히 소주는 먹으면 자주 토했다. 대학 때부터 단체 모임 때 마시던 술은

과음으로 이어졌고 마시고 나면 변기통에 노란색 엑기스가 나올 때까지 다 토했다.

미국 최고의 변화심리학의 대가 앤서니 라빈스는 말했다.

> "우리를 움직이는 것은 고통 그 자체가 아니라 다가올 고통에 대한 두려움이라는 것을 기억하라. 그리고 우리를 움직이는 것은 즐거움 그 자체가 아니라 특정 행동이 즐거움을 가져올 것이라는 확실한 믿음이다."

나는 술만 먹으면 취해서 개념이 상실된 적도 많았다. 다음 날 토할 것에 대한 고통도 망각할 정도로 말이다. 나는 고통이 올 것이라는 것을 알면서도 멍청하게 계속 술을 마셔댔다. 술이 나의 몸과 마음을 망친 사례들은 무수히 많이 있다. 한잔만이, 한잔 더로 이어졌기 때문이다. 금년 봄에 팀 워크숍으로 강화도에서 있었던 일이다. 1박 2일 워크숍에서 낮에는 즐겁고 알차게 워크숍을 하고 저녁이면 어김없이 고기와 술을 먹게 된다. 나는 올해부터 팀이 새로 바뀌어 처음 워크숍을 가는 거라 즐거웠다. 저녁이 되어 고기를 굽고 소주를 한잔씩 했다. 소주에 대한 거부감을 망각한 채 또 그냥 주는 대로 다 받아 마셨다. 몇 잔먹다 보니 또 거부 반응이 오기 시작했다. 소주를 마시는 중에 토할 것 같았다. 좀 자제를 했어야 했는데 후회를 했다. 선후배들과 한잔씩 더 주고받는 것은 즐거웠지만 술이 날 먹고 있었다. 나의 워크숍 저녁 시간은 중간 중간만 기억이 났다.

다음 날 일어나서는 놀랍게도 어마어마한 일들이 있었다. 점심을 먹는데 선배들의 얘기가 처음에는 장난인 줄 알았다. 노래방 가서 노래를 불렀다는 것이다. 그런데 나는 노래방에 간 기억이 전혀 나지 않았다. 그리고 술 취해서 엄청 난동을 피웠다는 것이다. '드디어 내가 필름이 통으로 끊기는구나!' 그리고 휴대폰 통화 목록에 새벽에 친구들에게 전화를 한 목록이 있었다. 무슨 말을 했는지 기억이 하나도 나지가 않았다. '이럴 수가!'

나는 팀원들에게 죄송했고 술이 정말 무서워졌다. 그리고 인터넷으로 술 먹고 필름이 끊기는 것들에 대해 검색을 해봤다. '코르사코프 증후군'이라는 것을 알게 되었다. 술을 먹고 기억이 끊기는 증상이 나타나기 시작하다가 증상을 자주 겪게 되면 '알코올성 치매'로 이어진다는 것이다. 충격적이었다. 나는 그 이후로는 술을 절제하기 위해 진지하게 고민을 하기 시작했다.

담배에 대한 첫 경험은 술보다 훨씬 빨랐다. 제주도에서는 중 3때에도 고등학교 입학 학력고사가 있었다. 시내 고등학교와 시외 고등학교 그리고 공업·상업 고등학교 등으로 성적에 따라 나뉘게 된다. 고입을 위해 여름방학 때는 집에서 가까운 독서실에 가서 공부했다. 공부를 하기 위해 친구들이 독서실로 몰려들었다. 친구들 중에 담배를 피우는 친구들도 있었는데 저녁을 먹고 나면 몰래 독서실 뒤편에서 담배를 피웠다. 담배 피우는 친구들은 냄새를 숨기려 향수를 몸에 뿌리고 독서실 안으로 들어왔다. 담배 피운 친구가 독서실 복도를 지나가면 담배 냄새가 마치 모기 소독차가 소독약을 뿌리고 지나가듯이 공기 중으로 퍼져 내 코에 닿았던 기억이 난다.

그러던 어느 날 집에서 혼자 저녁을 먹다가 호기심이 발동했다. 아버지 담배가 거실 책장 위에 있었던 것이 기억났다. 과감하게 베란다에서 한 대 피워보기로 했다. 그런데 그냥 담배에만 불을 붙이려니 잘 붙지가 않았다. 담배를 피우는 친구들 모습을 몇 번 본 적이 있어 따라 해봤다. '그래 다른 애들이 피우는 거 보니 담뱃불을 붙이면서 빨아들였었지….' 나도 똑같이 불을 붙이며 담배를 빨았다. 순간! 내 목구멍을 막대기 같은 것으로 콱 쑤시는 느낌이 났다. 기침을 콜록콜록 연거푸 해댔다. 담배 맛은 정말 뭐라 표현할 수 없을 만큼 역겨웠다.

아버지는 당시 담배를 줄이고 계셔서 거의 피우지 않으셨다. 그래서 전시용으로 예전에 피우던 순한 담배를 가지고 계셨던 걸로 기억한다. 순한 담배였음에도 불구하고 담배의 맛은 최악이었다. 부모님한테 들키지 않으려고 베란다 문을 열고 환기를 시켰다. 손을 비누로 씻었는데 담배를 잡았던 손가락에서 계속 담배 냄새가 났다. 비누로 3번 이상 문지르며 씻었는데도 역겨운 냄새는 없어지지 않았다.

대학을 입학할 때까지 평소에는 담배를 거의 피우지 않았다. 가끔 술을 많이 먹을 때면 평소에 안 피우던 담배도 생각이 나곤 했다. 술을 먹을 때마다 담배를 몰아서 피우는 버릇이 생겼다. 회사 들어와서는 술을 먹으면 습관적으로 담배를 피우게 되었다. 문제는 술이었다. 술을 많이 마시면 자연스럽게 담배가 당기게 된 것이다. 술에 취하면 이미 이성의 컨트롤을 벗어나 습관적으로 줄담배를 피우며 나의 몸과 마음 모두를 취하게 만들었기 때문이다.

술이란 좋게 마시면 인간관계에 윤활유 같은 역할을 한다. 그렇지만 나의 경우에는 다른 사람들과 인간관계를 맺기도 전에 내 몸과 마음의 건강 모두를 안드로메다로 보내 버릴 것 같은 느낌이 들었다. 대학 때부터 주량 무시하고 무리해서 술을 마시는 잘못된 습관이 몸에 배었다. 술은 알지도 못하는 스트레스를 해소하기 위해 취하고 싶어서 마시다 보니 내 인생에 악영향을 주기 시작한다는 걸 스스로가 절실하게 깨닫지 못했던 것이다.

술을 많이 먹고 다음 날 아침 긍정일기를 쓰며 되돌아보았다. 술이 정말 내 영혼을 죽일 것 같은 강한 느낌을 받았다. 절주해야겠다고 굳게 맹세하게 되었다. 맘 같아서는 아예 금주를 하고 싶었다. 그래도 사회생활을 하는 입장에서 쉽지는 않았다. 다행히 눈치껏 절주하는 것은 회사 내에서나 사회 통념상 인정되는 부분이라 생각했기 때문에 절주를 결심하게 되었고 주변 사람들에게도 솔직하게 나의 다짐을 이야기했다.

인간은 행위를 위한 영과 육의 결합체.
확고한 결의와 대담한 환상의 날개로
겁 없이 솟아오르고, 두려움 없이 돌며
평화를 추구하는 깊은 고통과 감성과

영혼의 기쁨을 맛본다.

영국의 낭만주의 시인 셜리Shelley의 시 중 일부이다. 마치 나의 고뇌
와 번민을 잘 나타내 주는 시 같았다. 술과 관련해서 얼마 전 회사 팀
카톡에 '아홉 시 반 주립대학'에 대한 홍보 동영상이 올라왔던 것과 시
의 내용을 동시에 떠올렸다. 동영상에는 유명 연예인들이 주류회사 광
고를 겸해 출현했다. 한 유명 연예인은 술이 사회생활을 하는 데 있어
필수라며 술과 인간관계에 대해 이야기를 했다. 술을 싫어하는 나는
마치 햄릿이 된 것 같았다. '술이냐 인간관계냐, 그것이 문제로다' 술을
먹을 때마다 몸에서는 토할 것 같은데 말이다. 정신은 유체이탈을 하
고 있고 말이다. 그렇다고 술자리에서 술을 안 먹으면 다들 왜 술을 안
먹냐며 난리다. 술을 먹고 건강을 포기할 것인가 아님 인간관계를 포
기할 것인가 고민이 되었다. 그런데 문득 이런 생각이 들었다.

꼭 술을 먹어야만 인간관계를
더 좋게 유지할 수 있을까?

술은 먹어도 좋고 안 먹어도 좋다. 술을 안 먹어도 인간관계를 유지
할 수 있다고 생각한다. 일본의 유명한 치과 의사 이노우에 히로유키
는《배움을 돈으로 바꾸는 기술》에서 이같이 말했다.

"하기 싫은 일을 하지 않고도 인간관계를 쌓아가는 방법이 있다. 세계적인 치료를 담당하는 치과 의사가 되고 싶었기 때문에 연구에 전념하고 싶었지만, 중요한 교제나 사교는 철저히 즐겼지요. 단, 너무 늘어지지 않는 범위 내에서 말입니다."

나도 저녁 시간에 책을 읽고 나와의 대화 시간을 더 갖고 싶다는 생각을 많이 했다. 술 먹는 밤에는 대부분 비생산적인 대화와 피곤하게 새벽 늦게까지 헛된 욕망에 사로 잡혀 있을 때가 많았기 때문이다. 그럴 때마다 내 모습대로 내가 원하는 시간과 공간으로 가기 위한 순간이동을 하고 싶었다.

전에 다니던 회사의 K선배는 저녁 11시면 집에 가겠다고 공언했다. 예전에는 나랑도 새벽까지 술을 잘 마셨었다. 그런데 어느 순간부터 '신데렐남'(남자 신데렐라)이 되어 12시 자체 통금 시간 전까지 집에 가는 것을 매일 지키고 있다. '역시, 저 선배는 뭔가 달라'라고 생각했다. 나는 분위기를 망치기 싫어 딱 부러지게 집에 가고 싶다고 얘기를 못 했는데 말이다. 하지만 '술자리에서 내가 먼저 가면 분위기를 망치거나 나에 대해 안 좋게 생각하지 않을까'라는 생각은 나의 착각이라는 것을 깨닫기 시작했다.

긍정일기에 솔직하게 술에 대한 나의 생각을 적었다. 술이 나의 몸과 마음을 해치고 있음을 정성을 다해 주변 사람들에게 알리기 시작했다. 회사에서도 팀원들에게 강화도 때의 일을 말씀드리며 더 이상

술을 먹지 못하겠다는 것을 말씀드렸다. 대학 때부터 술을 마실 때마다 자주 토했다는 것도 말씀드렸다. 그리고 개인적인 만남에서도 주변 사람들에게 나의 상황을 적극적으로 알리기 시작했다.

얼마 전 있었던 ROTC 축구 모임에서는 1차만 간단히 참석했다. 식사만 하고 일찍 귀가했다. 긍정일기를 바탕으로 책을 쓰고 있다고 동기들에게 이해를 구했다. 술을 자제하고 싶었다. 2차, 3차까지 가면 술을 계속 마실 것이 분명했기 때문에 절주해야겠다고 집을 나서면서부터 다짐했다. 7시에 집을 나가서 1차만 참석하고 집에 도착하니 9시 반 정도에 일찍 들어올 수 있었다. 이제는 내 스스로가 술에 대해 절제를 할 수 있게 되었다. 대학 때는 매번 술 마시면 다음 날 토하고 나서 며칠 있다가 또 술 마시고 또 토하고 반복했었지만 이제는 그러지 않게 되었다. 회사 생활을 하는 데 있어서도 나의 건강은 중요하다고 생각한다. 나의 정신적인 에너지 소비도 조절할 줄 알아야 한다고 긍정일기에 적고 다짐했다. 이제는 '저녁 무리에서 빠져 나와 나다움으로 건강하게 살겠다!'고 다짐했다.

인생은 무엇을 선택하느냐에 따라 달라진다. 당신은 이제 더 이상 억지로 술을 마시지 않기로 선택할 수 있다. 담배도 피우지 않을 수 있다. 확신을 가지고 당신의 방식을 유지해 나가면 주변 사람들도 언젠가 인정하게 된다. 술과 담배를 회사 생활 때문에 어쩔 수 없이 마신다고 생각하는가? 하지만 술을 마시겠다 마시지 않겠다는 당신이 정한

것이다. 당신을 위해 선택해야 한다. '담배를 피우겠다, 피우지 않겠다'
는 모두 당신이 선택하는 것이다. 이젠 다른 사람이 당신의 건강까지
선택하지 않게 하라.

 긍정 외침

"이젠 저녁 무리에 있어도 '나다움'으로 건강하게 살고 있다. 나는 원래 비음주자
였다. 나는 술을 마시든 안 마시든 즐겁다. 나의 성신 건강과 신체 건강을 위해 절
주한다!"

아침 식사,
관념을 고정하라

02

인간은 누구나 각자 독특한 사명을 지니고 태어났다.
그것을 자각하면 신은 그 사람의 뇌 내 모르핀을 분비시켜
활력과 성실함으로 발전적 사고를 펼쳐나가게 한다.

— 하루야마 시게요

　대기업, 중소기업을 포함해 은행과 증권, 정부 기관 등 직장인 1,000명을 대상으로 서울 경제신문이 실시한 설문 조사에서 '아침 식사를 잘 챙기지 않는다'는 결과가 나왔다. 직장인의 절반가량이 세끼 가운데 가장 중요한 아침 식사를 건너뛴 채 일을 하고 있다. 아침마다 쓰디쓴 커피로 속을 달래고 있다는 것이다. 이유를 살펴보자. 아침 식사를 챙기지 못한다는 520명 가운데 45.75%(274명)가 '시간 부족'으로 끼니를 건너뛰는 게 가장 큰 원인이었다. '귀찮다(22.37%)'는 응답까지 합치면 전체의 약 70%가 바쁜 아침 시간을 쪼개어 사용하지 못해 그냥 지나치는 것이 된다.

대부분 식사를 규칙적으로 하라는 말은 많이 들었을 것이다. 사람들이 알면서도 잘 안 하는 이유는 무엇 때문일까? 대부분의 설문조사에 응했던 직장인들이 "아침 식사 챙기기가 건강에 중요하다"고 생각하고 있지만 '시간 부족', '귀찮다', '(아침에는) 입맛이 없다'라고 대답했다. 게다가 식사대용 메뉴 부재도 추가적인 원인이다. 마땅히 먹을 장소가 없다는 등의 이유로 아침 식사를 거른 채 바쁘게 출근하는 경향도 있다. 아침을 거르는 습관을 몇 년째 하고 있는 대부분의 직장인들은 점심을 빨리 먹게 되거나 폭식하는 부작용이 생긴다. 폭식 현상은 최근 비만의 주요 원인 가운데 하나로 지목되고 있는 부분이다. 비만이 고혈압이나 당뇨병 등 성인병으로 쉽게 이어질 수 있다는 점에서 악순환이 거듭될 수 있다는 데 주목해 볼 필요가 있다.

업무 능률 저하도 아침 식사를 건너뛰는 데 따라 생기는 현상 가운데 하나다. 아침을 안 먹는다는 응답자들을 인터뷰했을 때 반응이다.

"심한 공복감이 업무 집중을 방해한다, 신경이 예민해지면서 동료들과 일하며 짜증을 많이 낸다, 배가 고파 점심시간만 기다리다 보니 업무 효율성이 크게 떨어진다, 심한 공복감으로 자주 회사 구내식당이나 주변 가게를 찾아 간식거리를 구매해 자리를 비우는 시간이 많다, 아침 식사를 거르다 보니 매일 아침 속 쓰림이나 심한 구취 등 건강상 문제가 있다."

신문 기사 인터뷰 대답을 들으면 아침을 꼭 먹어야 할 것 같지 않은가? 간혹 '다이어트'는 식사를 거르거나 먹지 않고 살을 빼는 것이라고 생각하는 경향이 있다. 하지만 잘 생각해 보면 잘 먹는 게 '다이어트' 하는 것이란 생각이 든다. 대신 아침밥을 먹을 때 평소에 장치를 하나 마련해 둔다. 나는 체중을 줄이고 싶어 식사를 할 때 의도적으로 작은 밥공기에다 밥을 먹는다. 평소에 물 500ml짜리 하루에 하나씩 사서 들고 다니면서 자주 마셨다. 물만 자주 마셔 주어도 포만감이 증가하여 군것질하는 것도 줄일 수 있고, 수분 섭취도 자연스럽게 가능하여 피부도 더 좋아짐을 느낀다. 그리고 하루에 3끼를 잘 먹되 저녁 식사의 양은 좀 줄이는 편이다.

아침 식사 O, 점심 식사 O, 저녁 식사 C

저녁은 아침, 점심보다 양을 조금 줄여서 식사한다. 이유는 잠자기 전에는 활동이 줄어들기 때문에 가벼운 몸으로 자고 아침에 일찍 일어나기 위해서이다. 저녁은 간단히 샌드위치 등으로 가볍게 하기도 한다. 대신 아침 식사를 잘 챙겨 먹는 게 너무나도 중요한 일이라 생각하고 꼭 신경 써서 먹는다. 일을 할 때도 아침에 밥을 해먹고 나오는 것보다는 아침밥을 먹을 수 있는 곳을 잘 알아 두었다가 야채비빔밥 종류로 사먹고 있다. 아직 미혼이라 밥을 해서 먹기도 그렇고 해주는 사람도 없기 때문이다. 내 몸은 내 스스로가 챙기는 습관을 들이는 게 좋다고 생각한다. 그리고 사과나 바나나 등 과일과 함께 아침은 꼭 먹는 습관을 만들어 두었다.

　밥 먹는 것은 나의 신체 밸런스에 맞춰 맞춤형으로 식사 시간을 정했다. 식사 종류나 식사의 양도 각각 정해주는 것이 좋다는 전문가들의 의견을 참고했다. 아침 식사를 거르고 늦은 아점을 먹거나 점심을 잘 챙겨 먹지 않게 되면 점심이나 저녁에 과식을 하게 될 확률이 높아진다. 그래서 나는 점심이나 저녁 과식을 피하고 저녁 식사는 간단히 하려고 노력한다. 술자리는 가급적 1차만 참석하고, 특별한 일이 없을 때는 샌드위치나 빵 종류로 가볍게 하여 저녁에 잘 때 몸을 가볍게 한다. 그러면 다음 날 아침에도 가볍게 일어날 수가 있고, 아침이 되면 배가 고파져 아침 식사를 챙겨 먹는 선순환이 이어진다.

　한국식품연구원이 국민건강영양조사 결과 중 비만 관련 자료를 포함한 만 19세 이상 성인들의 인구통계자료와 식생활 및 생활습관 자료를 이용해 비만도에 미치는 요인을 살펴보았다. 아침 식사를 건너뛰는 남성은 그렇지 않은 남성에 비해 비만이 될 확률이 32%나 높았다는 결과가 있다. 또 몸에 좋은 콜레스테롤(HDL)이 낮아지거나 건강에 해로운 중성지방이 늘어날 위험이 약 1.7배 높은 것으로 나타났다. 건강에 위험 인자들이 발견되면 식습관의 변화가 필요하다는 것은 누구나 알고 있는 사실이다.

　제약회사에서 근무하며 당뇨병에 대해서도 관심을 갖게 되었다. 만성질환 중에 하나인 당뇨는 발병되기 전에 건강의 위험 인자를 빨리 파악해서 식습관을 개선하는 게 중요하다. 다음 중에서 당신에게 해당하는 사항이 세 개 이상이면 당뇨 전 단계인 '대사증후군'이라 임상적으로 진단한다.

- 복부비만 : 허리둘레가 남자는 102cm(동양인 90cm) 여자는 88cm(동양인 85cm) 이상
- 혈압 : 수축기 130mmHg 이상 또는 이완기 85mmHg 이상
- 중성지방(트리글리세리드) 수치 : 혈중지방 트리글리세리드가 150 mg/dl 이상
- 공복 혈당수치 : 자고 일어난 후 공복 혈당이 110mg/dl 이상 또는 당뇨병 치료 중
- HDL : 고밀도지단백 콜레스테롤 남성 40mg/dl, 여성 50mg/dl 미만

나의 건강은 스스로 만들어 가야 한다고 생각한다. 나는 호두를 차에 한 통 사놓고 아침마다 출근하면서 한두 알씩 먹는다. 출근길에 EBS나 FM 103.7 같은 영어 라디오를 자주 듣는데 계속해서 외국어에 귀를 노출시켜 뇌를 활성화하기 위해서이다. 영어 단어들을 더 잘 암기하는 데 호두는 도움이 된다. 또한 잘 쓰지 않던 영어 단어들을 들으면 새롭게 뇌세포가 반응을 하여 뇌가 더 똑똑해지는 느낌을 받는다. 호두를 보면 항상 뇌의 모양이 생각이 난다. 호두와 뇌의 쭈글쭈글한 모습이 닮았다. 뇌의 영역 중에서도 기억을 향상시키기 위해 큰 역할을 하는 것이 '해마'라는 부분이다. 해마는 뇌에 담긴 정보를 자기 스

스로 단기기억으로서 저장한다. 예를 들어, 방금 걸려온 모르는 전화번호를 외워서 누를 때처럼 말이다. 그와 동시에 장기기억으로 대뇌피질에 기억할 것인가 말 것인가를 검토하고 변환하는 기능도 수행한다. 단적인 예로 자주 전화를 하는 이성 친구의 전화번호는 기억하려 노력하는 것이다.

우리의 뇌는 살아가기 위해 꼭 필요한 정보 이외에는 가능한 빨리 잊도록 설계되어 있다. 해마는 '살아가기 위해 꼭 필요한 정보인가 아니면 잊어도 되는가' 하는 점을 가장 중요시 생각한다. 해마에 모든 정보를 다 저장할 수 없기 때문에 기억을 하지 않아도 될 수 있게 습관들을 만들어 두는 것이 좋다. 뇌에 부담을 주지 않으면서 자연스러운 행동을 통해 좋은 습관을 만들 수 있다.

나는 식사와 관련해 몇 가지 습관을 만들어 두었다. 식사 이후에는 꼭 양치질을 한다. 식사 이후 커피 마시기 전에도 양치질을 하고 마셔야 커피 맛을 더 잘 느끼는 편이다. 밥 먹자마자 양치질을 우선 한다. 집에는 가글과 치실을 욕실에 챙겨 놓고, 가글은 아침에 일어나서와 자기 직전에 한 번씩 하고 물로 헹군다. 가글은 손이 닿는 곳에 잘 보이게 놓고 사용한다. 욕실에서도 눈앞에 잘 보이는 곳에 놓으면 빼먹지 않고 할 수 있기 때문이다. 그리고 치실은 일주일에 1~2번 정도 한다. 매일 하면 더욱 좋겠지만 주로 여유가 있는 주말 아침에 하는 습관을 만들었다. 그리고 집에 있는 칫솔은 욕실에 두지 않는다. 칫솔이 젖은 채로 욕실에 있으면 세균 증식이 더 잘 되기 때문에 항균 칫솔함을 사서 욕실 문 바로 옆에 걸어 둔다. 그러면 욕실에 들어가면서 칫솔을 가지고 들어가거나 혹시 깜박해도 욕실 문을 열었을 때 팔을 뻗어 바로 칫솔을 가져올 수 있기 때문이다. 불필요한 실내 동선을 줄이면서 칫솔 위생을 지킬 수 있다.

추가적으로 위생과 청결을 생활화하는 습관 차원에서 손을 자주 씻는다. 나는 집에 들어오면 가장 먼저 하는 것이 손을 씻는 것이다. 문 옆 바로 옆에 있는 싱크대에 손 씻는 클리너를 놓아두고 귀가하면 손의 끈적임을 바로 없애 주어 집안에서는 쾌적하게 생활하고 있다. 그래서 그런지 나는 감기에도 잘 걸리지 않는다. 이러한 자신의 습관을 아침 긍정일기에 적어 보면 좋다.

당신도 나처럼 아침 식사하겠다는 관념을 고정시키면 좋은 점이 오히려 많다. 아침 식사를 했는지 아침 긍정일기에 적어 보는 건 어떨까? 당신은 꼭 아침 식사를 먹기 위해서라도 아침 일찍 일어나기 시작할 수도 있다. 스스로가 아침 식사는 잘 챙겨 먹고 있는지 자문해 봐야 한다. 좋은 습관을 매일 잘 지키고 있는지 아침 긍정일기에 적다 보면 자연스럽게 느낄 것이다. 매일 반복해서 당신의 건강을 챙기는 생각을 자주 하면 좋다. 좋은 습관을 통해 건강한 사람이 되어 있을 스스로를 상상해 보라.

 긍정 외침

"행동을 습관화하여 건강한 생활을 만든다. 아침밥을 먹을수록 나는 더욱 건강해진다. 저녁밥을 적게 먹을수록 내 몸은 아침에 가볍게 일어난다!"

온몸으로 떠오르는
태양을 맞이하라

03

> 얼핏 보기에 작은 일이라도 전력으로 임해야 한다는 사실을 잊지 마라.
> 작은 일을 성취할 때마다 인간은 성장한다. 작은 일을 하나씩 정확하게 처리하면
> 큰일은 저절로 따라오는 법이다.
>
> - 데일 카네기

대학 땐 스트릿댄스 동아리를 하며 거의 매일 춤을 췄다. 스트릿댄스 중에 바닥을 구르는 듯한 브레이크댄스는 많이 보았을 것이다. 스트릿댄스의 종류는 다양한데 나는 힙합 장르를 좋아했다. 흔히 대중들이 아는 힙합은 무거운 비트 음악에 흑인들이 랩을 하는 노래를 생각할 수 있을 것이다. 스트릿댄스 중 힙합 장르는 여러 장르의 춤을 프리스타일로 자기화해서 만들어 추는 춤이라 이해하면 된다.

춤을 추기 전에 몸을 풀지 않고 했다간 부상의 우려가 크다. 춤추기 전후에 매일 온몸 스트레칭을 실시했다. 대학을 다니던 20대 초반에는 몸이 참 좋았다. 그런데도 격렬한 춤 동작들이 많기 때문에 매일같

이 몸을 풀어 주지 않으면 몸이 굳는 느낌이 들기도 했다. 당시 코칭을 해 주던 한 프로 힙합댄서는 "하루 연습하지 않으면 내가 알고, 이틀을 연습하지 않으면 몸이 알고, 삼 일을 연습하지 않으면 관객이 안다."고 얘기했다. 그는 매일 연습하는 습관을 강조했다. 몸소 매일 연습하고 스트레칭을 통해 몸을 만드는 정신을 보여주었다. 프로 댄서들에게는 매일 연습하고 몸을 단련하며 개인기를 연마하는 것이 당연한 의식처럼 생각되었다. 나이가 들더라도 몸을 유연하게 만들기 위해 최대한 노력해야 한다. 유연성이 곧 신체 나이라고 생각하기 때문이다. 근력과 유연성 향상 두 마리 토끼를 다 잡을 수 있다고 믿고 나는 매일같이 하고 있는 의식 같은 것들이 있다. 내가 하는 몇 가지 스트레칭 자세와 개인 운동법을 소개하겠다.

활자 모양 만들기(역 U자 모양)

편히 누운 상태에서 허리만 들어 올린다. 머리를 뒤로 젖히며 손을 바닥에 대고 '자기 나이만큼' 초 버티기. 예) 33세 → 33초

대학교 때부터 아침에 일어나기 직전에 해오던 습관이다. 그렇지만 안 하던 분들이 바로 하기 힘들 수도 있으니 무리하지 않길 바란다. 처음에는 누운 상태 그대로 허리만 들어 올려도 좋다. 등 근육이 골짜기처럼 생겨 오래 운전하거나 글을 쓰기 위해 계속 앉아 있어도 요통을 예방할 수 있다.

고양이 자세 만들기

아침에 일어나기 직전에 방금 했던 활자 모양 이후에 실시한다. 역
U자 모양을 통해 긴장했던 등을 반대로 다시 이완시켜주는 동작이다.
고양이 자세를 만들고 나면 자연스럽게 잠자리를 정리하고 개운하게
일어나게 된다.

나이만큼 팔굽혀펴기와 윗몸일으키기(나는 '33운동'이라고 부르고 있다)

시간 절약하며 할 수 있는 가장 간편한 상체 근력 운동이다. 팔굽혀
펴기는 팔, 가슴, 허리 근육을 동시에 강화할 수 있다. 팔목이 꺾이지
않게 팔굽혀 펴기용 봉을 사서 바닥에 놓고 잡는 게 좋다. 윗몸일으키
기는 혼자서도 충분히 할 수 있으며 복부 근육을 향상시킬 수 있다. 방
법은 바로 누운 상태에서 무릎을 구부려 상체와 하체를 동시에 접으
며 복부 자극을 해주면 된다. 팔꿈치와 무릎이 닿을 듯 하면 된다. 큰
수건이나 쿠션을 엉덩이에 받치고 하면 편하다. 나는 보통 1인용 매트
를 깔고 운동한다. 팔굽혀펴기와 윗몸일으키기 두 가지를 동시에 할
경우 장점이 있다. 걷는 자세가 꼿꼿하고 좋아져서 자신감 있어 보이
고 서 있는 모습조차도 더 맛있어진다.

복부 살을 빼기 위한 유산소 운동

잘 알겠지만 뱃살을 빼는 데는 달리기, 자전거타기, 빨리 걷기 세 가
지가 가장 효과적이다. 매일 조깅을 하는 사람 중에 뱃살이 있는 사람

은 아마 찾아보기 드물 것이다. 반대로 뱃살이 있는 사람은 매일 조깅이나 자전거 타기, 빨리 걷기를 하지 않는다는 말이다. 현실적으로 매일 하기 힘들 경우 1주일(7일) 3회 30분 내외로 하는 게 가장 이상적이라고 운동 전문가들은 얘기하고 있다. 기억하자. 7330!

자기 전 스트레칭

똑바로 서서 팔짱을 끼고 허리를 구부려 팔짱낀 팔꿈치가 땅에 닿을 수 있게 바닥을 향해 뻗는다. 그리고 좌우에 접히는 살들을 느끼며 90도 가까이 접어 허리를 좌우로 꺾는 동작을 한다. 앞으로 'ㄱ'자 모양으로도 뻗으면서 등과 뒷허벅지 근육을 풀어 잠자리에 편안하게 들어갈 수 있다.

플랭크(Plank) 동작

최근에 하고 있는 플랭크는 나의 식스팩을 더욱 돋보이게 해 준다. 약 3분 동안 한다. 사이드 플랭크도 좌우로 30초씩 바꿔가며 하면 좋다. 나의 블로그나 네이버 검색해 보면 플랭크 동작이 잘 나와 있고 효과도 잘 나와 있으니 참고하면 좋겠다.

습관적으로라도 스트레칭을 자주 하는 게 좋다는 것은 잘 알 것이다. 시간을 꼭 만들 필요도 없다. 예를 들어, 엘리베이터 기다리는 사이나 엘리베이터를 혼자 탔을 경우 상하 이동 간에도 할 수 있다. 몸을

'ㄱ'자 모양으로 만드는 스트레칭은 몇 초만에도 할 수 있다. 위에서 얘기한 유산소 운동 빼고 나머지 모든 것을 다해도 하루 5분이면 된다. 시간 절약하며 내 몸을 자유자재로 상쾌하게 할 수 있는 방법을 스스로 습관화시켰다. 중요한 건, 각자 자신의 신체 상황과 선호도와 필요에 따라 맞춤형으로 스트레칭을 시도하길 권한다.

대학을 졸업하고, 해병대 군 생활을 할 때만 해도 운동을 규칙적으로 할 수 있었다. 아침, 저녁을 조깅이나 자전거를 이용해서 출퇴근을 했으니 어쩌면 특별히 하지 않아도 되었다. 그러나 사회생활을 시작하고는 차를 타고 이동하면서 운동량이 현격히 줄어들었다. 그래서 아침 5시 기상과 함께 옥상으로 올라가 동쪽을 바라보았다. 가슴을 쫙 펴며 온몸으로 떠오르는 태양을 맞이하는 의식을 거행하기 시작했다. 대학에서 춤출 때 배운 스트레칭과 군대에서 하던 스트레칭과 수영장에서 하는 스트레칭을 섞어 활기차게 스트레칭을 해 준다. 스트레칭을 하면 긍정적 사고로 전환할 수 있기 때문이다.

당신을 변화시키는 기술, 매일 아침 긍정일기 쓰기에 있다

새로 이사한 집에서 아침 일찍 일어났다. 주말 내내 조용히 글을 쓰고 책 읽으며 보낼 생각하니 아침부터 기분이 좋아졌다. 좋은 기분 그대로 아침 긍정일기에 적었다. 게다가 냉장고에는 토, 일 이틀간 먹을 수 있는 일용할 양식들까지 비축해 두었다. 얼마나 풍요로운 일인가. 48시간을 오로지 나만을 위해 사용할 수 있는 어마어마한 '황금'같은 시간이다. 내 안에 있는 긍정 의식이 하는 이야기를 듣기 위한 시간이다. 기분 좋게 스트레칭도 했다.

옥상에서 떠오르는 태양을 온몸으로 맞이한다는 생각 자체만으로도 나는 기분이 좋아진다. 하루를 시작할 수 있는 활력 에너지를 받고 충전되는 기분이 들기 때문이다. 아침 5시에 일어나는 것이 처음엔 약간 피곤했지만 한 달 정도 꾸준히 하니 적응이 되었다. 잠자리에 드는 시간을 너무 줄이면 정말 피곤할 수 있으니 수면 시간은 6시간 정도로 맞추기 위해 11시경 잠자리에 상대적으로 일찍 드는 편이다.

5시에 일어나면 일기장 달력에 표시했다. 온몸으로 떠오르는 태양을 맞이한 날에는 동그라미 표시를 해 두었다. 다른 사람이 같이 보는 달력이라면 더욱 효과가 좋을 수 있다. 내가 힘들거나 게을러졌을 때 '타인의 시선'이 때로는 동기부여가 되기도 하니 그 힘을 받아 아침에 일어나는 데 도움을 받을 수 있기 때문이다. 떠오르는 태양을 맞이하며 스트레칭을 하고 긍정 외침을 하며 하루를 시작하고 있다.

당신에게 맞는 운동을 찾아내고 의지껏 지속해보라. 신체 유연성을 기르며 탄력 있고 건강한 젊음을 지속할 수 있다고 확신한다. 당신에게 맞는 스타일을 알기 위해 다양하게 시도해 보길 바란다. 위에서 얘기했던 것 중에서 몇 가지를 골라 시도해 봐도 좋겠다. 헬스장 몇 개월 치 등록해 두고 가지 않은 것보다 훨씬 낫다. 운동은 전문가의 도움보다 스스로 하고자 하는 의지가 훨씬 더 중요하다. 당신의 신체 건강은 당신이 가장 잘 챙겨야 하지 않겠는가?

 긍정 외침

"오늘도 5시에 기상해서 떠오르는 태양을 온몸으로 맞이한다. 일어나자마자 5분간 명상한다. 아침을 맑은 기운으로 시작한다. 내 생각과 봄과 마음은 하나의 기운으로 흐른다!"

30년 후, 지금처럼
운동할 수 있을까?

04

용기는 대단히 중요하다.
용기는 근육처럼 쓰면 쓸수록 강해진다.
- 루스 고든

2003년 4월 일산 호수 마라톤 대회가 끝난 뒤 얼마 지나지 않아서 이다. 경기 고양 경찰서 소속 김 모(45세) 경사가 심장마비로 쓰러져 숨졌다. 한 달 뒤 경남 창원에서도 건강 달리기 대회를 끝낸 이 모(56세)씨가 역시 심장마비로 쓰러져 숨졌다. 마라톤 대회에 참가하는 사람들은 대개 오랫동안 운동을 해왔던 사람들일 것이다. 그래도 마라톤을 하다 보면 장시간 서로 앞다퉈 뛰기 때문에 주요 근육을 무리하게 사용할 수밖에 없다. 근육에 부상이 생기고, 근육 부상으로 근육에 염증이 생기고, 근육 염증이 치유되는 과정에서 혈액이 엉겨 붙게 된다. 엉긴 혈액이 혈관을 따라 심장으로 흘러 들어간다. 그래서 심장 혈관이 막혀 심장마비로 쓰러지게 되는 것이다.

평소 마라톤을 즐겼던 미국 맥린 병원 시젤 박사와 마라톤 동호회 의사들은 "무리한 마라톤은 우리 몸에 영구적인 상처를 남기고 몸을 노화시킨다."고 경고한다. 심지어 그들은 더 이상 마라톤 대회에는 참가하지 않을 것을 권고하고 있다. 미국 심장협회도 마라톤을 아무런 경쟁의식 없이 즐기는 것은 좋다고 했다. 그렇지만 무리하면 자칫 목숨까지도 잃을 수도 있으니 자제할 것을 경고하고 있다.

《왓칭》의 저자 김상운 기자의 《내 몸을 망가뜨리는 건강 상식 사전》에 나와 있는 내용들이다. 이 같은 내용을 읽으며 나도 축구를 언제까지 할 수 있을지 고민해 보았다. 축구는 굉장히 경쟁적인 스포츠라 이겨야 즐길 수 있는 게임이기 때문이다. 격하게 운동하다 다치는 경우는 비일비재하다. 축구 동호회에서 50세가 넘어서도 게임을 뛰는 분들을 보면 참으로 존경스럽다. 나는 50세까지는 못할 것 같은데 말이다. 대신 30년 후까지 계속할 수 있는 운동은 무엇이 있을지 고민했다. 그리고 아침 긍정일기에 적기 시작했다.

앞으로 계속할 수 있는
운동은 무엇일까?

나는 평생 할 운동으로 수영과 자전거를 선택했다. 아침 긍정일기에 그렇게 적었다. 나는 일주일에 1~2회 수영장에 간다. 평일 저녁에 일을 마치고 가기도 하고, 주말을 이용해 근처 수영장에 가기도 한다. 수영을 해본 사람들은 알겠지만 수영을 하기 위해서는 물에 대한 두려움을 없애야 한다. 그리고 온 힘을 다해 수영을 하겠다는 의지가 있어야 가능하다.

보통 수영장은 25m짜리 코스이다. 몇 번 왔다 갔다 하는 것만으로도 엄청나게 체력이 소모된다. 나도 몇 번 왔다 갔다 하면 많은 운동이되어 숨이 차곤 한다. 그럴 때 '한 번만 더 왔다 갔다 하자, 이번이 마지막이니까, 이거 끝나면 수면으로 올라가서 쉴 수 있으니까 전속력 자유형으로 가자'라고 생각한다. 그러면 없던 힘도 생겨 막판 스퍼트가 가능하다.

어떨 때는 일 끝나고 스트레스를 그대로 가지고 수영장에 들어갈 때도 있다. 힘도 없고 옆에서 수영하는 사람들 왔다 갔다 하는 것만 멀뚱히 지켜보다가 그냥 나오기도 한다. 어느 날은 몇 번 왔다 갔다 해야지 하면서도 힘없이 하다가 나올 때도 있다. '아, 오늘은 정말 피곤하다, 힘들어서 못하겠네'라고 생각할 때는 정말 수영을 못하게 된다.

내가 직접 두 가지 생각을 가지고 나의 몸의 변화를 체험해 보았다. 내가 생각한대로 내 몸은 따르게 되었고 내 몸에서 발현되는 것을 다른 사람도 느꼈을 것이다. 정신력이 강한 사람이 당연히 운동능력도 좋다는 결론을 얻었다. 어떤 이들은 '운동을 잘 하려면 신체적으로 타고나야 한다'고 얘기하기도 한다. 이는 신체적으로 타고나지 않은 자기를 합리화하며 운동을 별로 하지 않기 위한 변명에 지나지 않는다고 생각한다. 실제로 타고난 신체조건이 아님에도 불구하고 연습과 노력으로 세계적인 운동선수가 된 사람들은 많기 때문이다.

축구 선수 박지성은 평발이다. 평발이면 군대도 면제 받고 오래 걷는 것조차도 불편하다. 하지만 박지성은 '산소탱크'라는 별명과 함께 2002년 히딩크 월드컵 대표팀 내에서 가장 오래달리기 능력이 우수한 선수였다. 또 다른 축구 선수 중에 이영표도 엄청난 체력 관리를 통해 장기간 선수생활을 할 수 있었다. 그는 대학 때 '연습 벌레'라는 애칭이 있을 정도였다고 한다. 한 여름에도 운동장에 가장 먼저 나가 연습을 했는데 동료들은 보이지 않은 적이 많았다고 얘기했다.

운동력이 곧
정신력이다

운동을 통해 자신의 한계를 이길 수 있다. 정신력을 극대화할 수도 있다고 생각한다. 나는 축구를 한 달에 한 번 정도 한다. ROTC 축구 모임과 다국적 제약회사 17개 회사가 모여 '파마컵'이라는 이름으로 매년 축구 대회를 한다. 축구 동호회를 2개나 같이 하고 있다. 한여름에 ROTC 축구팀에서 연습 경기를 했을 때이다. 후반이 다가와 가면 정말 지치기 마련이다. 공이 내 앞으로 와도 발이 떨어지지 않을 때가 있었다. 다른 사람들 얼굴을 보니 무더운 태양 아래에 있는 것 자체가 힘들어 보였다. 축구를 빨리 끝내고 그늘에서 쉬고 싶어 하는 표정이었다. 나도 마지막 순간에는 체력이 고갈되었다. 하지만 '한 발만 더 뛰자'고 생각했다. 있는 힘껏 한 발을 더 뛰는 순간 마지막에 결승골을 넣을 수 있었다. 단지 '한 발'이었다.

정신력으로 축구에 집중하지 않으면 당연히 몸도 따라주지 않게 된다. 다른 운동을 할 때도 마찬가지이다. 정신력으로 몸을 지탱하지 못하면 제대로 하고 싶은 운동도 할 수 없게 될 것이다. 해외 축구 선수 중에 리오넬 메시는 좌우 밸런스가 상당히 잘 맞는 타고난 천재에 가깝다. 반면 크리스티아누 호나우두는 처음에는 마른 체격이었다. 그는 웨이트 트레이닝과 절제된 식이요법을 통해 필드에서 가장 폭발적으로 스피드를 낼 수 있게 몸을 만들었다고 한다. 그가 뛰는 모습을 보면 들판에서 한 마리 야생마가 뛰어가는 것 같은 인상을 준다. 두 선수를 비교해 보았을 때 메시는 어릴 적부터 타고난 천재이다. 반면 호나우두는 연습과 노력으로 만들어진 선수라고 축구 전문가들은 말하고 있다.

정신력을 기르는 운동은 타고난 신체적 결함도 극복할 수 있게 한다. 마라토너 이봉주는 왼쪽과 오른쪽 다리 길이가 다르다. 양발의 길이가 다르면 걷는데도 불편했을 것이 아닌가. 그런데도 이봉주는 마라톤 경기 전에 하루에 70km 이상씩 연습을 했다고 한다. 나도 매일 한 가지 운동을 정해 꾸준히 운동한다면 '30년 후에도 여전히 운동할 수 있는 능력을 발휘할 수 있지 않을까?'라고 생각해 보았다. 내가 왜 30년의 시간을 잡았느냐면 필자의 아버지가 30년 동안이나 새벽 4시 반에 일어나 아침 조깅을 하시기 때문이다. 아버지는 절대 대단한 분은 아니고 특별한 능력이 있는 것도 아니다. 아침에 일찍 일어나서 매일 같이 운동을 하고 있어 그런지 환갑이 넘었어도 병원에 가지 않아도 될 정도로 건강하시다. 분명 나도 할 수 있다고 생각한다. 30년 후까지도 건강하게 노후를 보내고 있을 나를 생각한다. 정신력으로 운동능력을 만드는 데 노력하기로 아침 긍정일기에 적고 다짐했다.

스스로가 왜 운동을 해야 하는지 알아보자. 어떤 운동이 자신에게 맞는지 스마트하게 알 필요가 있다. 요즘은 스마트폰 앱을 이용해 건강을 지키는 사람들이 늘고 있다. 신문을 보다 보니 대학생 김 모(23세)씨는 다이어트 앱을 통해 2년 만에 몸무게를 8kg 감량했다. 다이어트 앱에는 식사를 기록하면 몸에 좋은 음식은 초록색, 나쁜 음식은 빨간색으로 표시된다. 반복하다 보면 자연스레 빨간색으로 분류되는 음식을 자제하게 된다. "그냥 먹지 말라는 것보다 왜 먹으면 안 좋은지 구체적으로 설명해 주니 따르기 쉬워요."라며 그는 흐뭇해했다. 스마트폰 앱을 통해 '컵케이크 하나 먹으면 6.5km 뛰어야 할 칼로리'라고 경고를 해 준다고 한다.

당신도 경고 문구가 피부에 와 닿지 않은가? 30년 후를 생각하면 지금부터 철저히 관리해야 한다. 당신 스스로가 운동하는 이유를 오감을 이용해 느껴보라. 당신에게 맞는 운동을 정해 꾸준히 한다면 그것만으로도 정신 건강 및 신체 건강은 보장을 받는 셈이다. 너무 많은 운동을 할 필요는 없다. 중요한 건 당신이 현실적으로 지속해서 할 수 있어야 한다. 꾸준함만이 건강을 지키는 지름길임을 명심해야 한다. 지금처럼 활력 넘치는 노년의 모습을 생생히 상상하라.

 긍정 외침

"30년 후에도 원하는 운동을 하고 있다. 수영이면 수영, 자전거면 자전거를 타고 있을 것이다. 몸을 움직이면 정신이 활기차진다. 정신을 강화하면 신체도 건강해진다!"

정신 건강,
10점 만점에 10점

05

인간은 스스로 원하는 만큼의 행복을 얻습니다.

- 에이브러햄 링컨

목동의 한 커피숍에서 회사 업무를 보고 있었다. 목동의 학부모들이 하는 얘기가 들린다. "A외고가 이번에 경쟁률이 높았대, 1반에는 K 딸이 계속 1등을 한대, S 선생이 수학, P 선생이 영어 과외를 잘하고, Y네 엄마가 과외 시켰는데 점수가 많이 올랐대." 등등의 수다였다. 옆자리에도 어머니 모임, 저기 구석자리에도 6명 정도 어머니 모임, 앞자리에도 두 분이 자녀 교육에 관한 이야기를 하고 있었다. 내가 다른 사람이야기를 엿들은 것이 아니라 온통 그런 이야기가 내 귀로 들려왔다.

'엄마 신화'라는 말이 있다. 엄마가 신처럼 되서 모든 교과목 우수 과외 선생님과 학원을 알아보고 누가 어떻게 공부하는지를 알고 자신의 아이들도 경쟁시키기 위해 혈안이 되어 있는 현상을 말한다. 목동 엄마들의 이야기를 듣고 있으면, 도대체 이게 아이를 위한 건지 어머니 자신들을 위한 건지 헷갈린다. '과연, 엄마나 아이나 행복할까?' 목동의 엄마들뿐만 아니라 대부분의 한국의 엄마들은 자식들이 1등을 하면 자기도 1등 엄마가 될 수 있다고 믿는 것 같다. 본인이 학교 다닐 때 못했던 것을 자식에게 시키는 것 같기도 하고, 자신이 자녀를 돌봐주지 않으면 아이가 공부를 못하지 않을까라는 불안감도 있는 것 같다. 내가 만약 부모가 된다면 어떻게 했을까? 진정으로 부모 역할을 제대로 하기 위해서 아이가 원하는 것이 무엇인지 파악하고, 꼭 공부가 아니더라도 자녀가 성장하고 발전할 수 있게 도와주는 역할을 해 주고 싶다는 생각을 했다. '어느 학원, 어느 교사가 더 좋다'라는 정보를 알아내서 아이에게 '이렇게 해라'라고 시키기보다는 아이가 진정 무엇이 필요한지 물어볼 것 같다. 그리고 공부라는 것은 아이가 성장·발전해서 더 행복해지기 위한 도구쯤으로 생각한다. 1등을 위한 공부가 되면 아이도 공부에 재미가 없을 것이다. 공부를 위한 공부가 되면 오히려 아이의 행복감은 더 낮아지지 않을까라는 생각이 들었다. 나도 좋은 대학을 맹목적으로 나왔다. 그렇지만 정작 사회생활을 하는 데 있어 좋은 대학 나온다고 더 좋지는 않은 것 같다. 대학 때부터 자신이 뭘 원하는지 모르는 요즘의 취업 준비생들을 보면 안타깝다. 직장 생활을 할 때까지도 그 기분은 계속 이어질 것 아니겠는가.

일상에서
행복이란?

돈을 더 많이 벌기 위해 그리고 더 나은 삶을 살기 위해 직장 생활 3년 차 대리급 정도 되는 직원들이 추구하는 바가 있다. 이직을 통해 몸값을 올리거나 혹은 MBA 진학이다. 나도 한때 많은 직장인들이 한 번쯤 생각해 보았던 MBA 진학을 위해 공부했었다. 기본적으로 영어로 된 시험을 보는 것이라 고등학교 때 제일 좋아했던 과목이 영어여서 자신있었다.

그런데 일을 하며 공부를 해서인지 영어 공부가 재미없었다. 당시에는 일도 잘 풀리지가 않아 영어 공부가 잘 되지 않았다. 일이 끝나고 머리에 남아 있던 잔상을 제거하는 데만 1~2시간 이상 걸렸다. 공부하려고 책상 앞에 앉아도 스마트폰으로 인터넷하면서 관심 있던 외제 차량을 검색해서 보고 쓸데없는 데 시간을 허비해 버렸다. '4시간이나 앉아 있었는데 30분도 집중이 안 되다니…' 당시 11시경 도서관 끝나는 시간에 나오면서 드는 생각이었다. 영어 시험 책장을 몇 장 넘기지도 못했다. 영어 단어도 고등학교 때처럼 반복 학습을 하지 않으니 잘 외워지지도 않았다. 그런데 더 근본적인 물음이 들었다. '내가 왜 MBA에 가려고 하지?' 의문에 확실히 답을 할 수도 없었다. 그냥 남들이 MBA를 선망하니 나도 왠지 다녀오면 연봉이 더 오를 것 같았다. 그냥 막연히 좋을 거라는 생각만 있었다.

"GMAT(MBA 진학을 위한 시험)은 4개월 동안 힘들더라도 4시간씩

자면서 공부해서 빨리 점수 따고 털어버려야 한다."

학원 원장님 말씀도 귀에 들리지 않았다. GMAT 시험 공부하는 기간도 이미 2배로 길어졌다. 집중하는 절대 시간이 부족해서 시험 점수는 형편없이 나오고 있었다. 나보다 1달 늦게 합류했던 같은 스터디 그룹의 한 형은 10개월 만에 원하는 GMAT 점수 획득은 물론이고 Essay 및 면접 준비까지 다 마무리했다. 그 형은 회사 스폰서를 받아 미국 유명 MBA 경영대학원에 입학했다. 형은 결혼도 한 상태여서 안정적이었고 MBA를 통해 회사 내에서 발전하고자 하는 뚜렷한 목표도 있었다. 반면, 나에겐 MBA를 통해 직업적으로 얻고자 하는 뚜렷한 그림이 그려져 있지 않았다. 오히려 하루하루 일 스트레스와 영어 공부 스트레스가 중첩되었다.

대부분 MBA를 졸업하고 회사 마케팅 부서에서 일을 하는 사람들이 많다. 마케팅 부서는 새벽까지 일을 하는 경우도 많다. 집에도 못 들어갈 정도로 전국으로 출장 다니는 생활을 가끔 하기도 한다. 마케팅 업무는 내가 하고 싶어 하는 업무가 아니다. 새벽까지 일하고 휴가도 제대로 못 쓴다면 나는 행복할 것 같지 않았다.

무엇보다도 내가 하고 싶은 일이 있다. 회사 내에서 세일즈맨들을 교육하는 일이다. 여러 MBA 경험자들에게 물어 보았다. MBA 커리큘럼 중에는 HRD Special Course만을 위한 것은 없다고 했다. 나에겐 MBA가 확실한 길이 아닌 것 같았다. 그렇다고 MBA를 졸업하고 CEO가 되려는 원대한 꿈이 있는 것도 아니었다. 조직에서 사내정치

하며 CEO가 되는 게 와 닿지가 않았다. CEO가 되면 영업과 마케팅, 인사, 법률, 메디컬 그리고 재무적인 책임까지 양쪽 어깨에 짊어지게 될 것이다. 이제껏 다른 조직에서 몇 번 리더 역할을 해 보니 왠지 웃음이 사라지는 자리처럼 느껴졌다.

MBA를 공부하고 있는 지금이 나에게 행복한 선택일까?
MBA를 위해 오늘 하루를 투자하면 더 행복해질 수 있을까?

찰스 C. 콜튼은 말했다.

"사람들은 미래의 어느 시기에 대단히 행복하게 되겠다고 결심하고 그러한 기대 속에 삶을 산다. 하지만 현재의 시간은 과거와 미래가 가지지 못한 장점, 즉 우리가 '지금' 가지고 있다는 것이다. 과거의 기회는 지나갔고, 미래는 아직 오지 않았다."

그렇다. 중요한 건 '지금'이라는 깨달음을 얻었다. 나 스스로에게 던진 물음을 통해 답을 해 나가면서 나는 좀 더 행복해지기로 했다.

MBA 가려고 비싼 학원비에 교재 사고 투자한 금액을 떠올렸다. 주말엔 인천에서 압구정까지 왕복 3시간 정도를 지하철로 왔다 갔다 했다. MBA에 꿈이 있어 합격하신 분들은 지하철에서 쪽시간 내어 공부한 것도 큰 도움이 되었다고 얘기해 주었다. 그렇지만 나는 학원가는 길에 숙제 정도나 했으니 공부량이 합격하기엔 턱없이 부족한 게 당연했다. 무엇보다도 중요한 것은 내가 공부에 흥미가 생기지 않는다는 것이다. 내가 하고 싶은 일이 아니기 때문이란 결론에 다다랐다.

이젠 마음에서 우러나지 않는 재미없는 생활을 접기로 결심했다. MBA를 향해 가는 나의 마음을 정확히 짚어보고 알게 됐기 때문이다. 미국으로 2년간 MBA를 하러 가는 것이나 더 많은 연봉을 받기 위해 노력하는 것도 지금 나의 행복을 위해서가 아니라는 생각이 들었다. 해외 MBA를 가고자 했던 목표는 그냥 대학 때부터 막연하게 생각했던 그 무엇이 있었다. 바로 해외 나가서 살고 싶다는 생각뿐이었다. 특히 미국은 안 가본 나라였고 MBA 하면 결혼하고 미래의 아내와 함께 2년 정도 미국에서 살 수 있으니 좋겠다는 생각만 했다. MBA를 통해 직업적 성공을 꿈꾼 적은 없었다. MBA를 가야 한다는 얘기나 생각은 내 생각이 아니라는 것을 깨달았다. 주변 사람들의 생각이었다. 나는 지금 당장 주변 사람들에 의해서가 아니라 내 스스로를 위해 행복해지기로 생각을 바꿨다.

하버드 최고의 명강의 《행복》으로 유명한 긍정 심리학의 권위자 탈 벤 샤하르 교수의 말이 생각난다. 심리학 교과서에 자주 등장하는 일란성 쌍둥이에 대한 이야기를 들려주었다. 술주정뱅이에다 마약 중독인 아버지 밑에서 학대당하며 불우한 환경에서 성장한 일란성 쌍둥이들이 30대가 되었을 때 한 심리학자가 연구의 일환으로 그들을 인터뷰했다. 한 사람은 사회보장 연금에 의존해 살아가는 마약 중독자가 되어 이렇게 얘기했다. "내가 태어나 자란 가족이 그 모양이었는데, 어떻게 달리 행동할 수 있겠습니까?" 그리고 심리학자는 다른 쌍둥이를 만나러 갔다. 그는 성공한 사업가이자 훌륭한 아버지가 되어 있었다. 이 모든 것을 어떻게 이룰 수 있었느냐는 심리학자의 질문에 그는 이렇게 대답했다. "내가 태어나 자란 가족이 그 모양이었는데, 어떻게 달리 행동하지 않을 수 있겠습니까?"

그렇다. 한 사람은 과거에 발목 잡혀 그것의 노예가 되었고, 다른 사람은 다른 길을 선택해 더 나은 미래를 창조했던 것이다. 탈 벤 샤하르 교수는 "자신의 인생을 원하는 방향으로 이끌어 나가느냐는 온전히 선택의 몫이다."라고 강조했다. 누구나 재미있어 하고 흥미로운 일은 미친 듯이 빠져든다. 내가 지금 책을 쓰기 위해 하루에 12시간씩 앉아 탈고를 하고 있는 것처럼 말이다. 일상에서 더욱 행복해지기 위해서 나 스스로 강점을 찾아냈다. 나만의 사물과 동물을 선택하고 빗대어 나를 표현하는 글을 긍정일기에 적었다. '나를 행복하게 하는 수식어 3가지'라고 생각한다. 그리고 앞으로도 나의 강점을 살려 행복한 삶을 살기로 다짐했다.

카멜레온 – 어느 상황에서건, 어떤 사람을 만나도 변신이 가능하다.
자석 – 내가 원하는 것, 나의 주변 사람을 강력하게 끌어들인다.
물 – 순수하고 시원하게, 하지만 때론 강력한 파도와 같은 힘을 발휘한다.

당신도 당신만의 강점을 찾아 아침 긍정일기에 적어보라. 당신 스스로 강점이라고 생각하지 않는데 다른 사람이 당신의 강점을 찾아 칭찬해주고 인정해주지는 않을 것이다. 강점을 발견해 매일 지속적으로 단련해 보자. 아직은 1점짜리 강점일지 모르지만 나중에는 10점짜리 강점으로 바뀔 것이다. 스스로 10점 만점에 10점을 외쳐보자. 지금 당장 행복해지기로 결심하고 긍정 외침을 하라.

 긍정 외침

"나의 정신은 내가 지배한다. 건강한 생각이 곧 나이다. 정신이 건강해야 더 행복해진다. 나는 더 행복해지기로 결심한다!"

노래하듯 춤추듯
아침 긍정일기를 써보자

06

의심 또는 불확실성에서 생각을 시작하라.
탐구적이고, 공격적이며, 수색적인 태도를 만든다.

- 존 듀이

《거짓의 사람들》을 쓴 저자 스캇 펙은 다음과 같은 말을 했다.

"위대한 지도자들 중에는 보통 사람들은 잘 모르는 극심한 고통들을 견뎌내는 이들이 많다. 거꾸로, 정서적 질환의 가장 깊은 밑바닥을 파 보면 감정적인 고통을 겪지 않으려는 소극적인 마음이 도사리고 있는 경우가 많다. 우울과 회의와 절망을 고스란히 경험하는 사람들은 일반적으로 자신감 있고 편안하고 자신에 만족하는 사람들과 비교할 수 없을 정도로 훨씬 더 건강할 수 있다. 사실 고통을 거부하는 것이야말로 확실한 질병에 대한 정의定義다. 악한 사람들을 사로잡고 있는 것은 공포다. 그들에게는 그 가면이 깨져 자신의 참모습이 자신과 세상에 드러나지나 않을까 하는 두려움이 있다. 혹시 자신의 악과 직접 마주치게 되지나 않을까 싶어 그들은 끊임없이 공포에 휩싸인다."

글을 읽고 생각해 보았다. 나의 문제를 제대로 바라봐야겠다고 다짐했다. '현실을 직시해야 건강하게 살 수 있구나'라는 생각을 했다. 안 좋은 일이 있거나 생각을 새롭게 하고 싶을 때 뇌를 꺼내 들고 물로 깨끗이 씻고 싶다는 생각을 한 적이 있었다. 지금 생각나는 안 좋은 생각들을 잊어버리고 싶었기 때문이다.

내면을 직시하여 당신을 마주 볼 수 있다면, 고민과 고통은 반감되지 않을까?

경영학의 구루이며 경영학의 아버지 피터 드러커는 "인간에게 가장 중요한 것은 자기표현 능력이다."라고 얘기했다. 표현을 잘 하기 위해 필요한 것은 나에 대한 성찰이 뒷받침돼야 한다고 생각한다. 표현을 하는 것은 사람마다 차이가 있지만 꼭 말로만이 아니라 표정, 말투, 억양, 손끝의 움직임, 눈동자 떨림 하나에도 나타나게 된다. 이는 상호간 주고받는 에너지에 따라 다양하게 나타난다고 느낀다. 사람들을 만날 때에는 항상 마음 에너지의 흐름을 중요시 생각하게 된다.

마음을 훈련하면 뇌가 바뀐다고 말하고 있는 장현갑 교수의《마음

vs 뇌》에 대한 책을 계속 읽고 있다. 그중 티베트 승려 이야기가 나온다. 티베트 승려는 영하의 날씨에도 외부에서 명상 수행을 하면 몸의 온도가 3도~8도 가까이 상승했다. 손가락이나 발가락 등 신체 부위마다 차이가 있었지만 상상만으로도 몸의 온도를 변화시킬 수 있다는 놀라운 관찰이었다. 티베트 승려들은 이를 '툼모 요가'라고 부른다. 툼모의 뜻은 '사나운 여인'이라는 의미로, 승려들은 명상 수행을 통해 체온을 높여 헛된 망상을 불태워 버리는 종교적 수행을 하고 있다.

몸의 온도 변화는 마음의 변화와도 밀접한 연관이 있다. 마음이 평화롭고 타인들과 따뜻한 관계를 잘 유지해 가는 사람들이 병에 잘 걸리지 않는다. 그 이유는 면역 기능이 활발하여 세균 활동을 약화시켜 질병에 대한 내성을 높여주기 때문이다. 몸에 병이 나는 이유는 특정 세균 때문일 것이다. 입 안에도 700종이 넘는 세균이 존재한다고 한다. 입은 벌리면 외부 기관이고 닫으면 내부 기관이 된다. 면역력이 약해지면 몸에서 외부 자극에 취약해져 바로 반응이 오는 곳이 입이다.

위대한 미생물학자인 파스퇴르도 특정 세균이 특정 질병을 일으킨다고 생각했다. 그는 세균학자 코흐의 입장에 기본적으로는 동의했다. 하지만 임종을 앞두고 입장을 바꾸었다. 파스퇴르는 다음과 같은 유명한 말을 남기며 새로운 시각을 전해줬다. "세균은 별 것 아니야, 토양이 전부야Le germe n'est rien. C'est le terrain qui est tout." 파스퇴르가 남긴 이 명언을 다른 말로 하면 질병 발생에 있어 세균은 부분적 역할만 할 뿐 그 밖의 요인들이 더 중요한 역할을 한다는 것이다. 그 밖의 요인은 바로 사랑과 배려와 같은 마음의 요인이다. 그리고 따듯한 인간관계와 같은 사회적 요인이다. 또한 믿음과 신념과 같은 영성적인 요인들이다. 이러한 요인들이 그가 말한 '토양'인 셈이다.

성직자이자 작가로서 잠재의식의 힘을 설파한 조셉 머피는 단언했다.

> "정신적이든 물질적이든 부가 이루어지는 모든 과정은 '감사'라는 한 단어로 요약할 수 있다. 당신이 감사하는 마음을 가지지 않는다면 풍요로움과는 인연이 멀어질 수밖에 없다."

나는 감사하는 긍정일기를 자주 썼다. 감사하는 내용을 긍정일기에 적을수록 인간관계가 좋아진다. 부를 끌어 오는 풍요로움을 선사해 준다. 항상 감사하는 마음을 가졌다. 지금 건강하게 식사할 수 있는 것에 감사하고, 병원 신세 지지 않고 두 다리로 걸어 다닐 수 있는 것에 감사했다. 노래할 수 있고, 춤출 수 있는 것에 감사했다. 하루에도 몇 번이나 감사했다. 감사히 여겨지는 것들에 대해 아침 긍정일기에 적었다. 일어나기 전부터 '일찍 일어나야 되는데….'라는 강박관념을 가지지 않았다. 오히려 늦게 일어나서 푹 잘 수 있었다고 고마워했다. 긍정적으로 생각하는 것만으로도 나의 뇌는 스트레스를 받지 않았다. 기분 좋은 생각과 긍정적 질문으로 나의 뇌를 샤워시키고 건강한 아침을 시작했다. 건강한 신체에, 건전한 정신이 깃드는 법이다.

당신은 자주 아플 때가 있는가? 과음, 흡연, 불규칙한 식습관, 운동 부족으로 인한 비만 등으로 일찍 죽지는 않는다. 몇 년 혹은 몇 십 년 동안 만성 질환에 시달리며 여생을 병원을 오가며 허비하게 될 뿐이다. 나는 건강한 몸과 맘으로부터 행복한 가치를 찾을 때마다 긍정일기에 적어 두었다. 갑자기 떠오른 생각을 종이에 정리할 때는 될 수 있는 한 하나의 주제를 한 장에 요약하여 적었다. 내가 생각하는 건강의 가치를 자주 되뇌며 주변 사람들에게 얘기하였다. 나의 눈에 건강한 모습이 보이게 하였다. 어느새 내가 생각했던 '건강의 가치'가 내 안에서 밖으로 표현되고 있었다.

　나는 운동을 통해 즐겁고 건강한 삶을 살고자 소망한다. 헬스장에서 근력을 키울 수 있듯이 일기장에서 뇌력을 발달시킬 수 있다고 믿는다. 건강한 생활과 활기찬 뇌력 향상에 도전했다. 신나는 노래를 들으며 흥얼거리고 따라 부르며 열정적으로 춤을 추는 내 모습을 자주 상상한다. 뇌는 생각대로 흐르게 되어있다. 생각을 즐겁게 하며 푹 빠져보는 것이다. 노래 부를 때나 춤을 출 때 내 심장은 뜨거워졌다. 긍정일기를 쓸 때도 마찬가지였다. 다음과 같은 내용을 긍정일기에 적었다.

　눈 감기 전 스트레칭하고,

　눈 감으면 상상하고,

　눈 뜨면 떠들어대라!

당신이 진정 하고 싶은 것과

당신이 할 수 있는 이유를!

당신을 도와줄 사람은 세상에 많다!

　어릴 적 동심을 가지고 일기를 썼던 기억이 다 있을 것이다. 물론 숙제 때문에 억지로 한 분들도 있을 테지만 말이다. 일기에는 마음을 솔직하게 표현할 수 있으니 남들이 어떤 평가를 하지 않는다. 놀이와 일기의 공통점이다. 긍정일기 쓰기는 재미있는 놀이라고 생각하고 노래하듯, 춤추듯 긍정일기를 쓸 수 있다. 어느 순간 긍정일기 쓰는 게 재미있어 질 것이라 확신한다. 해 보면 나처럼 느낄 수 있다. 아침 긍정일기를 쓰는 것은 'Intro'에서부터 계속 이야기하고 있는 '나다움'을 깨우치는 것이다. 자기계발을 하는 과정이다. 긍정 외침은 스스로 깨우친 가치를 실천할 수 있게 해 준다.

　신체 건강한 삶을 유지하는 가장 핵심적인 이유는 바로 정신적인 건강을 위해 중요하기 때문이라는 것을 명심해야 한다. 육체뿐만 아니라 마음이 건강한 사람이 될 수 있다. 아침 긍정일기 쓰기를 노래하듯, 춤추듯 하면 된다. 혹시 당신도 '피곤하다'고 더 많이 생각했던 적이 있다면 '지금 당장' 풍요로움의 길로 들어서야 한다. 피곤함을 훌훌 떨쳐버리고 가볍게 즐거운 마음으로 하루를 살기로 다짐하는 것만으로도 긍정적 영향을 준다. 당신의 풍요로움을 위해 나는 응원한다. 대학교 다닐 때 교양 영어 시간에 감명 깊게 읽은 원서 책 중에 Michael Lindbergh의 《Make Each Day Your Masterpiece》에 있는 내용이 생각났다.

> Our daily tasks and responsibilities may seem petty and insignificant, but they are the small brush strokes that together form a living canvas, with all the rich colors and compelling textures that ultimately will make our lives a masterpiece.

당신도 나처럼 좋은 글귀를 아침 긍정일기에 적으며 하루를 시작하면 좋겠다. 좋은 글귀를 읽고 몸과 마음이 건강해지길 바란다. 부정적인 생각이 드는 순간 몸도 부정적인 영향에 휩싸이게 된다. 평소에는 정리 되지 않아 혼란스러운 생각들이 아침 긍정일기 쓰기를 통해 당신이 원하는 행복하고 긍정적이며 건강을 유지하는 방향으로 잘 나아갈 것이다. 당신이 선택한 아침에 당신이 선택한 결과가 기다리는 곳으로 노래하듯 춤추듯 신나게 달려가라.

 긍정 외침

"마음이 가지고 있는 치유의 힘을 믿는다. 아침 긍정일기를 쓸 때마다 몸과 마음은 너욱 편안해진다. 좋은 글귀를 읽고 석고 다른 사람들에게 얘기하는 것 자체가 내 삶을 건강하게 만든다!"

DAILY OF
POSITIVE THINK
PART4

사랑,

당신의
이야기를
적어라

NO 4.   DATE.

긍정일기에 적은 사랑의 원칙들을 지켜나간다.

무엇을 원하는지 정확히 알게 되고, 가치 있다고 생각하는 일은

함께 지켜나갈 수 있다.

직관적인 느낌을 매일 적어 나가라.

마음의
화학작용과 반작용

01

사랑은 모두가 갈망하는 것이며, 사랑하고 사랑 받는 것은 축복이다.
사랑의 가장 적절한 정의는 다른 사람의 목표와 안녕을 자신의 목표와 안녕만큼
생각하고 보살피는 것이리라.

- 조이스 브라더스

J와의 이야기이다. 처음 봤을 때부터 눈에 띄는 외모였다. 같은 지역을 담당하는 제약회사 직원이었던 그녀와 우연히 복도에서 마주쳤을 때 명함을 건네며 인사를 했다. 나를 만나기 몇 주 전 다행히도 남자 친구와 헤어진 상태였다. 나도 마찬가지로 여자 친구와 헤어진 상태였다. 이렇게 만날 수 있는 타이밍도 절묘했다.

카톡을 주고받으며 상당히 친해졌다. 이렇게 빨리 친해질 수 있다니 신기하다며 그녀는 놀라워했다. 그래서 "만남의 길이보다, 만남의 깊이가 더 중요하지!"라고 답했다. 대부분 내가 만났던 여자들은 친근감 있는 나에게 빨리 반응하게 된다. 나는 강력한 자석처럼 여자들을 끌어당길 수 있다는 걸 내 스스로 잘 알고 있다. 남자를 만나는 데 신중했던 J와 얼마 지나지 않아 사귀기 시작했다. 새벽까지도 시간 가는 줄 모르게 얘기한 적이 많았다. 대화도 잘 통하고 공통점도 많아 정말 잘 맞는다는 생각을 했다. 만나면서도 가슴이 설렜고 카톡을 하면서도 전화를 하면서도 기분이 날아갈 것 같았다. 카톡으로 '여봉봉'이라며 장난도 치는 사랑스러운 그녀였다.

그러던 어느 날 카페에서 J와 커피를 마시고 있는 데 전 여자 친구에게서 전화가 걸려 왔다. 나는 전화를 받지 않았다. 전 여자 친구란 걸 알고 J는 카페를 나가 버렸다. 내가 양다리를 걸치고 있다고 생각한 것이다. 아니라고 설명했지만 J는 믿지 않았다. 그날은 비가 왔다. 새벽까지 빗소리를 들으며 홀로 남은 쌀쌀한 차 안에서 먼저 가버리곤 전화도 받지 않는 J에게 카톡으로 자초지종을 설명했다. 전 여자 친구와는 헤어진 상태가 맞다. 하지만 전화 통화를 몇 번 했었다. 어쩌면 둘 사이에서 나는 흔들리고 있었다. 나의 마음이 확실하지가 않음을 알고 J는 떠나려 했다. 게다가 전 여자 친구는 다시 만나자고 했다. 며칠을 고민했다. 주변에 조언도 구했다. 대부분 '조강지처를 다시 선택했다'는 말들이었다.

J와는 같은 거래처를 담당하고 있었기 때문에 가끔 마주치게 된다. 인도를 걷는데 반대편에서 오던 그녀는 날 보더니 갑자기 방향을 획 돌아서 다른 곳으로 가 버렸다. 멀리서 가는 뒷모습을 보고 있었는데 뒤도 돌아보지 않고 다른 길로 사라져 버렸다. 그녀를 우연히 볼 때마

다 마음에 걸렸다. 만난 지 얼마 되지 않았지만 빨리 결혼하고 싶어 하는 그녀와 잘 되었더라면 아마 어땠을까 하는 생각도 해 보았다. 성급히 결혼을 하기에 나는 확신이 없었다. 한참이 지나 그녀가 이직했다는 소식을 듣고 연락을 해 보았다. 남자 친구가 생겨 잘 지낸다고 했다. 마지막으로 통화를 하고 연락처를 지우며 마음도 지웠다.

마음의 반작용 같은 우연 아닌 우연에 대해 다른 이야기를 하고 싶다. 헤어진 전 여자 친구였던 H를 길에서 마주쳤다. 내가 가야 할 방향에서 그녀와 직장 동료로 보이는 사람과 음료를 들고 수다를 떨며 길을 건너오고 있었다. 멀리서 길을 건너오는 그녀를 보고는 마주치지 않으려 다른 길로 얼른 숨었다. 그런데 이런 생각이 들었다.

'이렇게 숨는 건 비겁해 보여! 내가 잘못한 것도 없는데 그냥 당당히 지나가지 뭐. 안 마주칠 수도 있는데 굳이 돌아갈 필요도 없잖아!'

나는 다시 길을 나섰다. 두 갈래로 나있는 길 중에 하필이면 내가 가려던 길로 그녀가 걸어오고 있었다. 순간 그녀와 눈이 마주쳤다. 내 몸에서 '찌릿'하는 느낌이 났다. 내가 일방적으로 헤어짐을 먼저 이야기하고 연락을 끊었었다. 헤어지고 다시 마주치는 건 상당히 기분이 좋지 않았다. '이 안 좋은 기분 떨쳐버리자! 헤어진 건 헤어진 거고 이 기분 가져갈 수 없다!'라고 생각했다. 차를 가지러 주차장으로 내려가면서 계단을 가볍게 뛰며 안 좋은 기분도 떨치려 노력했다. 그런데 20여분 정도가 지난 후, 모르는 번호로부터 카톡이 왔다. 그런데 카톡 프로필 사진에 '넌 너무 어려워. 전화도 문자도 아무것도 못하겠다. 네가 싫어할까봐. 그래서 이제 내 가슴에서 너를 그만 지우려고 해. 보고 싶어 네 목소리가 그리워도 눈물로 대신해야만 하잖아. 미안해. 너를 좋아 해서. 이젠 놓아줄게. 안녕.'이라는 글귀가 적힌 사진이 있었다. 번호는 8231이었다. 나의 생년82와 생일31이었다. H는 폰이 3개였는데 그중 하나는 자신의 생년월일로 만들었다. '설마 이게 내 생년과 생일일까?' 너무 억측이라는 생각도 했지만 그녀와 마주친 이후 카톡이 오는 시 간이나 카톡의 내용 등 자꾸 H를 떠올리게 하는 징후들이었다.

몸의 변화, 그리고
마음의 교감은 느껴진다

게다가 당시 나는 축구를 하며 가슴 트래핑을 하는데 왼쪽 가슴에 공을 너무 세게 맞아 통증이 있었다. H는 전에도 헤어졌다가 만난 적 이 있었다. 다시 만났을 때 그녀는 이런 말을 했다.

"오빠랑 헤어지고 누가 내 심장을 주물럭거리는 것처럼 아팠어."

축구 이후 심장이 있는 왼쪽 가슴이 아플 때마다 그녀가 한 말이 떠 올랐다. 그런데 '이젠 놓아줄게 안녕….'이라는 마지막 문장을 읽는 순 간 나는 놀랐다. 축구하다 다친 왼쪽 가슴이 더 이상 아프지 않았다. 정말 놀라웠다! '뭐지, 이 알 수 없는 우연의 일치는?' 나는 일련의 과 정들을 믿지 않을 수가 없었다. 연락해서 확인해 볼까도 생각했지만 굳이 확인하지는 않다. 카톡으로 그녀가 나에게 하는 마지막 말이라고 혼자 생각하고는 카톡 대화창을 나왔다.

　　나는 모든 사람을 사랑하고

　　세계를 사랑하고

　　삶을 사랑하게 된다.

　　만일 내가 어떤 사람에게

　　"나는 당신을 사랑한다!"고 말할 수 있다면

　　"나는 당신을 통해 모든 사람을 사랑하고

　　당신을 통해 세계를 사랑하고

　　당신을 통해 나 자신도 사랑한다!"고 말할 수 있어야 한다.

　　- 에리히 프롬의 《사랑의 기술》 중에서

　　이 시를 읽고 온 인류를 사랑하는 것보다 한 사람을 제대로 사랑하
는 것이 훨씬 힘든 일인지도 모른다는 생각이 들었다. 사랑은 내 마음
이 성숙하게 무르익었을 때 가능하다는 것을 깊게 느끼고 있다. 수많
은 여자들을 만나면서 나는 더욱 나 자신을 알아가고 있는 중이다. 나
에게 맞는 사람이 아니라 내가 맞출 수 있는 사람을 나는 소망한다. 내
가 원하는 모습 그대로 삶을 살아갈 것이라 확신한다.

　　사랑과 이별은 '마음의 화학작용과 반작용'이다. 당신이 이제까지
겪었던 수많은 일들은 모두 마음의 교감을 통해 느꼈을 것이다. 두 사

람이 만나면 두 사람의 마음이었는가? 이제 두 사람이 한 마음을 느낄 수 있을 것이다. 당신의 마음이 N극이라면 다른 사람의 마음도 N극이길 바란다면 절대 두 사람은 가까이 할 수 없을 것이다. 상대가 N극이라면 당신의 마음을 S극으로 바꿔야 한다. 그러면 두 사람은 서로 딱 붙어 하나의 마음이 될 수 있을 것이다.

 긍정 외침

"마음의 화학작용을 느낀다. 두 사람의 마음은 하나가 될 수 있다. 세상에는 두 개의 진리도 공존할 수 있다. 나와 다른 또 다른 타인을 인정하고 이해한다."

오늘,
이상형을 만나리라 외쳐라

02

말이란 건 가장 믿음직스럽지 못한 진리 조달업자다.
느낌은 영혼의 언어이다.

- 닐 도날드 월쉬

여름이다. 압구정역에 내려 신사동 가로수 길에서 시원한 커피 한잔 하러 커피숍에 앉아 있다. 이 동네에는 예뻐지고자 하는 욕망으로 가득 찬 여자들이 국경을 넘어서 많이 있음을 보고 있다. 특히나 중국의 성형 열풍은 한국 강남 성형외과 의사들의 주머니를 두둑이 채워주고 있구나 싶다. 단체로 성형한 중국 관광객 5명이 주르륵 코를 싸매고 있는 모습을 보니 왠지 모르게 내 코가 아프다. 고쳐서라도, 아파서라도, 돈을 투자하더라도 예뻐지고 싶은 게 여자의 욕망인가 보다.

세상엔 여자의 욕망을 잘 맞춰주는 남자들이 많다. 안 예뻐도 예쁘다고 말해줄 수 있는 능력을 가진 스피커폰 형 남자가 있다. 웬만하면 예뻐 보이는 시각을 갖춘 욕망충전 형 남자도 있다. '잘하면 이 남자가 나를 공주로 만들어 주겠구나'라고 믿게 만들 수 있는 미래지향 형 남자들도 있다. 이런 스타일의 남자들이 여자들에게 인기가 있나 보다. 나는 여자들에게 인기 있는 남자가 되겠다고 다짐하기보다는 '오늘 내 이상형을 만날 것이다!'라고 생각했다. 내가 이 주문을 외우기 시작한 것은 대학 다닐 때부터였다. 지하철을 타고 가는 도중에 문득 떠올랐던 생각이다. '오늘 내 이상형을 만났으면 좋겠다. 만약, 만나면 용기 있게 말을 걸어야지….' 실제로 나는 대학 때까지 맘에 드는 여성에게 한 번도 제대로 말을 걸어 보지 못했다. 대부분 주변에서 편하게 만날 수 있는 사람과만 만났었기 때문이다.

이성을 보는 기준이 외모는 전부가 아니라 생각한다. 나는 서로 통하는 느낌을 굉장히 중요하게 생각한다. 소개팅을 별로 좋아하지 않는다. 소개팅으로 맘에 드는 사람은 한 10명 중 1~2명 정도였기 때문이다. 반면 내 눈앞에 보이는 사람의 경우는 다르다. 혹은 주변에서 알고 지내며 마음에 드는 이성에게 직접적으로 다가갔을 경우에는 맘에 들 확률이 90% 이상이다. 눈앞에 맘에 드는 이성이 있더라도 마음으로만 좋아하면 잘될 가능성은 0%이지만 말이다.

주말이었다. 낮에 서울에서 볼 일을 보고 당시 살던 인천 부평으로 지하철을 타고 가는 중이었다. 한 대학생이었는데 바로 내 옆에서 친구와 수다가 떨고 있었다. 부평역에서 친구와 만나기로 했다는 대화가 들렸다. '나랑 같은 부평역에서 내리겠네!'라고 속으로 생각했는데 자꾸 한 여대생에게 눈길이 갔다. 어느 새 부평역에 도착했고 그녀는 나보다 먼저 내렸다. 개찰구를 나가며 나는 과감하게 그녀에게 말을 걸었다. 길게 고민하지도 않았다. 그냥 마음 가는 대로 했을 뿐이다. "저기요, 제가 이런 말씀 드리는 건 처음인데요. 아까 지하철에서 보고 따라왔어요." 그런데 옆에 친구도 있고 자신 없는 목소리로 할 말도 제대로 전달하지 못한 채 명함만 휙 주고 돌아서 와 버렸다. '대학생에게 센스 없게 명함만 주고 오다니….' 역시나 연락은 오지 않았다.

쪽팔림은 순간이지만
추억은 영원하다

여자 친구를 만들고 싶다. 나는 눈앞에 맘에 드는 이성이 있다면 실행하는 행동 철학을 만들었다. 그리고 맘에 드는 이성이 눈앞에 있다면 어떤 각오로 임해야 하는지 경험을 통해 알게 되었다.

- 나에 대한 관심을 끌기 전에 상대방의 관심은 무엇인지 먼저 알아야 한다.
- 상대방의 관심과 나의 관심을 같은 주파수에 맞춰야 한다.
- 나에 대한 좋은 느낌을 주면서 상대방의 긍정적 사인을 끌어당겨야 한다.

눈앞에 맘에 드는 이성이 나타났다. 단아하면서도 차분해 보이고 눈에 띄게 '눈'이 예뻤다. 그녀는 카페 맞은편 자리에 앉아서 바쁘게 문자를 보내고 있었다. 나와 살짝 눈이 마주쳤다. 아주 잠깐이었지만 눈빛을 통해 공기의 저항을 뚫고 화학작용이 일어나는 강력한 느낌을 받았다. '그래, 가서 말을 걸자!'라고 생각했다. 그런데 지금 타이밍은 살짝 바쁜 것 같았다. 여유 있는 타이밍을 잠깐 기다렸다. 그런데 그녀가 문자를 마치자 바삐 자리를 정리해 나가려 했다. 들어온 지 얼마 되지도 않았는데….

'지금을 놓치면 안 된다. 과감해지자!' 나도 보던 책을 얼른 정리하고 따라 나가려 했다. 다행히 그녀는 음료를 주문하러 갔던 것이었다. 음료를 테이크아웃하려는 것 같았다. 주문한 음료를 기다리는 그녀에게 말을 걸었다. "안녕하세요?" 그녀는 나의 인사에 약간 놀란 눈치였다. "그냥 인사하고 싶었어요."라고 얘기했다. 그리곤 당황하지 않게 관심사를 찾아 얘기를 주고받았다. 음료가 천천히 나오길 바라며 관심을 끌고 주파수를 맞추기 시작했다.

연락처를 받았을까? 당연히 받았다. 하지만 카톡을 하며 주말엔 뭘 하느냐는 나의 질문에 안타깝게도 '데이트 해야죠.'라고 했다. 남자 친구가 있음을 알고 나는 더 이상 연락하지 않기로 했다. 내가 생각하는 이상형의 외모를 가진 여자가 남자 친구가 없으면 그게 더 이상할 수도 있다고 생각한다. 인연이 이어지기란 쉽지 않음을 알고 안타깝게 생각했다. 타이밍이 정말 절묘하게 헤어진 지 얼마 안 되었다면 모르겠지만 말이다.

사랑에도
기술이 필요할까?

사랑은 '마음+기술'이라고 《연애의 교과서》 송창민 연애컨설턴트는 말했다. 내가 연애에 서툴렀을 때 그를 알게 됐다. 내가 맘에 드는 이성에게 다가가지 못했을 때 그의 경험과 말이 나에게는 큰 힘이 되었다. 나는 그의 연애 철학을 존경하고 따르는 편이다. 나는 이상형을 찾기 위해 100명의 여자를 만나보기로 결심했다. 그리고 수많은 여자들을 만나보며 내가 어떤 이상형을 원하는지 정확히 알게 됐다. 나의 사람들과 함께 할 수 있는 사람을 나는 원한다는 것을 알았다. 이상형은 반드시 내가 만들어 갈 수 있다고 믿으면서 말이다. 상대방을 위해 내가 좋은 사람이 되는 것이 다른 사람을 찾는 것보다 훨씬 빠를 수 있다고 깨달았다. 삶의 동반자가 될 사람이 나의 인생에 이상형이 될 것이라 외쳤다.

당신이 연애를 하며 겪었던 고민들을 하나하나 아침 긍정일기장에 옮겨 보아라. 인생이 정말 아름다워진다. 당신의 삶이 가치 있어지는 느낌을 자주 느낄 것이다. 우주의 강한 끌림을 느끼는 것이다. 내면 깊숙이 숨어 있는 '진짜 나'를 발견하기 위해 펜에 잉크를 묻혀 한 글자씩 일기장에 그려 나가는 시간을 갖는 것이다. 그래서 아침 긍정일기 쓰는 시간은 소중하다. 당신의 고민, 당신의 생각이 누구의 방해도 받지 않고 자유롭게 활개친다. 매일 아침긍정의 기술을 활용해 당신의 이상형이 살아 숨 쉬는 곳을 만들어라.

 긍정 외침

"이상형이라는 느낌을 받았을 때 과감하게 가서 말을 건다. 내가 가치 있는 사람이 되면 나는 사랑 받는다. 내가 매력적인 사람이 되어 멋진 이성을 끌어당긴다. 나는 사랑 받고 있다!"

당신이 어떤 사랑을 하든,
응원한다

03

판단하고 평가하는 것은 나와 타인의 인생을 불행하게 만든다.
또한 타인이 나를 평가하고 판단하도록 허락하지 말자.

- 아파테이아

스스로에게 물어보았다. '이성을 만날 때 선택의 기준은 무엇인가?' 아주 구체적인 느낌으로 이상형에 대해 10가지 이상 적어 보았다. 그런 다음 쭉 읽어 보고 나서 필요 없는 절반을 지웠다. 마지막으로 정말 나에게 필요한 딱! 몇 가지만 남기고 싶었다. 3가지를 남겼다. '내가 생각하는 사랑하는 사람이란?'

첫째, 미래를 같이 생각하고 꿈꾸며 매 순간 같은 시간을 공유할 수 있는 사람

둘째, 내가 힘들 때, 마음의 긍정 에너지를 다시 충전시켜 줄 수 있는

사람

셋째, 내 시간과 돈을 아낌없이 사용하며 같이 기뻐하고 즐길 수 있는
사람

긍정일기에 이렇게 이상형에 대해 적는 것은 누구나 쉽게 시작할 수
있는 일이다. 나도 적막한 시간에 골똘히 생각했다. 일기장은 누가 보
는 건 아니니까 적나라하게 적어도 좋다. 나처럼 일기장을 오픈하는
사람은 대한민국에 몇 명 없을 것이다. 혼자 볼 생각으로 적어도 좋고,
다른 사람과 더욱 풍요로운 이야기를 나누기 위해서 적어도 좋다. '사
랑하는 사람을 찾는 것'과 '진짜 사랑을 하는 것'은 인생 최대의 고민
중 하나일 것이다. '어떤 여자 혹은 남자를 만날 것인가? 나에게 잘 맞는
이성은 어떤 스타일인가? 과연 내가 왜 이 사람을 만나고 있는 걸까? 전
에 만났던 사람들은 왜 헤어진 걸까?' 의식을 드높이고 확장하며 긍정
일기에 적고 스스로 느껴 보았다.

대학 다닐 때 연애를 잘 하고 싶어 도서관에서 우연히 읽고 감명 받
았던 《연애 교과서》의 저자 송창민 연애컨설턴트의 강연을 들으러 갔
다. 카페에도 가입해 많은 조언을 얻을 정도로 관심이 많았다. 최근 솔
로 생활을 하며 다시 《연애 바이블》이라는 책을 읽었다. 솔로이거나
현재 연애를 하는 사람들이라면 꼭 읽어보라고 권해주고 싶은 책이다.
만남은 쉽지만 만남이 지속되지 못하는 사람들에게는 도움을 받을 수
있는 좋은 내용을 얻을 수 있을 것이다. 연인과 갈등에 빠졌을 때 되새

겨봐야 할 질문 10가지를 소개한다.

- 평소 자신이 상대방에게 자주 쓰는 단어들을 긍정일기에 한번 적어 본다. 어떤 정서가 느껴지는가?
- 상대방이 이전에 잘못한 것을 따지기 위해 지금의 잘못을 꼬집고 있는 것은 아닌가?
- 상대방을 걱정해서가 아니라 믿지 못하기 때문에 불안에 빠진 것은 아닌가?
- 자신의 열등감 때문에 상대방의 진심 어린 충고를 잘난 척으로 오해하고 있는 것은 아닌가?
- 지금 화가 난 이유가 사랑 때문일까? 아니면 일시적인 기분 때문일까?
- 아직까지도 솔직하게 말하지 않고 빙빙 돌려 말하고 있는 것은 아닌가?
- 자초지종을 설명하지 않고 짜증부터 내고 있는 것은 아닌가?
- 사랑의 권력을 행사하고 싶어서 밀고 당기기로 상대방을 괴롭히고 있는 것은 아닌가?
- 갈등이 일어날 수밖에 없는 상황인가? 아니면 갈등을 일으키기 위해 자신이 만든 상황인가?
- 상대방이 돈이나 시간이 없어서 생긴 갈등이 아니라 자신의 잘못된 행농이나 생각 때문에 생긴 갈등은 아닌가?

'미안하다, 용서해줘, 사랑한다, 고맙다' 이 네 마디만 제대로 할 줄 알아도 연인과의 갈등을 절반으로 줄일 수 있다고 생각한다. 갈등을 풀 수 있는 열쇠는 항상 내가 가지고 있다고 믿는다. 남녀 관계에 관련한 책들을 읽어 보아도(무수히 많은 연애 서적들이 있으니), 이론적으로 참 올바른 생각들이라 고개를 끄덕일 때가 많다. 그럼에도 불구하고 순간의 감정이나 기분에 의해 뜻대로 잘 되지 않을 때가 많았다. 상대방의 생각을 잘 모르거나 오해하여 낭패를 보는 경우도 있었다. 연애, 사랑, 결혼이라는 주제에 대한 주인공은 바로 나이다. 영화의 주인공이 환경이나 조연들 때문에 흔들려서는 안 된다고 생각한다. 영화에선 총알을 피하며 뛰쳐나가고 불가능한 상황에서도 이겨내는 게 주인공 아니겠는가!

내 나이 33살. 아직 젊은 나이이기도 하지만 '결혼은 때가 있다'는 말에서처럼 결혼을 하기에 꽉 찬 나이이기도 하다. 결혼에 대해 보통 사람들의 생각에 맞춰 평범하게 산다는 게 나에겐 쉽지 않다. 나는 보통이고 싶지 않기 때문이다. 내 일, 내 삶, 내 사람은 소중하다. 여자는 한 명! 절대 한눈팔지 않을 만큼의 내·외적 끌림이 있는 사람을 원한다. 당연히 이런 사람은 내가 아니라도 많은 사람들이 관심을 가지고 있을 것이다. 그래서 나는 더 멋지게 사랑하기 위해 나를 내·외적으로 멋있게 만들어 나가고 있는 중이다. 내 삶의 의미와 가치를 무게감 있게 목소리에 묻혀 내 언어로 전달하고 싶다. 나의 눈빛과 표정, 머리에서 발끝과 손끝 하나하나에 소중한 삶의 가치를 묻히고 싶다. 맑고 순수한 영혼으로 최선을 다해 한 번뿐인 인생 멋지게 살겠다고 다짐한다.

한편으론 꼭 연애를 해야만 삶이 아름다운 것은 아니지 않은가? 때론 가끔 이성친구가 없는 것도 좋은 점도 있다. 지금 이성친구나 결혼할 사람이 없거나 아님 결혼이나 연애 생각이 없는 분들은 나처럼 그냥 혼자 즐기면 되니까 말이다. 눈치 볼 필요도 없이 주말에는 휴대폰 끄고 지낼 수도 있다. 토요일과 일요일 1박 2일 동안 48시간이나 개인적으로 활용 가능한 시간이 생긴다. 주말 황금 시간이 생기니 나는 기분이 좋다. 금요일 밤 일이 끝나면 집에서 책을 읽는다. 영화도 보고, 자전거 타고 나가서 수영장 가고 운동하며 기분 좋게 즐길 수 있다. 마음껏 내가 하고 싶은 걸 할 수 있는 자유 시간인 것이다.

나처럼 현재 솔로들은 지나가는 예쁜 여자들을 쳐다보며 '괜찮은 것 같은데 사귀어 보면 어떨까'라는 상상에 빠져보는 것도 자유이다. 그저 상상만으로도 기분이 좋아지는 상황이다. 뇌는 상상과 현실을 구분하지 못한다고 몇 번이나 이 책에서도 말한 것 같다. 되고 싶은 모습을 생생하게 상상하면 뇌는 그것을 사실로 받아들인다. 오랫동안 리얼하게 상상하고 그 모습을 흉내 내고, 지속적으로 말하면 상상은 어느 새 현실이 된다. 신이 인간에게만 준 두 가지 선물이 있다. 말과 마음이다. 우리의 내면 세계는 외부 환경을 만들어 낸다. 안에서 바깥으로 에너지의 흐름이 흘러가는 것이다. 그래서 무엇이든 훌륭하고 긍정적인 대상에 집중해야 한다.

Make My Life
Extraordinary!

> 그 누구도 아닌 자기 걸음을 걸어라.
>
> 나는 독특하다는 것을 믿어라.
>
> 누구나 몰려가는 줄에 설 필요는 없다.
>
> 자기 걸음으로 자기 길을 가라.
>
> 바보 같은 사람들이 뭐라고 비웃든 간에.

영화 〈죽은 시인의 사회〉 중에 나오는 얘기다. 세상에 어떤 누구도 평범하지 않다. 누구나가 'Unique'하고 'Extraordinary'하다고 생각한다. 그 어떤 누구보다도 자기 자신이 가장 소중한 존재이지 않은가.

"사랑을 찾아 나서는 사람은 사랑이 부재함을 드러낼 뿐이다. 사랑이 결핍된 상태를 현실로 불러내게 된다." 네빌 고다드는 《상상의 힘》에서 이같이 말했다. 사랑은 만들어 가는 것이다. 내가 다른 사랑을 찾아가는 것이 아니다. 두 사람의 인연을 잘 만들어 가는 게 중요한 것이라는 깨달음을 얻었다.

당신 안에 없는 사랑을 다른 사람으로부터 받으려는 생각은 어리석은 생각일 수 있다. 당신의 발길이 닿는 곳이 당신의 길이다. 당신이 어떤 삶을 살든 당신 스스로를 응원하라. 당신이 사랑하는 방식을 긍정해라. 누구나 가질 수 있는 '자신의 이상형'을 정확한 느낌대로 꼭 쟁취하길 바란다. 당신만의 사랑 방정식을 아침 긍정일기에 적으며 느껴라. 사랑이 때론 이차 방정식의 해답처럼 풀리지 않는다 해도 당신의 사랑은 X와 Y처럼 항상 가치 있는 해답이 숨겨져 있다.

 긍정 외침

"사랑에 실패해도 긍정한다. 사랑은 내 안에 이미 가지고 있다. 사람과 사랑하는 것이 진정한 삶이다. 내가 원하는 사랑을 할 것이다!"

이별, 대상이 아니라
당신이 문제이다

04

'사랑 받기 때문에 사랑한다'는 것은 유치한 원칙이다.
성숙한 사랑은 '사랑하기 때문에 사랑 받는다'는 원칙을 따른다.

- 에리히 프롬

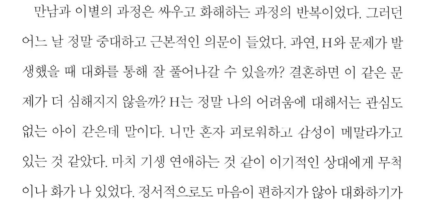

만남과 이별의 과정은 싸우고 화해하는 과정의 반복이었다. 그러던 어느 날 정말 중대하고 근본적인 의문이 들었다. 과연, H와 문제가 발생했을 때 대화를 통해 잘 풀어나갈 수 있을까? 결혼하면 이 같은 문제가 더 심해지지 않을까? H는 정말 나의 어려움에 대해서는 관심도 없는 아이 같은데 말이다. 나만 혼자 괴로워하고 심성이 메말라가고 있는 것 같았다. 마치 기생 연애하는 것 같이 이기적인 상대에게 무척이나 화가 나 있었다. 정서적으로도 마음이 편하지가 않아 대화하기가 너무 힘들었다.

게다가 H에 대한 나의 믿음은 이미 무너진 상태였나. 그녀가 자신이 말한 약속들을 지키지 않았기 때문이다. 앞으로 약속들을 확실히 지켜 나간다 하더라도 이미 무너진 믿음이 완벽히 다시 싹트긴 쉽지 않을 것 같았다. 긴 시간을 얘기할 수도 없었다. 나는 불안했다. 나의 불안을 해소하고 신뢰할 수 있는 관계가 되길 기대했다. 그러나 H에게는 이제 더 이상 기대를 할 수 없게 되었다.

상대의 긍정적인 면을 보자고 했던 나의 다짐이 어느 순간 무너져 버렸다. 정말 이별의 순간은 긍정의 씨앗조차 보이지 않을 줄 몰랐다. 어떻게 극복해야 할지 답이 없었다. 그저 화가 날 뿐이었다. 당시 H와는 눈빛을 교환해도 공기의 흐름을 뚫고 화학작용이 일어나지 않는 느낌이었다. 대화가 안 통한다는 느낌 때문에 나는 자유롭지 못했다. 무언가에 꽉 막혀 있는 것 같았다.

하지만 내 생각과 다른 사람들이 보는 H의 모습은 달랐다. 대학 때부터 친했던 한 형은 나에게 말했다. "지금 너의 판단이 모두 맞을 순 없지 않을까?" 새롭게 생각해 보았다. 최근에 이 형도 헤어졌다 다시 만난 분과 결혼하기로 했다. 내 동기 중에도 최근에 갑자기 전 여자 친구와 결혼을 했다. 회사에서도 친한 형 한 명은 헤어졌던 여자 친구를 다시 만나 봄에 결혼한다고 했다. 나는 긍정일기를 쓰면서 헤어진 H가 생각났다. 나는 문제가 없었는지 긍정일기를 쓰며 차분히 짚어 보았다. 내가 하고자 했던 얘기들을 허심탄회하게 얘기하지 못했던 일들이 생각났다. 일단 대화를 하려 하면 짜증부터 났기 때문이다. 그리고 H에게 물어봐야 하는 말들도 있었다. 그래서 긍정일기에 질문 목록을 만들어 보았다.

'너에게 있어 일이라는 것은 어떤 의미가 있니?'

'무게감을 가지고 나와 대화하기 위해서는 어떤 자세가 필요하다고 생각하니?'

'너의 맘과 생각을 표현하는 데 있어 가장 큰 걸림돌은 무엇이니?'

'나에 대한 신뢰도는 몇 퍼센트 정도라고 생각하니?'

'네가 이제껏 어떤 잘못을 했다고 생각하니?'

'나에게 믿음을 주기 위해서는 어떻게 말하고 행동해야 한다고 생각하니?'

'너의 마음이 움직이는 순간은 어떤 때이니?'

'나와 같이 있으면서 제일 좋았던 때는 언제였니?'

일기장에 이렇게 적다 보니 아직 못다 한 대화가 많이 남아 있음을 깨달았다. 나는 H가 머리는 똑똑하지만 지혜롭지 못하다고 생각하고 있었다. 이같이 상대에 대한 잘못된 생각으로 인해 내 스스로가 마음을 잡을 수 없었던 것이다. 성숙한 사랑은 상대를 구원하려 들거나 모든 사람의 욕구를 충족시키려 하지 않는다. 나는 성숙한 사랑이 어떤 것이지 잘 몰랐었다. 누구나 경험했던 미숙한 사랑을 했다. 이별을 할 때마다 느끼며 나에게 해 주고픈 말이 있다. 상대가 맘에 안 들어 헤어졌다는 나의 변명에 "네가 문제겠지!"라고 얘기해 주고 싶다. 그리고 책을 읽다가 한 시집을 발견했다.

사랑하지 않아야 할 사람을
사랑하고 있다면,

> 그리하여 그와는 언젠간 헤어져야 한다는 것을 알고 있다면
>
> 그 사랑은 가혹한 형벌일 수밖에 없다.
>
> 하지만 그 사실을 깨닫고도 마지막 순간까지
>
> 자신의 모든 것을 터뜨리는 사람이 있다.
>
> 안타까운 일이다.
>
> 사랑은 왜 이토록 현명하지 못한가 모르겠다.
>
> - 이정하 시인, 《사랑하지 않아야 할 사람을 사랑하고 있다면》

이 시의 주인공과 동병상련의 심정이었다. 다시 한 번 H를 만나서 물어봐야겠다는 생각이 들었다. 다시 만나 이성적으로 차분히 서로의 생각을 나눌 수 있었다. 결론은 나의 이해력의 한계 때문이었다. 그리고 나의 욕심 때문이었다. 네빌 고다드는 《상상의 힘》 강의를 통해 이런 얘기를 했다. "사랑을 찾아 나서는 사람은 사랑이 부재함을 드러낼 뿐이다. 사랑이 결핍된 상태를 현실로 불러내게 된다." 이 말에 참 공감이 되었다. 사랑은 내 안에서 끄집어내는 것이다. 그리고 내가 가지고 있던 사랑을 바탕으로 만들어 가는 거라고 생각한다. 그래서 H와의 만남도 2년 이상 지속되었던 것이다. 객관적으로 봤을 때 H는 내조를 잘 할 것 같은 좋은 조건을 갖춘 여자였기 때문이기도 하다.

미래 가족이 될 사람과는 진정 허심탄회하게 대화가 잘 통했으면 좋

겠다. 아무리 화가 나도 감정적으로 대화를 이어나가기보다 부정적 순간에 나의 생각을 통제하는 것이 좋다. 나는 순간적으로도 변할 수 있다고 믿는다. 이제까지 실수했던 나 스스로를 용서했다. 그리고 나는 과거의 잘못을 뉘우치며 나 스스로에게 물어본다.

도대체 왜
화가 나는 것일까?

결국 이 '화'는 내 스스로가 나에게 '화'를 내는 것이다. 나에게 하는 말이 밖으로 표출된다고 느꼈다. 화를 내지 않기 위해 고민하다 아래와 같이 '화를 참는다는 것'에 대한 아침 긍정일기를 쓰게 되었다. 일기를 쓸 때 '화를 참는다는 것'의 의미를 다른 표현으로 바꾼다면 어떨까 하고 긍정적 상상력을 발휘했다. 아침 긍정일기에 쭉쭉 써 내려갔다. 아래 내용은 실제로 일기장에 그대로 적었던 내용이다.

"화를 참는다는 것! 내가 나를 통제하는 것! 내가 나에게 명령하는 것! 집에 들어와서 내가 하고자 하는 걸 바로 실행하는 것! 아픔을 참아 내는 것! 긍정적인 생가을 빨리 해내는 것! 그냥 한번 시원하게 웃을 수 있는 것! 정신이 건강해지는 것! 눈빛이 맑아지는 것! 목소리와 몸짓이 안정적으로 흐르는 것! 의도했던 일들이 이루어지는 것! 나는 할 수 있다는 자신감이 생기는 것! 인생이 더 재미있어지고 멋있어지는 것! 창의적인 아이디어가 마구 샘솟는 것! 사랑하는 사람의 얼굴이 떠오르는 것! 진정으로 사람에 대해 이해하게 되는 것! 내가 더욱 현명해지는 것! 내 스스로가 솔직해지고, 떳떳해지는 것! 내 생각과 생활이 더욱 풍요로워지는 것! 마음이 침착해지는 것! 다른 사람보다 내 감정에 더욱 집중하는 것! 말을 지혜롭게 돌려서 할 수 있는 것! 더 중요하고 큰일을 해내는 것! 어떠한 불리한 상황에서도 나에게 유리하게 만들어 낼 수 있는 것! 심호흡을 한 번하고, 생각을 정리해서 다시 본연의 모습으로 재빨리 돌아올 수 있는 것! 하고자 하는 공부를 차분히 할 수 있는 것! 다른 생각이 아니라 핵심을 파고드는 것! 내 생각과 다르더라도 그 이유에 대해 차분히 들어줄 수 있는 여유가 생기는 것! 다른 사람을 공격하거나 비난하지 않는 것! 예전에 잘못했던 것도 모두 용서하는 것! 그 사람이 잘될 수 있도록 더 마음 써 주고 도와주는 것! 유머러스하게 넘기는 것! 평소에 더 자주 이야기하는 것! 내 고집만 부리지 않는 것! 상대방의 말이나 억양 행동을 통해 더 잘 느끼고 바로 반응하는 것! 내 맘에 들지 않아 하고 싶지 않더라도 이후 좋아질 서로의 관계에 대해 상상해 보는 것! 사람에 대해 긍정적으로 바라보는 것! 나만 잘났다고 하지 않고, 상대를 배려하고 존중해 주는 것! 내가 스스로를 너무 낮추지 않는 것! 바른 말일지라도 때와 장소를 구별해 이야기하는 것!" 등등 그 외에도 참 많지만 일기장 한 페이지가 끝나서 여기까지만 적었다.

또 다른 '화' 관련해서 한 라디오 프로그램에서 들었던 내용이다. 복어 요리에 대한 앵커의 코멘트가 생각난다. "복어 요리는 목숨을 걸고 먹어 볼만하다. 복어의 독을 잘 다스려 훌륭한 요리를 만들었기 때문이다. 여러분도 자신 안의 화를 잘 다스려 복어 독을 훌륭한 요리로 만든 것처럼 '화를 요리하는' 요리사가 되십시오."

그렇다. 우리 안에는 복어의 독처럼 누구나 '화'를 가지고 있다. '화'를 잘 다스리면 먹을 수 있는 요리가 되고 잘못 다스리면 남과 나에게 독이 되는 것이다. 이 독은 바로 내 안에 있던 화가 밖으로 나온 것이라는 것을 명심해야 한다. 나의 화를 다스리며 H와 대화할 때 다음을 고려하기 시작했다.

첫째, 나의 현재 감정 상태와 상대방의 현재 감정 상태
둘째, 내가 알고 있는 것과 모르는 것
셋째, 상대가 알고 있는 것과 모르는 것

이런 부분들을 확실히 대화를 통해 파악했다. H와의 대화에서 짜증내고 화를 내는 횟수가 줄었다. 무엇보다도 H에게 화가 나는 것이 과연 정말 상대방 때문인지 곰곰이 생각해 보았다. 화를 내는 것은 나의 감정 조절 장치인 '미숙한 아미그달라' 때문이기도 하니까 말이다. 내가 상대방으로부터 무시당했다고 착각하고 갑자기 주체할 수 없이 뛰쳐나가고 싶은 마음은 어쩌면 90초만 지나도 사그라질 터인데 말이다. 그냥 '박차고 일어나거나 아님 앉아서 대화하거나' 둘 중에 하나의 행동은 계속 반복될 수밖에 없는 '미숙한 아미그달라(뇌의 편도체에 있

는 아몬드 모양. 원시 시대부터 생존 본능에 따라 도망갈 것인지 싸울 것인지 판단의 기준이 되었던 뇌의 영역이다. 그래서 '원시의 뇌'라고도 불린다. 대화나 행동 등에 있어 불쾌감에 민감하게 자극한다)'를 가진 인간적인 일이라 생각하기 시작했다.

상대방에게 바라는 마음이 커질수록 상대방에게 받는 게 적다고 느낄수록 관계는 시소처럼 급격히 중심이 무너지고 만다. 당신이 더 이상 시소를 타기 싫은 순간 이별의 순간이 찾아오는 것이다. 사랑이 이기적이지 않고 이타적이었으면 하고 바라는 것은 누구나가 가지고 있는 욕심이다. 상대에게 바라는 마음이 컸던 만큼 당신에게 더 관심 가져주길 바라는 욕심 말이다. 중요한 건 대상이 아니라 당신의 마음이라는 사실이다. 마음이 자꾸 흔들리고 롤러코스터를 타는 건 자연스러운 현상이다. 이런 순간마다 '내가 나를 이기지 못하고 있구나. 난져남져구나-나에게도 지고, 남에게도 진다(신동엽 마녀사냥 '낮져밤이' 패러디)'라고 생각해 보라. 당신도 나처럼 '난이남이'이고 싶지 않겠는가? 그렇다면 당신도 당신의 마음보다 상대방의 긍정적 의도를 먼저 파악하라.

 긍정 외침

"시소에서 내리지 않고 긍정적 의도를 느끼며 중심을 잘 잡는다. 상대가 화가 나면 나의 말과 행동을 되돌아본다. 논리보다는 감정에 더 초점을 맞춘다. 상대가 진짜 기분 좋아지는 말과 행동을 한다!"

결혼이란, 과연?

05

사랑은 결혼 생활을 통해서 서서히 자라나고
평생에 거쳐 계속 커지는 것입니다.

- 칼 필레머

대학교 불문학 시간에 연애와 결혼 관련 시를 읽고 했던 말이 생각
난다.

"결혼이란, 네모난 남자와 세모난 여자가 만나 하나의 원을 만드는
것이라 생각합니다."

두 손을 이용해 원을 만들어 보여주며 강의실에서 같이 수업 듣는
사람들에게 불어로 설명했다. 네모와 세모가 만나 동그라미를 만들려
면 얼마나 깎고 다듬어야 하는지를 느낌 있게 설명해 보려 노력했다.
완벽한 원 두 개가 만나도 하나의 원을 만들 수는 없을 거라 생각한다.
하나의 원도 반은 포기해야 다른 원과 하나로 만들 수 있지 않겠는가.

천생연분으로 만나
싸우지 않는 부부가 있을까?

천사에 빙의한 것처럼 사는 가수 션과 배우 정혜영 부부는 4명의 아이와 살고 있다. 그들은 이때까지 한 번도 싸우지 않았다고 했다. 정혜영 씨 말로는 부부의 성격 차이로 인해 갈등이 있던 적은 있다고 했다. 그렇지만 션은 정혜영 씨의 성격을 모두 받아준다. 션은 아예 받아치지 않고 그냥 웃어 버린다. 션과 정혜영 부부처럼 한다면 싸움이 안 될 것이다. 갈등을 겪는 부부들을 위한 치료법을 개발해 효과를 인정받은 미국 워싱턴대 가트먼 박사는 이같이 주장했다.

"하루 20분 동안 헬스클럽에서 뛰는 것보다 배우자와 좀 더 많은 대화를 나누는 것이 훨씬 부부 건강에 좋다."

나는 이 말에 전적으로 동의한다. 나도 H와 대화가 잘 통할 땐 마음이 편해졌다. 그럴수록 스트레스가 줄어들며 건강해지는 효과를 느낄 수 있었다. 부부 관계가 좋아지면 가정에서 즐거워질 뿐만 아니라 밖에서 하는 일도 훨씬 잘될 확률이 높을 것이다. MBC의 어떤 프로그램에서 행복한 부부와 그렇지 않은 부부를 조사한 결과가 있다. 행복한 부부는 행복하지 않은 부부에 비해 면역 세포가 더 많음을 확인했다. 결혼을 한 사람들이 결혼하지 않은 사람보다 오래 산다는 연구 결과도 있다. 그래서 나도 결혼을 하기로 마음먹었다. 어차피 혼자 사는 것도, 결혼을 하는 것도 각각의 장단점이 있으니 말이다. 삶에 대한 깊은 통찰로 많은 명언을 남긴 글로리아 피처는 말했다.

"결혼은 하늘에서 맺어지는 것일지 모르지만 수많은 세세한 부분은 바로 이 땅 위에서 만들어진다."

결혼이 현실이라는 얘기와 일맥상통하는 것 같다. 심리학자 찰스 로어리는 대게 결혼식을 올리고 4주 후면 "왕자인줄 알았는데 알고 보니 거지이고, 예쁘고 착한 콩쥐인 줄 알았는데 팥쥐더라."라는 결론에 도달한다고 했다. 연애할 때는 좋은 점만 드러내다가 결혼을 하면 막상 현실에서는 그렇지 않음을 보여주는 대목이라 생각한다.

나는 결혼을 결정하기까지 1년 이상의 시간을 두고 자세히 관찰하는 편이 좋다고 생각한다. 적어도 봄, 여름, 가을, 겨울은 지나며 다양하게 겪어봐야 제대로 사람을 판단할 수 있지 않을까? 그렇지만 평생 같이 살아갈 배우자를 선택함에 있어 연습을 한다고 사람을 잘 알아볼 확률은 높아지지 않는 것 같다. 미국의 통계에 따르면 초혼에서 50%, 재혼에서 60%, 그 이후 결혼에서는 오히려 더 높은 이혼율을 보인다고 한다. 어쩌면 처음의 선택이 결혼 배우자를 결정하는 데 가장 훌륭한 결정이었다는 것을 보여주는 것이다. 실제로 배우자의 선택보다도 부부 관계를 잘 유지해 나가는 게 훨씬 중요하다고 생각한다. 결혼한 부부들이나 많은 결혼 전문가들도 결혼을 유지하는 게 중요하다고 이야기하고 있다.

지그 지글러는《연애하는 부부》에서 결혼 후에도 어떻게 부부 관계를 긍정적으로 유지해 나갈 수 있는지 얘기해 주고 있다. "자신과 안 맞는 사람과 결혼했다고 느낄 때가 많을 것이다. 그럴 때마다 자신의 생각을 전환해 상대를 맞는 사람으로 대우하면 결국 맞는 사람이 될 수 있다. 반면, 처음엔 잘 맞는 사람과 결혼해도 제대로 상대를 대우하지 않으면 불행해진다." 나도 겪어보니 전적으로 동의하지 않을 수 없는 말이다. 앞으로도 새겨놓고 실천해야 할 대목이다. 나는 결혼할 상대를 공주처럼 대해 주려고 마음먹었다. 분명 상대도 나를 왕자처럼 대우해 주는 좋은 관계가 될 것이라 믿는다.

우연히 라디오 프로그램에서 이순원의 장편 소설 《스물셋 그리고 마흔여섯》을 듣게 되었다. 나는 자녀에게나 배우자에게도 이렇게 해 줄 수 있는 남편이 되고 싶다.

대입 수능 공부를 하는 딸이 임신을 했다.
엄마는 울고 있는 딸을 걱정하며 이렇게 얘기했다.
"윤희와 엄마만 알고 있는 거야. 지금도 그렇고 앞으로도 그렇고."
딸은 혼내지 않는 엄마가 의아해서 물었다.
"근데 엄마는 왜 야단 안 쳐?"
엄마는 울먹이며 대답했다.
"넌 엄마 딸이니까, 그리고 엄마가 야단 안 쳐도 윤희기 윤희를 야단쳤을 테니까…. 앞으로도 엄마는 야단 안 쳐."

딸과 엄마는 서로를 감싸 안고 토닥여줬다. 서로의 사랑 이야기에 대해 비밀을 지켜주고 서로 위로해 주는 훈훈한 내용이었다. 부부 관계도 이와 같을 수 있다고 믿는다. 서로 믿고, 위로해 주고, 감싸 주고, 안아주면 된다고 생각한다. 혹시나 꾸지람할 일이 있다면 처세술과 관련된《채근담》고전에 나오는 가족 이야기처럼 하겠다.

> 집안 사람의 허물이 있거든 몹시 성내지 말 것이며,
> 그 일을 말하기 어려우면 다른 일을 비유하여 은근히 깨우치게 하라.
> 오늘 깨우치지 못하거든 내일을 기다려 다시 경계하라.

리처드와 크리스틴 칼슨 부부는《사랑은 사소한 일에도 상처를 입는다》에서 연인을 위한 즐거운 사랑학 100가지를 이야기 해 주고 있다. 그중 "사소한 일로 신경을 곤두세우는 어리석음을 범하지 않기 위한 가장 효과적인 방법은 각자의 경험을 서로 공유하는 것이다. 자신이 겪은 인생의 감동을 함께 나누면 서로의 삶에 대한 깊은 공감대가 형성된다."라고 말해주고 있다. 어려울 때 위안이자 큰 깨우침을 주는 게 가족이고 부부라고 생각한다. 결혼을 생각하며 좋은 명언들을 아침 긍정일기에 적었다.

《부의 추월차선》에서 백만장자 엠제이 드마코는 부의 3요소로 '가족 관계, 신체 건강, 자유 선택'을 강조했다. 조지아 대학 교수 토머스 J. 스탠리는《부자들의 선택》에서 '성공의 8가지 요인' 중 5번째로 "배우자를 신중하게 선택하라. 실제, 경제적으로 성공한 사람들은 성공과 조화를 이룰 수 있는 성격을 지닌 사람과 결혼했다."라고 했다. 나도

마찬가지로 대부분의 사람들이 진정한 부의 요소인 '화목한 가정을 이루는 것'을 꿈꾸고 있을 것이다. 진짜 원한다면 당연히 할 수 있다고 확신한다.

　당신도 스스로 어떤 남편 혹은 아내가 되고 싶은지를 긍정일기에 적어보며 아침을 시작하면 좋겠다. 생각하기만 하는 것과 적는 것은 완전히 다르다. 진짜 원하는 것이라면 구체적으로 적어 두어라. 이제까지 못한다고 생각했는가? 못한다고 생각하면 못하게 된다. 반면에 할 수 있다고 생각하면 할 수 있다. 당신이 생각하고 말하는 그대로 상대는 반응하게 되어 있다는 자명한 사실을 느껴보라. 당신이 원하는 모습을 긍정 외침에 녹여 아침마다 꼭 실천하길 바란다.

 긍정 외침

"넓은 마음의 남편이 된다. 아내를 존경하며 함께 꿈을 이룬다. 결혼의 딜콤함도 삶에 충실히 임할 때 나온다. 결혼 생활은 내가 만들어 간다!"

Gut feeling,
느낌 있는 3가지

06

사람들의 마음은 얼굴처럼 서로 다르다.
우리 모두는 행복이라고 하는 하나의 목적지를 향해
여행하고 있지만 같은 길을 가는 사람은 거의 없다.

- 찰스 C. 콜튼

2008년 해병대 소초장으로 대본 지역 해안 경계 작전을 했을 때 일이다. 4개월간 같이 지내는 30명 정도의 소대원들이 있었다. 모든 책임은 나에게 있는 막중한 자리였다. 24시간을 눈을 뜨고 있을 수 없었기 때문에 새벽 1시부터는 부소초장에게 당직 근무를 인수인계해야 했다. 아침 근무 전까지 나는 취침을 했다. 덕분에 소호는 큰 문제없이 잘 돌아갈 수 있었다.

새벽에 잠이 잘 안 올 때가 있었다. 어떤 기사에서 '갖고 싶은 것, 되고 싶은 것, 하고 싶은 것'에 대한 내용에 대해 읽었다. 실제로 할 수 있는 방법도 알려 주어 바로 해 보았다. A4 용지에 선을 두 줄 그어 3칸으로 나눠 놓고 '갖고 싶은 것, 되고 싶은 것, 하고 싶은 것'을 50가지 정도 적었다. 사랑스런 여친, 멋진 차, 안락하고 편안한 집 등등 실제로 이런 식으로 50가지를 채웠다.

그런데 다음 지침이 어려웠다. 이 중에서 절반을 지우는 것이다. 처음 몇 분간은 상당히 망설여졌다. 사랑스런 여친, 멋진 차, 안락하고 편안한 집 등등 다 갖고 싶은 것들인데 말이다. 몇 분간 고민하다 하나씩 지워 보았다. 절반을 지우는 데도 상당히 힘들었다. 이제 25가지 남았다. 다음 지침으로 또 절반을 지워야 했다. 어떤 리스트가 있었는지 모두 기억은 나지 않지만 쓰는 것보다 지우는 게 훨씬 어려웠다. 또 절반을 지워 12가지 정도만 남겼다. 2번 정도 절반씩 지우고 나니 이제부턴 지우기가 좀 더 수월해진 느낌이 들었다. '역시 처음이 어려운 법이지 몇 번 하고 나면 더 쉽게 할 수가 있는 것 같다'고 생각하며 최종적으로 절반을 또 지웠다.

'갖고 싶은 것, 되고 싶은 것, 하고 싶은 것' 리스트에서 각각 2개씩 총 6가지를 남겼다. 그중 갖고 싶은 것 2가지가 생생히 기억에 남는다. 이 2가지는 지금도 갖고 싶어서 노력하는 것들이기 때문이다. 어찌 보면 웃을지도 모르지만 나는 물질적인 것보다 신뢰감 있는 목소리와 순수하고 맑은 눈빛 바로 이 2가지를 갖고 싶었다.

처음에 나도 이 두 가지를 남기게 되어 좀 의아했다. 정말 내가 갖고 싶은 게 뭔지 곰곰이 고민을 했다. 내면에서 울리는 목소리를 들으며 적고 지워 나갔지만 당시에는 막연했다. 그런데 최근에 알게 된 것이 있다. 바로 위 두 가지가 아버지와 어머니가 연결되어 있다는 것이다. 이 두 가지를 생각하면 가슴이 뛰었다. 한동안 잊고 지냈던 두 가지 갖고 싶은 것을 긍정일기를 쓰며 다시 떠올리게 되었다. 내가 다른 사람을 만날 때도 목소리와 눈빛, 이 두 가지는 큰 영향력을 발휘했다. 상대방에게 끌리는 영향력 있는 것과 내가 원하는 것은 분명 연결되어 있다는 것이다. 당시 적었던 A4 종이를 소초장실 벽에다 걸어 놓았다. 다른 사람들에게 보여 주기에는 약간 창피하긴 했지만 그래도 내가 자주 보고 싶었다. 책상 옆 바로 눈높이에 붙여두었다. 나는 아마 이때부터 내가 원하는 것과 내가 적어 놓은 것들에 대해 책상 앞에 붙여두는 버릇이 생겼다.

2008년에는 싸이월드에 글과 사진을 올려놓는 것을 좋아했다. 지금이야 다른 SNS 매체가 많기 때문에 싸이월드는 잘 안하게 됐지만 지금도 싸이월드에는 소중한 추억들이 많다. 요즘은 카카오스토리나 네이버 블로그를 활용해 글과 사진을 올린다. 나의 마음을 우주에 선포하고 있다고 생각한다. 그중 카스에 적었던 나에 대한 시를 한 편을 적고 싶다.

나는
같은 곳을 바라보며 걷고,
무슨 말인지 표정으로 생각을 읽고,
눈빛으로 말하며 온몸으로 받아들이고,

멀리 있어도 마음이 통하며,

함께 있을 땐 즐거워 힘이 넘치며,

실패하더라도 불안해하지 않을 뿐만 아니라

맑은 눈빛과 밝은 목소리로 만나면서도,

지금 나에게 필요한 게 무엇인지 정확히 아는 사람이다!

연애를 할 때
원칙이 있는가?

첫째, 사랑 표현을 자주한다(정말 마음에서 우러나올 때만 진솔하게 하는 편이다).

둘째, 선물도 자주 사 준다(주고받는 걸 좋아한다).

셋째, 친구들을 꼭 같이 만나 본다(친구들을 통해서도 상대를 알 수 있기 때문이다).

넷째, 결혼 조건이 아니라도 부모님께 인사를 드린다(부모님께서 원치 않으시면 할 필요는 없다).

다섯째, 결혼 전 여행을 꼭 같이 가 본다(국내/해외 각각 가보면 다양한 상황에서의 반응들에 대해서 서로 더 잘 이해할 수 있게 된다).

여섯째, 손 편지에 하고 싶은 리스트를 적어 교환하고 같이 해 본다(나는 계획된 일들을 선호하고, 미리 생각해 두면 나중에는 즉흥적으로도 할 수 있게 된다).

일곱째, 아침, 점심, 저녁으로 생각이 날 때마다 간단히 안부를 묻는다(전화, 문자 등 생각 날 때마다 하기 때문에 휴대폰을 자주 이용한다. 여자 친구는 부모님보다 유일하게 연락을 많이 하는 사람이니까 말이다).

연애를 하며 원칙을 세워 아침 긍정일기에 적어 두었다. 정해진 원칙은 지켜나간다. 결혼에 대한 압박은 벗어 버렸다. 결혼에 대한 마음이 더 자유로워졌고 더 행복해졌다. 만남에 제한도 없고 시간에 대한 제약도 없어졌다. 그냥 이렇게 자유롭게 만나다가 결혼하고 싶어질 때 결혼하면 되겠다는 생각을 했다.

당신도 오늘 아침 긍정일기에 '갖고 싶은 것, 되고 싶은 것, 하고 싶은 것'을 적어 보면 좋겠다. 욕심을 버릴수록 더 행복해질 수 있다는 것을 느낄 수 있을 것이라 믿는다. 마지막에 남은 것이 진정 당신이 원하는 것이 된다는 사실을 다시금 느끼게 될 것이다. 어떤 이유에서건 당신 자신과의 대화에서 거짓말을 하는 사람은 없으니 말이다. 당신의 느낌에 솔직해지자. 당신 스스로 진정한 느낌을 느껴 보라.

 긍정 외침

"무엇을 원하는지 정확히 알게 된다. 긍정일기에 적은 원칙은 지킨다. 가치 있다고 생각하는 일은 함께 지켜 나간다. 직관적인 느낌을 매일 적어 나간다!"

행복한 느낌,
아침 긍정일기에 적어라

07

행복이란 추구하는 것이 아니라 주어지는 것이다. 자신을 위해
해야 할 일을 한 사람에게 하늘이 내려주는 선물이다.

- 모리 신조

네빌 고다드에 대해서 소개하고 싶다. 네빌 고다드는 빅터 한센, 조
바이틀리 등 현대 형이상학자들에게 영향을 크게 미쳤다. 블레이크처
럼 인간의 상상력을 중요시 생각했던 형이상학의 대가이다. 네빌 고다
드야말로 성공한 행복 전도사 같은 느낌이다. 그런데 그의 가족 관계
를 보면 의외의 이야기도 있다. 네빌은 18세에 결혼하여 19세에 아들
을 낳고 아빠가 되었다. 그런데 네빌과 네빌의 아내는 16년을 따로 살
았다. 이혼을 하자던 네빌의 요청을 계속 무시하고 네빌의 아내는 이
혼을 하지 않은 채 따로 살았던 것이다. 네빌의 부부 관계는 이상하게
불행해 보인다.

그러던 중 네빌은 아내가 절도죄로 법정에 서게 되었다는 연락을 받는다. 네빌은 판사에게 직접 찾아가 아내를 옹호하며 용서를 구했다. 이혼을 일부러 안 해주겠다던 네빌의 아내는 결국 네빌의 진정성 있는 모습을 보고 네빌이 원했던 이혼 서류에 도장을 찍어준다. 네빌은 비로소 새로운 사람과 행복하게 다시 가정을 꾸릴 수 있게 되었다. 영화나 드라마에서도 중간에 갈등이 있다가 끝에는 해피엔딩이 되는 것을 많이 본다. 네빌이 전해주는 이야기에서도 많이 찾아볼 수 있다. 다음은 네빌 고다드의《부활》에 나온 한 여성의 일화이다.

"남편은 어렸을 때 이혼한 어머니와 친하지 않았습니다. 시어머니는 친구 같은 사람과 다시 결혼을 하는 것이 가장 큰 소원이라고 저에게 털어놓은 적이 있습니다. 저랑 남편은 어머니가 재혼을 하셔서 우리와 멀리 떨어져 시내를 벗어난 곳에서 살았으면 좋겠다고 말했습니다. 이런 제 소망을 상상 속의 드라마에서 만들었습니다. 시어머니에 대한 느낌을 바꿔 원하는 것을 시어머니에게 '드려야' 한다는 것을 알았습니다. 머릿속에서 시어머니가 떠오를 때마다 행복하고 즐거움이 넘치는 새로운 모습의 시어머니를 보려 했습니다. 3주가 지나고 시어머니가 저희 집에 왔는데 수개월 전에 만났던 남자 친구분과 함께 오셨습니다. 두 분이 서로 좋아하는 것이 제 눈에는 확실히 보였기에 묘한 흥분이 들었지만 남편은 그런 일은 불가능하다고 말했습니다. 하지만 저는 그렇게 생각하지 않았고, 그날부터 시어머니의 얼굴이 떠오를 때면 시어머니가 저에게 왼쪽 손을 내미는 것을 상상했습니다. 한 달 후, 두 분이 다시 집에 왔을 때 시어머니의 손가락에는 반지가 끼워져 있었습니다. 두 분은 결혼을 했고, 그 후로 시어머니를 보지 못했습니다. '시내를 벗어난' 새로 지은 집에 들어가 살고 있기 때문입니다."

상상이 정말
현실을 창조할 수 있을까?

나는 이러한 해피엔딩을 이끌어 내는 상상의 힘을 강력하게 믿는 사람 중 한 명이다. 한 5년 전부터 대화가 안 통하는 아버지와 많은 대화를 시도하기 시작한 경험이 있기 때문이다. 비록 아버지와의 대화 과정에서 갈등이 많긴 했지만 말이다. 언젠간 아버지가 좋은 모습으로 바뀔 것이란 믿음이 있었다. 누나들이나 매형들은 "60년을 자신의 방식대로 살아온 아버지인데 바뀌겠냐?"고 말했다. 가족들은 나에게 불화를 일으키지 말라고 했다. 하지만 나는 아버지가 변하는 모습을 이미 보았다.

약 5년이 지난 지금의 아버지는 달라졌다. 결혼 전 매형들이 느꼈던 무뚝뚝하고 가부장적인 아버지의 모습과는 많이 달라졌다. 이제는 전화도 먼저 하신다. 문자로 '사랑한다'는 표현까지 하는 자상하고 친근한 아버지의 모습을 보이기도 한다. 나는 아버지의 좋아진 모습만 상상하고 있었다. 앞으로도 계속 매일 조금씩 더 좋아질 거라 믿으며 대화를 하고 있다. 내가 그렇게 믿고 있기 때문에 나도 아버지에게 내가 믿는 대로 말하고 행동하고 있다.

행동에 저항하는 의지와 행동을 바꾸려는 결심 사이에는 아주 큰 차이가 있다. 행동을 바꾼 사람은 새로운 행동Act을 하지만 행동에 저항하는 사람은 반복되는 행동을 한다Re-act. 전자는 창조를 하고, 후자는 반복만을 되풀이하는 것이다. 모든 생각은 행동이 따라야 결과가 이루어질 수 있다고 믿는다. 내가 아버지와 대화하는 것도 마찬가지로 내가 말과 행동을 창조한 것이라 생각한다.

외국계 제약 업계 17개 회사가 모여 매년 열리는 축구 대회 '파마컵'은 금년이 10회째이다. 내가 입사하기 전에는 우리 회사 축구 동호회가 3년 연속 우승을 했었다. 최근엔 다른 회사들이 우승을 했다. 작년엔 내가 회장을 하면서 다시 예전의 전성시대를 부활시키려 했다. 르네상스를 꿈꾸며 예선 라운드부터 잘 치를 수 있게 해 달라고 아침 긍정일기에 적으며 승리 마인드를 굳건히 했다. 회장을 하면서 팀원들에게 파이팅 메시지를 받아 동영상으로 제작해 본사 TV에 방영했다. 가장 중요한 메시지는 바로 '우승'이었다. 금년에는 후배에게 회장 역할을 넘겨주며 고문으로서 얘기했다.

"예선 3경기 중 작년 결승 진출 회사와는 비기고 나머지 팀들은 꼭 이기자. 회장이 우승하고자 하는 강력한 마음가짐을 하지 않으면 팀원들도 당연히 따르지 않을 것이기 때문에 너부터 마인드 세팅을 단단히 해라."

예선이 진행되면서 경기 시작 전마다 나는 스스로에게도 '이기자'라고 외치며 승리를 염원했다. 팀원들에게도 "첫 경기는 이기자. 그리고 우승 후보와는 비기자!"라고 말하며 서로 응원했다. 경기 내내 팀원들과 발과 호흡이 상당히 잘 맞는 느낌이 들었다. 우리는 목표했던 2승 1무를 할 수 있었다. 최근 몇 년간 계속 결승에 오르고 있는 팀과 공동 1위로 예선 라운드를 마칠 수 있었다. 이 결과는 원하는 바를 상상하고 주변 사람들에게 이야기하며 같이 힘을 낸 결과라고 생각한다. 상상하는 바를 아침 긍정일기에 적고 이루기 위해 주변 사람들에게 온 열정을 다해 말했다. 내가 힘을 내고 팀원들의 기운을 북돋아 나간다면 반드시 성공할 수 있다고 믿었다.

상상의 힘은 현실을 창조하는 강력한 영향력이 있다. 역도 금메달리스트 장미란 선수는 인터뷰에서 "특정 시간이 되면 골똘히 의자에 앉아 역기를 들어올리는 상상을 한다."고 말했다. 실제로 장미란 선수는 금메달을 따는 상상도 멋지게 해냈다고 한다. 나도 '해피엔딩 상상의 힘'이 발휘되었던 때를 생각해 보았다. 대학 때 춤 동아리를 하며 매년 크고 작은 공연들을 했다. 작은 공연이라도 어느 공연 하나 쉬운 건 없었다. 그중 지금도 기억나는 기숙사 찬조 공연이 있는데 상상력을 극대화한 '이미지 트레이닝'을 활용해 성공한 좋은 공연이었다.

기숙사에 살던 나는 ROTC 3학년으로 활동하고 있었다. 기숙사 축제 준비하며 바쁘게 보내다 보니 정작 공연 연습을 소홀히 했다. 동아리 후배가 안무를 새로 창작해서 알려줬는데 공연 직전 1시간 전까지도 후배에게 안무를 배워야 했다. 공연에서 실수할 것 같은 느낌이 들었다. 공연 대기 시간도 빨리 흘러갔다. 공연 준비 스텝이 다음 순서이니 무대에 오를 준비를 하라고 했다. 짧은 시간이었지만 공연 전 '마지막으로 노래 딱 1번만 더 듣고 가야겠다'라고 생각했다. 그리고 MP3 이어폰을 귀에 꽂았다. 마치 지금 무대 위에서 춤추고 있다고 생각하고 안무 동작을 음악에 맞춰 처음부터 마지막 포즈까지 머릿속으로 생각했다. '이 순간에는 이렇게, 이 동작을 이렇게' 하며 상상했다. 무대에 올랐다. 직전에 '이미지 트레이닝'했던 대로 음악에 맞춰 자연스럽게 몸이 움직였다. 마지막 포즈까지 똑같이 했다. 안무를 틀리지 않고 팀에 패를 끼치지 않아 다행이라 생각했다. 공연이 끝나고 우리 팀은 서로 잘했다고 격려하며 성공적으로 안무를 소화해 모두 신나 했다.

스스로가 행복해져야 다른 사람에게도 행복한 느낌을 나누어 줄 수 있다고 믿는다. 유머감각과 여유 있는 마음을 잘 활용할 줄 알면 행복해질 수 있다고 생각한다. 그래서 예전에 봤던 유머 소책자를 다시 보며 종종 웃곤 한다. 스스로 유머러스해질수록 주변 사람들도 더 유쾌해지고 일하는 것도 더 재미있어진다고 생각하기 때문이다. 과거에 행복했던 경험들과 유쾌했던 경험들이 하루를 살아가는 데 행복한 느낌을 전해 주는 경우는 많이 있을 것이다. 각자의 행복한 경험을 아침 긍정일기에 적어 보자.

버진 그룹을 창업한 리처드 브랜슨은 《비즈니스 발가벗기기》에서 다음과 같이 말했다.

"나는 이제껏 정말 끝내주는 인생을 즐기며 살아왔다. 그리고 아직 내 앞에 더 많은 일들이 펼쳐지길 희망한다. 나는 쓰러질 때까지 일할 작정이고, 신체적으로나 정신적으로나 건강이 허락하는 한 끊임없이 도전할 것이다."

열정적으로 하루하루를 재미있게 사는 리처드 브랜슨 회장처럼 행복한 상상을 해 보자. 마치 당신의 인생도 풍요로움이 가득 차 있는 성공한 하루라고 생각하며 매일 아침을 만들어 가면 좋겠다. 원하는 일들을 하며 이미 행복해져 있는 모습을 선명하게 그리면 된다. 당신도 믿을지 모르겠지만 상상만으로도 가족이나 연인과 유쾌하게 사랑할 수 있다. 생생하게 행복한 모습을 떠올리며 충만하게 만끽할 수 있다. 우리는 모두 4차원의 세계에 살고 있기 때문이다. 당신의 눈앞에 상상하는 그대로 눈부시게 펼쳐질 것이다.

 긍정 외침

"아침 긍정일기에 해피엔딩으로 적었고 상상한 소망은 이미 이루어졌다. 지극히 주관적인 관점에서 행복을 찾는다. 인생이 눈부신 이유는 내가 아름다운 걸 볼 수 있기 때문이다!"

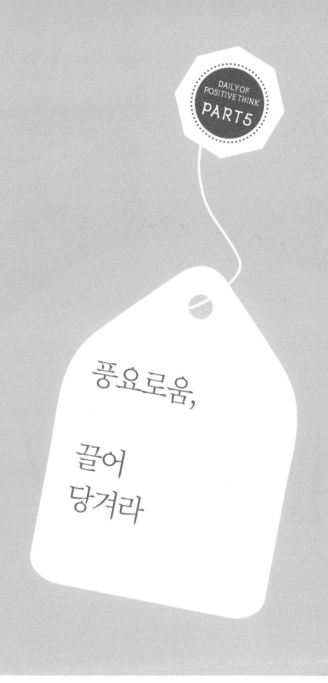

DAILY OF
POSITIVE THINK
PART5

풍요로움,

끌어
당겨라

삶의 시간들을 '투쟈' 가 되게 만들어야 한다 .

낭비하는 시간을 만들지 않기로 하면서 원칙을 정한다 .

해야 하는 것보다 하지 말아야 할 전략을 긍정일기에 적고 실천해보자 .

아침 15분,
긍정일기를 써라

01

가장 성공한 사람은 평생 배우는 사람이다.
인생의 어느 시기든 상관없이 자신을 위한 교육 과정을 창조해야 한다.

– 탈 벤 샤하르

세일즈를 하는 사람이라면 고객을 만나기 전에 대화할 내용에 대해 의미 있게 준비했던 경험이 있을 것이다. 지난 번 방문 때 고객과 나누었던 대화에 대해서도 생각할 것이다. 이번 방문에 중점적으로 이야기할 부분을 생각하면서 말이다. 고객에게 얘기할 관련 자료를 바탕으로 충분히 리허설을 할 시간도 필요하다. 준비를 철저히 하다가 약속 시간이 되어 빨리 고객을 만나러 이동했던 적도 있을 것이다. 세일즈 하는 사람들은 항상 시간에 쫓긴다. 만약 모든 고객을 골고루 만나더라도 핵심 고객에 대해서는 충분히 집중할 수 있는 여유 시간이 창출된다면 얼마나 좋겠는가? 그런데 대부분이 이린 말을 한다.

"시간이 없다!" 왜 시간이 없는 걸까?

> "아침에 출근할 시간이라 바쁘다."
> "아침엔 밥 먹을 시간도 없다."
> "아침엔 졸리니 늦잠 자야 한다."

다들 바쁜 거 잘 알고 있다. 그런데 아침 긍정일기를 쓰면 매일 황금 같은 시간을 많이 벌 수 있다. 실로 놀라운 경험이 아닐 수 없다. 아침 긍정일기를 쓰기 시작하면서 신비한 느낌을 받을 수 있었다. 아침에 긍정일기를 쓰면 전에는 바쁘게만 흘려보내던 업무 시간이 여유 있게 남는다는 것을 느꼈다. 시간이 더 천천히 가는 건 아닐 텐데 말이다. 일을 준비할 때나 일하러 나가려 할 때 '얼추 시간 됐겠네…' 하고 시계를 보면, 5분이 더 남곤 한 적이 여러 번 있었다. 예전에는 무언가를 하려면 항상 시간에 쫓겨서 늦어지거나 허둥댔는데 말이다. 지금은 5분 정도 시간이 남아 여유 있게 일한다.

핵심 고객과 더 좋은 대화를 많이 할수록 세일즈 성과는 증가할 확률이 높아지는 것처럼 회사에 더 많은 기여를 할수록 금전적 인센티브도 증가하지 않는가? 매니저로부터 인정도 더 받게 되지 않는가? 긍정일기 쓰는 시간에 투자하는 시간이 증가할수록 감정적 보상도 그만큼 커진다. 대부분의 직장인들이 자신을 돌아볼 시간이 없을 것이다. 아침 긍정일기를 써보라고 해도 "시간이 없다."고 하는 사람들이 많으니 말이다. 그렇지만 오늘 당장 무엇을 해야 할지는 생각하고 있을 것이다. 오전 시간을 잘 활용한다면 회사에서 처리해야 할 내근 업무를 빨리 마무리하고 점심 식사를 할 수도 있다. 일을 하다 보면 정리를 하며 준비해야 하는 시간도 필요하지 않은가. 아침 긍정일기 쓰기를 활용하여 아침을 효과적으로 보낼 수 있는 방법 5단계를 소개하겠다. 이는 마치 본인 스스로가 자신의 매니저이자 코치가 되어 중요한 것을 우선적으로 하는 습관을 들이는 것과 같다. 순서대로 정리해 보았다.

- 하루 일과를 아침 긍정일기에 5개 정도 키워드로 쭉 적는다.
- 하루 일과 중 가장 기분 좋은 일들 순서로 번호를 매긴다.
- 하고 싶지 않거나 위임할 수 있는 것들은 하지 않는다.
- 불필요한 미팅이나 약속은 진심을 다해 거절한다.
- 느낌이 좋은 순서대로 '바로 지금' 시작한다.

아침 15분의 여유도 없는 사람이라면 하루 내내 더 행복해질 시간도 없는 사람이란 생각이 든다. 내가 직접 해보니 아침 긍정일기 쓰기 15분을 매일 꾸준히 하면 아주 좋다. 삶의 풍요로움을 느끼는 기분이 달라지기 때문이다. 나는 큰 시간 들이지 않고 매일매일 조금씩 아침 긍정일기를 썼다. 더 행복해지고 싶은 생각이 들면 시간을 더 투자해서 적어 나갔다.

책 쓰는 작가들은 보통 아침 시간에 일찍 일어난다. 나도 5시경에 일찍 일어나 출근 전 2시간 정도 책을 썼다. 주변의 간섭을 받지 않고 온전히 나와의 대화에 집중할 수 있는 시간을 만드는 게 중요하다고 생각했기 때문이다. 하루아침에 몇 시간이 뚝딱하고 생기지는 않을 수 있다. 하지만 아침 긍정일기 한쪽을 쓰는 15분의 시간은 마음만 먹으면 지금 당장 만들 수 있는 충분한 시간이라 생각한다.

G병원 내과 K 교수님은 항상 미팅이나 모임에 5분 일찍 도착하는 습관을 몸소 실천하며 "5분 일찍 도착하기 위해서는 그전부터 미리미리 준비하고 하던 일을 마무리하지 않으면 불가능한 시간이다. 5분이 작은 것 같지만, 5분이면 사람 인생도 바뀔 수 있다."라고 말했다. K 교수님의 말씀이 참 인상 깊었다. 무엇보다도 몇 십 년 이상 자신의 행동 철학을 실천하고 있는 모습을 보며 많이 배울 수 있었다.

자주 그리고 많이 웃는 것,

현명한 이에게 존경을 받고, 아이들에게서 사랑을 받는 것,

정직한 비평가의 찬사를 듣고 친구의 배반을 참아내는 것,

아름다움을 식별할 줄 알며

다른 사람에게서 최선의 것을 발견하는 것,

건강한 아이를 낳든, 한 뙈기의 정원을 가꾸든

사회 환경을 개선하든 자기가 태어나기 전보다

세상을 조금이라도 살기 좋은 곳으로 만들어 놓고 떠나는 것,

자신이 한때 이곳에서 살았음으로 해서

단 한 사람의 인생이라도 행복해지는 것,

이것이 진정한 성공이다.

- 《무엇이 성공인가?》_랄프 왈도 에머슨

'진정한 성공 = 행복'이란 의미에 대해 다시금 되새기게 해주는 글이다. 미국 최초의 여성 우주 비행사 샐리 라이드는 "성공의 공식이 있다면 그것은 새롭고 진보된 것을 배우는 일, 새로운 정보를 재빨리 흡수하는 일, 그리고 좋은 인간관계를 유지하고, 함께 일할 능력을 갖는 일이다."라고 얘기했다. 나도 그녀의 말을 듣고 성공을 통해 더 행복해지는 일을 하기로 했다. 바로 매일매일 나의 행복 지수를 높이기 위해 아침 긍정일기 쓰기를 계속 실천하는 것이다.

《부를 얻는 기술》에서 월러스 D. 워틀즈는 "하루하루가 성공과 실패 중 어느 한쪽이다. 바라던 것을 가져다주는 것은 성공의 나날들이다. 매일 실패를 한다면 결코 부자가 될 수 없지만, 매일 성공을 한다면 틀림없이 부자가 될 수 있다. 그러기 위해서는 경쟁하는 것이 아니라 창조력을 활용해서 바라는 것의 이미지를 확실히 그리고 부동의 '결심'과 흔들림 없는 '확신'을 계속 가져야 한다."고 말했다.

당신의 하루를 매일 성공한 명작으로 만들 수 있다고 생각한다. 당신의 시간을 활용하지 않는 것은 평범하게 살기 위해 노력하는 것이나 마찬가지이다. 평범한 삶이 과연 바람직한 삶인지 자문해봐야 한다. 최고의 삶을 살기 위해 끊임없이 행복으로 생각을 전환해야 한다.

성공의 느낌을 풍요롭게 느끼며 당신 안으로 끌어당기고 싶다면 말이다. 당신의 일거수일투족을 풍요로운 기분으로 끌어당겨라.

 긍정 외침

"Now에 충실하면, Wow! Won으로 바뀐다. 아무리 시간이 없어도 긍정일기를 한 줄이라도 적는다. 한 줄을 적기 위해 나는 아침 시간을 더욱 충실하게 보내게 된다!"

하루 1분,
당신에겐 얼마인가?

02

가장 바쁜 사람이 가장 많은 시간을 갖는다.

- 알렉산더 비네

연봉 대비 1분이 얼마의 금전적 가치가 있는지 생각해 본 적 있는가? 연봉이나 월급을 자신이 일하는 시간으로 나눠 시급, 분급, 초급을 계산해 볼 수 있다. 대부분의 직장인들은 연봉과 월급 정도만 생각할 것이다. 빌 게이츠나 대기업 CEO들처럼 고액 연봉자일수록 분급과 초급까지 계산하게 된다. '1분이 500원이다'라고 하면 연봉이 얼마 정도 되는지 생각해 볼 수 있다. 평소에 회사 생활하면서는 분급에 대해 잘 얘기하지 않게 되는 게 사실이지만 말이다.

20대가 40대보다 많이 가질 수 있는 가장 확실한 건 시간이다. 시간을 효과적으로 사용할 수 있는 방법에 대해서는 누구나 관심을 갖는 분야이다. 아침에 일찍 일어나야 한다고 생각은 많이 할 것이다. 나도 그렇다. 아침에 일찍 일어나면 좋은 점 5가지가 떠오른다.

첫째, 출근을 아침 일찍 차가 안 막힐 때 할 수 있다.

둘째, 아침밥을 잘 챙겨 먹을 수 있게 된다.

셋째, 10분이라도 책을 읽으며 긍정적 상상을 무한정 할 수 있다.

넷째, 전전두엽을 자극하는 아침 긍정일기를 15분 동안 쓸 수 있다.

다섯째, 아침 명상을 하며 하루를 가볍게 시작할 수 있다.

아침 식사를 하러 식당으로 가서 야채 비빔밥을 시켜 놓고 나폴레온 힐의 《놓치고 싶지 않은 나의 꿈, 나의 인생》을 읽었다. 밥이 나왔는데도 계속 책을 읽었다. 밥이 식을 때까지 한참이나 책을 보았다. 나도 놀랄 정도로 엄청난 집중력이 아침에 폭발했다. 나폴레온 힐은 '성공에는 법칙이 있다'라며 철강왕 앤드류 카네기의 성공 철학을 집대성했다. 성공 철학을 집대성하면서 기자에서 위대한 사상가이자 성공 철학가로 변모했다. 책을 통해 나폴레온 힐을 만나면서 아침 긍정일기를 쓰는 데 큰 영감을 받고 있다.

아침 긍정일기를 쓰는 15분이 나는 돈을 벌고 있는 생산적인 시간이라 확신한다. 하루 시간 사용 계획서를 아침 긍정일기에 쓸수록 낭비되는 시간은 줄어들기 때문이다. 나의 하루 시간 사용 계획서를 보면 스스로 하고 싶은 것을 위해 얼마나 시간을 투자하고 있는지 알 수 있다. 그리고 아침 긍정일기를 쓸 때나 책을 읽을 때 스톱워치를 이용해 시간을 체크하면 유용하다. 분 단위로 생활하는 습관을 들이면 좋다. 스톱워치는 시간을 쪼개서 사용하는 데 큰 도움이 된다.

나는 운전하며 이동 중 휴대폰과 연결된 블루투스 이어폰을 사용해서 통화한다. 블루투스는 운전 중 두 손을 운전하는 것에 집중할 수 있게 도와준다. 운전하는 데 크게 방해되지 않으면서 단속에 걸리지도 않아 좋다. 출발 전 연락해야 할 사람들과 통화 목적을 생각해 둔다. 미리 적어두고 이동 간 전화를 하면 시간을 절약할 수 있어 효과적이다. 시간을 효과적으로 활용하지 못하면 무심코 낭비하게 된다.

'11시 취침 5시 기상' 원칙을 위해 시간을 더 양보하기로 했다. 취침 전 30분 전에는 알람을 맞춰놓고 하던 일을 모두 멈춘다. 그리고 취침 준비만 한다. 한 가지 일을 더 하는 순간 시간은 30분 정도가 흐른다는 사실을 깨달았기 때문이다. 밤에 늦게 자는 것뿐만 아니라 아침에 늦잠도 시간을 개념 없이 낭비하는 주범이다. '잠깐 자야지' 하면 30분이 그냥 날아가 버린다. 30분이나 늦잠 자는 데 시간을 썼다고 생각해 보자. 1분에 500원인 분급을 버는 사람은 아침 기상에만 1만 5천 원의 금전적 가치를 사용한 셈이 되는 것이다. 그래서 고액 연봉자일수록 시간을 금쪽같이 쓰는 것이다. 일찍 일어날 수 있는 것은 '체질'의 문제와는 다르게 불필요한 늦잠이 돈의 지출로 이어진다고 생각해야 한다.

시간은 돈의 법칙

나는 중고 거래 사이트에 가끔 중고 물품을 팔곤 한다. 분급이 500

원인 사람이 중고 가격 2만 원의 물건을 판매한다고 치자. 물건을 가져가 우체국에서 기다렸다가 포장하고 택배 보내는데 1시간을 썼다면 3만 원의 금전적 가치를 스스로 쓴 꼴이 된다. 가까운 편의점 택배를 이용하더라도 시간을 따져 보아야 한다. 2만 원짜리 중고 물품을 파는 데 1시간을 쓰는 것보다 오히려 생산적인 일을 찾아 하는 게 더 중요한 가치를 얻게 되는 것이라 생각할 수 있다. 방을 청소하는 데 2시간이 걸린다 치자. 그렇다면 6만 원 이하 금액의 인력을 불러서 하는 게 더 나을 수도 있다. 시급이 3만 원 정도인 사람들은 청소하는 전문가에게 돈을 지불하고 더 생산적인 일을 찾아 하면 되니까 말이다. 나는 청소는 청소 전문가에게 세차는 세차 전문가에게 맡기고 있다.

어리석게 시간을 허비하던 일이 있다. 차량 주유를 할 때 할인되는 날이나 더 저렴한 주유소를 찾아 돌아다녔던 기억이다. 10일, 20일, 30일에는 '제로 데이'라고 해서 리터당 100원 할인을 해주는 카드가 있었다. 통상 가득 주유를 하면 5,000원 좀 안 되게 할인이 되었다. 이거 할인 좀 더 받자고 10분 이상 더 찾아다녔던 기억이 난다. 게다가 굳이 주유하러 나가지 않아도 되는 휴일에 차를 가지고 가서 주유하고 들어온 적도 있었다. 왠지 이건 아니다 싶었다. 그냥 타이밍이 맞으면 주유를 하기 시작했다. 주유하러 돌아다니며 10분을 낭비하지 않게 되었다. 10분 동안 책을 읽거나 유용한 정보를 찾아 정리하는 편이 훨씬 유익한 시간이 된다고 느꼈다. 내가 하는 행동을 분석해서 시간을 낭비하는 일을 하지 않게 되었다.

세차할 때도 이제는 손세차를 직접 하지 않는다. 예전에는 카 샴푸, 거품 솔, 물기 제거기, 광택제품 등 세차 용품을 구입해서 직접 세차를 했었다. 그러나 생각해보니 손 세차장 가서 세차하는 데 물 값만 약 4천 원이 소비되었다. 손 세차 시간은 내가 직접 하면 실내외 넉넉히 2시간 정도가 걸린다. 처음에는 내 차를 직접 세차하는 것이 재미있었다. 차에 애정도 더 생기고 말이다. 그런데 이젠 내 시간과 노동력으로 2시간을 소모하지 않는다. 금전적 가치로 6만 원을 쓴 셈이 된다는 것을 알게 되었기 때문이다. 오히려 손세차 전문 업체에 맡기면 1시간밖에 안 걸리고 2~3만 원이면 된다. 세차 맡겨 놓고 1시간 동안 점심이나 저녁을 먹으러 갈 수도 있다. 업무 처리를 할 수도 있다. 책을 읽을 수도 있게 되었다. 1~2시간을 노동력으로 허비하는 것이 아니라 생산적으로 쓸 수 있는 시간을 만들 수 있어야 한다고 생각했다. '시간은 돈 법칙'에 따라 모든 행동을 하게 되면 시간과 돈 모두를 벌 수 있음을 깨닫게 되었다. 나는 항상 출근할 때 '시간은 돈 법칙'을 가지고 집에서 나간다.

윌리엄 셰익스피어는 "자네, 시간이란 말이야. 각각의 사람에 따라 각각의 속도로 달리는 거야."라고 얘기했다. 각 개인이 시간은 가이로스적인 시간 개념으로 흐른다. 카이로스와 크로노스의 시간을 비교해서 살펴보면, 크로노스는 일반적인 시간을 의미한다. 해가 뜨고 지는 것처럼 자연 현상에 따라 시간이 결정되는 것과 같다. 태어나서 죽는 것처럼 순차적인 시간이다. 반면 카이로스는 그리스 신화에서 제우스의 아들이며 기회의 신이다. 카이로스는 주관적이며 선택에 의해 달라지는 시간 개념이다. 사람들은 카이로스의 시간처럼 각자가 느끼는 시간이 다르다. 마치 원하지 않는 일을 하면 시간이 늦게 가지만 좋아하는 사람과 즐겁게 대화하면 시간이 빨리 가는 것처럼 느껴지니 말이다.

금요일 저녁 대부분의 사람들은 저녁 약속을 잡는다. 연인이 있는 사람은 데이트를 많이 한다. 반면 나는 일을 마치고 주말에 아무 약속도 잡지 않은 적이 있다. 온전히 나를 위해 책을 쓰기로 결심한 날은 그렇다. 주말 이틀간 48시간이면 나에게는 대략 144만 원 정도의 금전적 가치가 있다. 6시간씩 이틀간 12시간 자는 시간을 제외하면 주말 동안 36시간이나 책을 쓸 수 있는 시간이 주어지는 셈이다. 이 중에 아침, 점심, 저녁 간단히 먹는 시간 각각 1시간 정도씩 이틀간 6시간을 제외한다. 단순 계산하면 나를 위해 온전히 쓸 수 있는 30시간이 나온다. 이 시간 동안 주말에 읽으려고 사온 책을 읽고 개인 저서를 집필할 계획을 세웠다.

몇 년 후면 나의 시간은 훨씬 더 가치 있어질 것이다. 나는 1분을 3만 원으로 만들겠다. 내가 그 방법을 직접 실행했다. 회사에서 '1분 엘리베이터 스피치 워크숍'을 진행했다. 고객분들 중에 갑자기 급하게 이동을 하면서 짧게 대화를 나눠야 하는 경우들이 생긴다. 마치 엘리베이터를 타고 오르내리는 상황에서처럼 말이다. 이 순간 내가 얘기하려고 했던 말들과 고객의 피드백을 받아야 할 부분을 성공적으로 나눌 수 있어야 할 것이다. 그렇지 못하면 언제 올지 모를 다음 기회까지 맘을 졸이며 시간을 소비하게 되는 것이니까 말이다. 이 워크숍을 진행하며 1분이란 시간이 생각했던 것보다 얼마나 긴 시간인지 팀원들과 함께 깨닫게 되었다. 구체적인 방법은《절대로 실패하지 않는 세일즈》에 나와 있다. 중요한 건 그만큼 1분의 시간이 소중하다는 것이다.

1초의 짧은 시간도 60초가 모이면 하루의 최소 체크 단위인 1분이 된다. 만약 이 1분의 소중한 시간을 하루 일과 중 여러 번 경험할 수 있다면 어떨까? 그날은 당신이 참으로 성공한 하루라 말할 수 있지 않을까? 하루를 소중하게 보낼 수 있고 매 순간 행복해지지 않을까 싶다. 1분, 1분이 하나씩 모여 1시간이 되고 하루가 되고 일주일이 된다. 일주일이 모여 한 달이 되고, 일 년이 되며 이 모든 시간이 당신의 인생이된다. 시작은 지금 1분에서부터이다. 의지껏 시간을 내서 더 행복해지려 노력해야 한다. 결국 우리가 사는 것도 행복해지기 위해서이지 않겠는가. 아침 긍정일기 15분 동안 쓰면서 행복해질 수 있는 방법들을 당신 스스로 발견해 나가길 바란다.

 긍정 외침

"1분을 1시간처럼 사용한다. 미래의 나의 삶은 지금의 짧은 순간들이 모여져 만들어진다. 내가 원하는 시간에 내가 원하는 일을 할 수 있다. 나는 시간을 만들 수 있다!"

돈 나가는
소리가 들리는가?

03

그게 무엇이든 현재 상황과 관련해서 원치 않는 것에
더 많은 시선을 두고 더 많이 주의를 기울인다면,
여러분이 정말로 바라는 것은 결코 여러분의 체험 속으로 들어올 수 없습니다.

- 네빌 고다드

예전엔 막연하게 유명 CEO들이 대부분 일찍 출근한다고 해서 '나도 성공한 사람들처럼 해봐야지'라는 생각을 했었다. 영혼 없이 따라 했다. 막상 해 보니 아침에 일찍 일어나는 게 오히려 더 피곤했다. '새벽 기상이 나에게 참 맞지 않는구나'라고 생각했다. 일단 일어나기가 힘들고 일어나도 졸렸다. 세수하러 세면대 앞에 서면 머리가 어지러워 제대로 씻을 수가 없었다. 무의식중에 세수 안 하고 거울을 한참 보고 있기도 했다. '또 잘까?' 생각하며 몇 분을 흘려보내기도 했다. 돌이켜 보면 내가 더 자고 싶어 나를 설득한 적도 있었다.

아침에 일찍 일어나고 잠을 적게 자도 피곤하지 않은 것은 순전히

'체질'의 문제이다. 전기차 테슬라 모터스, 우주 산업의 선두주자인 스페이스 엑스 등의 기업을 세운 앨론 머스크라처럼 미국의 유명 CEO들 중 상당수는 하루 6시간만 자면서도 주당 100시간의 일을 소화해 내고 있는 사람이 많다. 나도 책을 쓰기 위해 전략적으로 5시에 일어나고 있다. 나로서는 어쩌면 살짝 무리를 하고 있는 것일 수도 있다. 잠자는 시간 및 기상 시간은 자신의 신체 밸런스에 맞추는 것이 가장 현명하다고 생각한다. 전략적으로 긍정 에너지를 최대한 끌어 올리는 기술로서 아침 시간을 잘 활용하는 사람들은 주변에서 많이 볼 수 있다.

G병원 교수님 중에 한 분은 고등학교 때부터 아침에 일찍 자고 새벽에 일찍 일어나는 습관을 생활화하는 분이 있었다. 술을 아무리 먹어도 일어나는 시간이 거의 새벽 4시 30분~5시 사이로 정해져 있다고 했다. 나의 아버지의 경우도 마찬가지였다. 30년간 일어나는 시간뿐만 아니라 잠자는 시간도 아버지는 9시 30분~10시 사이에 주무신다. 마치 알람을 맞춰 놓은 것처럼 그 시간이 되면 잠자리에 든다. 국내의 수많은 CEO들이나 조직의 임원들은 다른 일반 직원들보다도 일찍 일어나서 출근을 일찍 하는 것으로 잘 알려져 있다.

많은 사람들이 왜 아침에
일찍 일어나려고 하는 것일까?

'시간과 돈의 법칙'을 만들어 활용하기 전까지는 늦잠이 정확히 얼마의 돈이 나간다는 걸 잘 느끼지 못했다. 시간을 돈 쓰듯 하지 않으면 부자가 되는 것과는 거리가 멀어진다는 것을 몸소 느낀다. 내가 왜 성공해야 하고 부자가 되고 싶은지를 깨닫고 나서 일찍 일어나는 습관을 들이기 시작했다. 전에는 일찍 일어나야 하는 이유가 절실하지 않았다. 요즘엔 아침 긍정일기에 하루하루를 적으면서 그 절실함을 직접 느끼고 있다. 아침 긍정일기를 쓰면서 머릿속에 뚜렷이 각인되는 효과가 있다. 아침에 일찍 일어나는 데 큰 힘이 되고 있다.

시간을 낭비하고 싶지 않다면 자문해 보자. 게으름이 스스로를 늦게 만들고 있다고 자책할 필요는 없을 것이다. 오히려 자책하는 생각들이 스트레스를 불러오고 억지로 긍정 아닌 긍정이란 이름의 불필요한 잉여 일들을 삶에 너무 많이 끼워 넣고 있기 때문이다. 시간을 낭비하는 것을 멈추고 싶은가? 나도 소중한 시간을 어떻게 활용해야 하는지 잘 몰랐을 때는 그저 그렇게 살았다. 흘러가는 대로 움직였을 뿐 스스로를 좋은 방향으로 돌리지 못했다. '진작 물길을 살짝만 틀어 줬으면 좋을 텐데'라는 아쉬움이 남는 대목이기도 하다. 삶의 시간들은 투자가 되게 만들어야 한다. 낭비하는 시간을 그만 두기로 하면서 원칙을 정하기로 했다. 하지 말아야 할 전략을 아침 긍정일기에 적었다.

첫째, 원칙을 정한다.
둘째, 지킨다.
셋째, 둘째 원칙을 유지한다.

'늦잠' 자고 시간을 낭비하지 않기

아침에 눈을 뜨고 나서 맞춰 놓은 알람에 10분 더 버튼을 누르는 순간 나는 5,000원의 금전적 가치를 사용한 셈이다. 내 의지와는 상관없이 눈이 감긴 게 아니라 내가 의지껏 5,000원을 지불하고 잠을 더 자는 것이다.

'주식'하고 시간과 돈을 낭비하지 않기

스마트폰 어플을 이용해 주식 시황을 확인했다. 1분의 시간이라도 나의 금전적 가치 500원의 수수료가 부과되고 있음을 몰랐다. 1분이 점점 쌓여 10분이 되면 5,000원의 수수료만큼의 시간 가치가 낭비된 셈이다. 주식을 해서 부자가 되겠다는 목표도 없었다. 그냥 심심해서 있는 푼돈 얼마 정도를 가지고 주식 시황을 보며 사거니 팔거니 했으니 말이다.

'대출' 받고 돈을 낭비하지 않기

은행 일반 대출에 비해 회사 대출이 낮은 이자로 가능하다. 매월 내 월급 통장에서 빠져 나가는 돈이 크다고 생각하지 않았다. 천만 원에 2.5퍼센트의 저금리라도 이자만 한 달에 2만 원이 나간다. '월 2만 원이 얼마나 한다고?'라고 생각할 수도 있다. 하지만 월 2만 원씩 저축해서 연말에 24만 원이 모였다면 어떨까? 가족을 위해 연말에 근사한 레스토랑에서 식사하고 즐길 수 있는 놀라운 돈이 생기는 것 아니겠는가?

'야동' 보고 시간을 낭비하지 않기

성 에너지를 낭비하고 싶지 않았다. 더 생산적인 일에 나의 정신적, 육체적 에너지를 사용하기로 했다. 진작 야동 대신 책을 보았다면 이미 더 크게 성공했을 것이다. 나폴레온 힐의 《놓치고 싶지 않은 나의 꿈 나의 인생》에서 성 에너지를 잘 이용하지 못하고 실패했던 사례들이 많이 나와 있다. 보통 남성은 30대까지 성 에너지가 왕성하다. 그래서 보통 40대가 되어 자신의 성공 에너지를 집약적으로 활용하는 사례들이 많이 나오고 있다. 한편, 나이가 들어서도 성추행 등으로 눈살을 찌푸리게 하는 사람들을 보면 안타깝다.

싸우고 '화'내며 감정 낭비하지 않기

누군가와 싸우고 다투면 집중력이 흐트러진다. 때론 돈도 빠져 나간다. 아버지와 싸운 다음 날 아침이었다. 주차를 잘못해서 주정차 위반 딱지를 떼었다. 평소 같았으면 고객을 빨리 만나고 이동 주차를 했을 텐데 말이다. 그날은 지난 밤 좋지 않은 기분이 그대로 유지되면서 순간 집중력이 흐려졌다. 차량 이동 주차하는 것을 깜박했지 뭔가.

'게임'하며 시간과 돈을 낭비하지 않기

요즘은 누구나 스마트폰으로 게임을 한다. 일하는 중간에나 쉬는 시간만 되면 휴대폰을 보는 사람들이 많다. 게임은 시간뿐만 아니라 금전적 가치도 손해 본다는 생각을 해 본 적이 있는가? 같은 시간에 책을 보거나 세상 돌아가는 뉴스를 보거나 사람들과 자신의 꿈에 대해 대화한다면 같은 시간에 느낄 수 있는 가치는 어떻게 달라질까? 온라인 세상의 캐릭터보다 자신 본연의 인간관계가 훨씬 풍요로워질 수 있지 않을까?

　게임에서 '시간을 돈으로 살 수 있다'고 구체적으로 제시한 게임이 있다. '크래시 오브 클랜'이라는 요즘 핫 트렌드 게임이다. 워크래프트 같은 이 게임의 가장 큰 특징은 게임 캐릭터를 이용해 자원인 '골드'를 획득하는 것이다. 다른 캐릭터들에게 자원을 약탈하며 게임을 즐길 수 있다. 그리고 '수정'을 이용해 빨리 집을 업그레이드 시키고 레벨을 올리기 위해 시간을 사야 한다. 처음 레벨에서는 시간이 몇 시간에서 며칠이면 된다. 그런데 상급 레벨로 올라갈수록 집을 업그레이드하기 위해 1주일 이상의 시간이 걸린다. 보통 사람이라면 1주일을 견디기 힘들 것이다. 대부분의 사람들은 약 1만 원 정도 투자해서 1주일의 시간을 산다. 1주일 기다리는 대신 바로 '지금' 시간으로 사는 것이다.

그럼에도 불구하고

사람들은 때로 믿을 수 없고, 앞뒤가 맞지 않고,
자기중심적이다.
그럼에도 불구하고 그들을 용서하라.

당신이 친절을 베풀면

사람들은 당신에게 숨은 의도가 있다고 비난할 것이다.

그럼에도 불구하고 친절을 베풀라.

당신이 어떤 일에 성공하면

몇 명의 가짜 친구와 몇 명의 진짜 적을 갖게 될 것이다.

그럼에도 불구하고 성공하라.

당신이 정직하고 솔직하면 상처받기 쉬울 것이다.

그럼에도 불구하고 정직하고 솔직하라.

오늘 당신이 하는 좋은 일이

내일이면 잊혀질 것이다.

그럼에도 불구하고 좋은 일을 하라.

(중략)

당신이 몇 년을 걸려 세운 것이

하룻밤 사이에 무너질 수도 있다.

그럼에도 불구하고 다시 일으켜 세우라.

당신이 마음의 평화와 행복을 발견하면

사람들은 질투를 느낄 것이다.

그럼에도 불구하고 평화롭고 행복하라.

당신이 가진 최고의 것을 세상과 나누라.

언제나 부족해 보일지라도.

그럼에도 불구하고 최고의 것을 세상에 주라.

    - <인도 캘커타의 마더 테레사 본부 벽에 붙어 있는 시>, 류시화

'그럼에도 불구하고' 나는 이 말을 참 좋아하고 자주 사용한다. "비록 어렵지만, 그럼에도 불구하고 하면 될 거야!, 그럼에도 불구하고, 나는 성공해서 경제적, 정신적으로 부자가 됐다!" 느낌 있는 말 아닌가! 앞에 어떤 상황이 놓이든지 "그럼에도 불구하고" 이 한마디로 뒤집기 한판 승리를 할 수 있는 것이다. 나는 주말 아침에 집 앞 커피숍에서 아침 긍정일기 쓰는 지금Now이 Wow하게 되는 시간을 즐기고 있다. 내가 세운 전략대로 밤 11시 취침, 아침 5시 기상에 대한 원칙을 세우고 잘 지키고 있다. 아침부터 가슴 뛰는 삶을 살기 위해 매일 시간을 벌며 하루를 시작할 수 있어 행복하다.

   당신도 나와 같은 경험들이 있을 것이다. 시간을 잘 활용하면 나처럼 원하는 것을 강력하게 끌어당길 수 있다. 시간을 사용하는 데 다른 사람을 생각하지 않길 바란다. 철저한 시간 관리를 통해 성공하고 싶다면 다른 사람이 뭐라고 하든 긍정의 업어치기를 할 수 있어야 한다. 인류 최초로 에베레스트 등정을 완수한 뉴질랜드 등산가 에드몬드 힐

러리는 다음과 같이 단호하게 "정복해야 할 것은 산 정상이 아니라 자기 자신이다."라고 얘기했다. 시간 낭비의 중독을 끊으면 목적을 달성하고 행복해질 수 있다. 행복한 사람은 행복한 시간 관리 습관을 가지고 있다. 당신도 가슴 뛰는 삶을 살기를 원하는가? 당신이 간절히 원한다면 자연스럽게 아침 시간을 활용하길 바란다.

 긍정 외침

"아침 긍정일기 쓰면서 시간을 번다. 아침마다 일기를 쓰는 것은 내가 시간을 충실히 보내고 있다는 증거이다. 내 삶의 순간순간들을 아침 긍정일기에 녹여 낸다. 시간을 절약하는 게 논을 아끼는 길이다!"

30대, 과감하게
BMW를 갖고 싶다고 외쳐라

04

우리의 부에 한계가 있는 것은 우리의 소망에 한계가 있기 때문입니다.
신념만이 한계를 무너뜨릴 수 있습니다.

- 나폴레온 힐

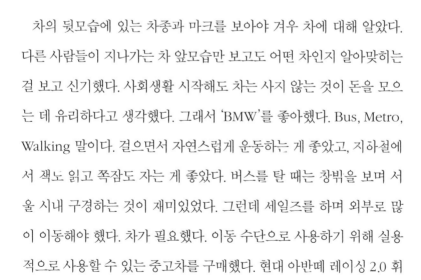

차의 뒷모습에 있는 차종과 마크를 보아야 겨우 차에 대해 알았다. 다른 사람들이 지나가는 차 앞모습만 보고도 어떤 차인지 알아맞히는 걸 보고 신기했다. 사회생활 시작해도 차는 사지 않는 것이 돈을 모으는 데 유리하다고 생각했다. 그래서 'BMW'를 좋아했다. Bus, Metro, Walking 말이다. 걸으면서 자연스럽게 운동하는 게 좋았고, 지하철에서 책도 읽고 쪽잠도 자는 게 좋았다. 버스를 탈 때는 창밖을 보며 서울 시내 구경하는 것이 재미있었다. 그런데 세일즈를 하며 외부로 많이 이동해야 했다. 차가 필요했다. 이동 수단으로 사용하기 위해 실용적으로 사용할 수 있는 중고차를 구매했다. 현대 아반떼 레이싱 2.0 휘

발유 수동 모델이 맘에 들었다. 운전면허도 수동으로 땄고 수동 모델 운전에 거부감이 없었다. 오히려 '오토는 장애인들을 위해 만든 옵션인데…'라는 생각이 들었다. 당시만 해도 오토 모델보다 수동 모델이 연비도 좋고 희소했다. 요즘에야 오토 모델이 워낙 잘 나와 누구나 오토를 선호하게 됐지만 말이다. 오히려 수동 모델 운전자를 보면 안쓰럽게 생각하는 분들도 더러 있다.

그렇지만 수동 모델은 나름대로의 매력이 있다. 차와 내가 한 몸 한 마음이 되어 저속 기어에서 왱– 하고 원하는 속도를 낼 때는 짜릿하다. 내가 기어를 넣고 질주할 때 충분히 느낄 수 있다. 내 손끝의 명령으로 차가 움직인다는 특별한 느낌이 있다. 그런데 차는 수동 모델이냐 오토 모델이냐가 중요한 건 아니라 생각한다. 차는 과시의 수단도 아니라고 생각한다. 나의 생활 방식과 경제적 여건에 따라 그리고 선호하는 브랜드에 따라 선택하면 되니까 말이다.

현재 자신이 타고 있는 차의 장점을 잘 알고 타는 것이 중요하다고 생각한다. 아침 긍정일기에 타고 있는 차의 장점을 적어 보면 어떨까? 차를 보는 눈이 달라질 것이다. 현재의 차뿐만 아니라 미래의 차에 대해 관심을 가지며 적어 보았다. 차체 크기와 배기량 별로 업그레이드해서 등급을 매기며 다음으로 타고 싶은 차도 그려 넣었다. BMW 320D, 아우디 A7 4.5 쾨트로, 벤츠 S500을 생각했다. 점점 나아져 있을 나의 미래와 함께 하고픈 차들이다. 아침 긍정일기에 타고 싶은 차들을 적어 놓고 성공한 사람들의 이야기를 듣다 보니 훨씬 생각했던 것보다 빨리 찾아올 것이란 느낌이 강하게 들었다. 요즘은 패밀리카로 포르쉐 카이엔을 타고 싶어졌다. 포르쉐는 프리미엄 외제차 중에서도 플러스알파를 가미한 차라 생각한다. 인생 전체를 바꿔 놓을 것 같은 엄청난 브랜드 파워를 지녔으니 말이다.

30대는 차에 대해 관심이 많이 생길 때이다. 어떤 차를 원하는지 계속해서 갖고 싶다고 외쳐야 한다. 마치 본인이 이미 억대 연봉자가 된 것처럼 말이다. 사실 억대 연봉자만큼이나 이미 BMW는 흔해 졌으니 미래의 모습을 지금 끌어당겨야 한다. 나는 아침 긍정일기에 목표를 한 문장으로 썼다. 'BMW 320D를 갖겠다!' BMW 사진을 찍어 책상 앞에 붙여 놓았다. BMW 매장에 시간을 내어 찾아가 당당히 시승을 요구하고 직접 느껴 보았다.

BMW는 성공을 상징하는 자동차라고 생각한다. 성공해서 BMW를 사기보다 먼저 BMW를 타고 다니면서 성공자의 마인드를 가져야겠다고 생각했다. 인생의 기회들은 성공하고자 마음먹었을 때 찾아오기 시작하니까 말이다. 우주의 시스템은 마음이 준비되어 있지 않은 사람에게는 그 어떤 기회도 주지 않는다고 믿는다. BMW를 원하자 내 눈 앞에 내가 원하는 차가 나타났다. 나는 BMW 320D로 차를 바꾸었다. BMW의 프리미엄 브랜드 가치를 몸소 느끼며 내면화하기 시작했다. 차를 볼 때마다 상당히 기분이 좋아졌다. 더 성공할 수 있을 것 같은 생각이 들었다. 앞으로도 더욱 편안하고, 안전하며 고품격의 차를 타고 성공으로 질주하며 행복을 만끽하고 싶어졌다. 이미 그렇게 이루어진 것처럼 말이다.

아침 긍정일기를 쓰면서 마음가짐을 새롭게 했다. 놀랍게도 일하는 게 더 즐거워지고 운전하는 게 재미있어졌다. 기어 변속도 경쾌하게 되고 액셀 반응도 더욱 탁월해지는 것을 느낄 수 있었다. 오토의 편안함보다 BMW 수동의 짜릿함이 더해져 운전하는 재미가 훨씬 좋아졌다. 고급차들을 선망하고 갖기 위해 노력하되 현재 내가 타고 있는 차에 대한 애정도 잊지 말아야 한다고 생각한다. 각각의 차들이 장단점이 있지만 내가 타고 있는 BMW 320D는 BMW라는 브랜드 프리미엄, 달리기 성능, 안전성, 디젤로서 친환경적이며 연비가 좋아 경제적이기까지 하다. BMW 320D는 앞모습도 멋지다. 타면 탈수록 운전하는 재미가 살아난다. 보기만 해도 흐뭇해지는 시원한 알파인 화이트 색상에 인치 업 휠은 200km/h이상의 속도로 밟아도 안정감이 있다.

BMW의 모토는 '운전하는 진정한 즐거움'이다. 나는 이 말이 참 좋다. 차를 타고 다니며 몸소 느낄 수 있기 때문이다. 놀랍게도 내 차는 CO_2 배출량이 상당히 적어 저공해 친환경 자동차 인증 마크를 획득했다. 매일 차를 타면서도 조금이나마 친환경적인 생활이라고 생각하니 뿌듯하다. 친환경 자동차는 서울시내 공용 주차장에서 50%나 할인되어 경제적이다. 그리고 추후에 칩튜닝을 하게 되면, 200마력 이상에 50토크 가까이 힘을 상승시켜 달리는 재미를 더할 수 있을 거라 기대된다. 다른 외제차보다 BMW는 A/S 센터가 많기 때문에 편리하게 이용할 수 있다. 어떤 사람들은 후륜이라 겨울에는 불안하지는 않은지

염려하는데 실제로 날카롭게 들어간 발톱 모양의 17인치 휠을 윈터타이어와 함께 겨울에 장착했더니 눈이 와도 전혀 문제없었다. 이렇듯 마음에 쏙 드는 나의 BMW는 운전의 재미와 더불어 나의 일상을 보다 즐겁게 만들어 주었다.

미국의 최고 투자가이자 한 끼 식사를 하기 위해 몇 억 원 짜리 경매를 통해 당첨돼야 만날 수 있는 워런 버핏은 다음과 같이 말했다. "가격이란 물건을 살 때 지불하는 것이고, 가치란 물건을 살 때 벌어들이는 것이다." 원하는 물건이 있다면 가치를 보고 사면 된다. 나는 BMW의 가치를 벌어들였다고 생각한다. 내 꿈에 맞는 차가 필요했기 때문이다. 주저하지 않고 과감하게 투자하여 프리미엄 BMW의 가치로 갈아탔다. 가지고 싶은 차를 아침 긍정일기에 적으면서 달라졌다. BMW 차량 사진을 찍어 출력해서 책상 앞에 붙여 놓았다. 볼 때마다 행복해지기로 결심했다.

아침 긍정일기를 쓰는 건 매일매일 쉽게 할 수 있는 일이다. 그냥 생각나는 대로 눈 뜨자마자 적으면 되니 말이다. 일을 시작하기 직전에 꾸준히 적어 나가도 된다. 오늘 하루 쓴 긍정일기가 내일 또 긍정일기를 쓰게 만든다. 한 달 동안 쓴 긍정일기가 1년 동안 계속 긍정일기를 쓸 수 있게 만든다. 계속해서 당신 스스로를 칭찬하며 써 나가야 한다. 당신은 BMW보다 훨씬 가치 있는 존재이기 때문이다. 성공할 수 있다는 개인적인 믿음과 확신이 원하는 것도 눈앞에 가져다 줄 것이다. 아침 긍정일기 쓰기가 당신이 원하는 무엇이든 가질 수 있다고 당신 스스로가 확신하는 것을 도와준다. BMW와 같은 프리미엄 브랜드의 자동차를 경험해 보고, 자신의 차를 사랑하며 자신의 마음도 가치 있게 가꾸어라.

 긍정 외침

"지금 행복해지기로 결심했다. 앞으로는 더 행복해진다. 과감하게 나의 가치를 올린다. 내가 매일 보고 듣고 만지는 경험들이 내 삶을 풍요롭게 해줄 것이다!"

발품 팔아 마음품 산다

05

선의가 따르지 않는 돈이나 권력은 결코 행복을 낳을 수 없다.

- B.C. 포브스

어릴 적 아버지의 모습이 떠오른다. 아버지는 외박하는 걸 엄격히 금지하셨다. 귀소본능이 자연스럽게 생겼다. 지금처럼 서울에 살 때도 습관이 되었다. 집과 고향에 대한 마음은 언젠가 돌아가야 할 곳이라 생각하고 있다. 제주도에 살 때보다 서울이라는 더 큰 세상에 와서 많은 것을 느끼고 배우게 되었디. 이제까지 부모님이 알게 모르게 신경을 많이 써주셨다는 것을 새삼 느꼈다.

처음 서울에 왔을 때도 생각난다. 20년간 살던 고향을 떠나 서울에서만 10군데 이상 옮겨 다녔다. 삼성동, 흑석동, H대 앞, 문정동, 가양동, 안암동, 포항, 봉천동, 성남, 인천, 목동 등 대충 철서히 지역을 구분해 보았다. 이사를 많이 다니다 보니 짐들이 귀찮아져서 어딘가에 나의 창고를 만들고 싶을 정도였다. 주민등록증 뒷면 주소 기입란에는 5군데나 주소가 적혀 있다. 역마살이 있는 건 아닌가 생각도 많이 했다. 대학 다닐 때는 방학 때마다 해외여행 가길 좋아하기도 했으니 말이다. 일하는 것도 세일즈 부서에서 외부 거래처를 방문하고 다니니 아마 성격적으로 돌아다니는 걸 좋아하는 것 같다.

집을 또 이사하게 되었다. 이번에는 발품을 많이 팔더라도 내 맘에 꼭 드는 전셋집을 고르고 싶었다. 집을 고를 땐 여러 군데를 직접 보러 간다. 다양한 곳에서 살았던 경험을 잘 살리고 싶었다. 집을 알아보며 하루에도 7~8군데씩 돌아다녔다. 아침부터 인터넷으로 서울 서남부 지역 4개 구를 검색했다. 전화로 연락하고 집을 다 돌아보는 것을 마치니 자동차 계기판에 4시간이나 운전을 하고 돌아 다녔다고 나왔다. 많이 돌아본 만큼 보람도 있었다. 나와 몇 년을 함께할 안식처를 찾고 있으니 이 정도 노력은 과하지 않다고 생각했다. 집에 들어오며 발을 내딛는 순간부터 집은 마음이 편안히 머물다 떠날 수 있는 살아 있는 공간이어야 한다고 생각한다. 주말이 되어 혼자 있을 때나 퇴근 후 불 꺼진 조용한 집에 들어올 때면 왠지 허무한 느낌이 들지 않게 말이다. 집이 나의 마음에도 영향을 미친다. 내 스스로가 '헌 집과 새 집, 좋은 집과 나쁜 집의 기준을 정해야 하지 않을까?'라고 자문하게 되었다. 우선, 빌트인 풀 옵션 오피스텔형 원룸을 고를 때 5가지를 생각해 보았다.

- 가격

현재 가지고 있는 금액에 현실적으로 맞춘다(대출 No!).

- 위치(출퇴근 거리)

본사가 서울역이지만 주로 일하는 지역이 목동, 구로, 강서, 동작 지역
이다. 일하는 지역과 가까운 위치가 좋겠다고 생각했다. 본사는 월 3~4
회 지하철 타고 가니 1, 4호선 직행 라인도 좋다. 다른 역이라도 도보로
지하철 2~5분 이내 거리를 선호한다. 주말에는 차를 놓고 다닐 때도
있어 역세권은 중요한 포인트이다.

- 주차 시설

진입로 등 도로 사정이 평평하게 잘 되어 있는 곳을 찾았다. 출퇴근을
주로 차로 하니 아침, 저녁마다 도로 사정이 스트레스가 되지 않게 말
이다. 공간이 넉넉하며 지붕과 옆면에서 비, 눈, 바람 먼지 등을 피할
수 있는 곳이어야 차도 편안하고 내 맘도 편안해진다.

- 주변 환경

목동처럼 깔끔하고 근처에 대형 마트나 영화관과 맛있는 레스토랑이
있었으면 좋겠다. 조용한 커피숍 등 편의 시설 등이 잘 갖추어진 곳이
어야 마음이 풍족해지는 것 같다. 부자들이 많은 강남 지역을 선호하
는 것처럼 지역의 거주자들도 풍요로운 사람들이었으면 한다.

- 조망권

남동향 및 탁 트인 조망을 선호한다. 충간 소음에 트라우마가 있다면
맨 꼭대기 층도 고려해 볼만하겠지만 여름엔 열이 많아 비추한다. 겨

울엔 위층, 아래층 난방열 장점이 있는 꼭대기 바로 아래층이 좋다고 생각한다. 조경 좋은 아파트는 3~5층 사이도 나쁘지 않다고 생각한다.

직접 거주할 집을 고를 때도 마찬가지고 추후에 임대 수익을 위한 매물을 고를 때도 나에게 맞는 조건들을 잘 찾아봐야 한다고 생각했다. 백만장자들도 집을 고를 땐 일일이 따져본다고 한다. 맘에 확실히 드는지 조건을 따져본다. 발로 찾아다니면서 주변 환경을 알아보고 디테일하게 구석구석 동네 구경을 한다. 그리고 적극적으로 협상해서 원하는 집을 얻는다고 한다. 나도 백만장자처럼 꼼꼼하게 살펴보고 있다는 생각에 뿌듯했다. 아침 긍정일기에 주문을 외우듯이 적었다.

오늘 나에게 꼭 맞는
좋은 집이 나올 것이다!

집을 보러 다니면서 전세 주택인지 주거형 오피스텔인지에 따라 중개수수료의 차이가 많다는 것을 알게 됐다. 주로 전세 가능한 오피스텔을 보러 다녔다. 그런데 요즘에는 풀 옵션 신축 주택들이 많이 생겼다. 게다가 주택의 경우는 수수료가 0.3%, 즉 1억 4천만 원이면 42만 원이다. 나의 경우는 공인중개인이 금액을 얘기하는 순간 "깔끔하게 40만 원에 해 주세요."라고 얘기하며 2만 원 정도를 더 우대 받았다. 반면 오피스텔은 약 0.6~0.9%로 보통 70~80만 원까지도 부른다. 아무리 저렴하게 해도 내가 수십 군데 알아보니 그나마 50~60만 원이라고 했다. 주택 전세 풀 옵션에 비해 10~20만 원 이상 중개수수료를 더 내야 한다. 게다가 관리비 또한 비슷한 조건의 풀 옵션 오피스텔(평수에 따라 다르지만, 내가 알아본 경우 월 15~30만 원)에 비해 원룸형 주택의 경우(월 5~10만 원)이었다. 보통 주택형 원룸은 주차비도 관리비에 이미 포함되어 있는 경우가 많다. 인터넷과 케이블 방송 등이 전체 건물에 통으로 들어가 있어 인터넷 설치비도 별도로 들지 않는 경우가 많다. 주택과 주거형 오피스텔을 단순히 비교해 보는 것도 도움이 될 듯하다.

전세로 집을 알아볼 때 유의할 사항 몇 가지에 대해 추가로 적어 보면, 전세를 알아볼 때에는 반드시 등기부 등본을 떼어 근저당 여부를 확인해야 한다. 만약 근저당 설정액이 과도하고 임대인의 전반적인 재무 상황이 나쁘다고 느껴지면 계약을 자제할 필요가 있다. 최악의 경우 집이 경매로 넘어가면 보증금을 떼일 수도 있기 때문이다. 부동산 중개인에게 반드시 얘기를 하는 것이 좋다. 근저당권이 설정되어 있는 부분을 입주 전까지 말소해 줄 것을 특약사항에 넣도록 요구할 수 있다.

입주를 하면 빠른 시일 안에 전입신고를 하고 확정일자를 받아두는 것도 필요하다. 세입자를 보호해 줄 수 있는 제도가 전세권 설정도 있지만, 전세권 설정은 추가 비용이 들어가고 준비해야 하는 서류도 많아 불편하다. 전입신고와 확정일자를 동사무소에 가서 받았다. 역전세난에도 대비를 해야 한다. 향후 집값 하락이 예상된다면 보증금 반환

보험이나 반전세 등도 고려할 수 있다. 1인 가구인 분들은 월세냐 전세냐를 따질 것이다. 한국의 주택시장에서는 전세에 비해 월세 전환 비율(전세보증금의 일정액을 월세로 전환한다고 했을 때 이를 월세로 환산하는 비율)이 6~8퍼센트 이상이다. 지역마다 차이는 있지만 오피스텔 등의 월세 수익률도 6퍼센트 정도로 높은 편이다.

선대인경제연구소의 선대인 소장은《미친 부동산을 말하다》에서 다음과 같이 말했다.

"신혼부부의 경우에는 처음 구입하는 집에서 오래 살 확률이 그다지 높지 않다. 이직이나 전근 등의 이동이 잦은 편이며, 출산 등으로 가족 구성원 수가 늘어나게 되면 집의 크기를 늘려야 할 수도 있다."

나도 이 말에 동의하고 집을 사려는 생각을 바꿨다. 부모님 세대에는 집을 사면 집값이 올라 돈을 버는 수단이었지만 향후 5~10년 동안 지금보다 훨씬 더 싼 가격에 집을 살 기회가 얼마든지 올 수 있다고 그는 전망하고 있다. 무엇보다 중요한 것은 위치라고 생각한다. 미혼일 때는 내가 일하는 지역에서 가장 가까운 곳으로 이사를 했다. 결혼을 생각할 때는 처갓집과 직장의 중간 지점을 택한다는 원칙을 세웠다.

'내 집 마련'을 급히 할 필요는 없는 것 같다고 생각했다. 간혹 신혼부부 중에 부모님들의 성화에 못 이겨 집을 사시 시작해야 하는 경우도 있을 수 있다. 나의 경우는 눈높이를 낮추어 현재 가용 범위에서만 시작하기로 했다. 대출을 받으면 이자율이 적든 크든 매달 대출이자를 내야 하고, 재산세를 비롯한 각종 추가 부담을 지기도 해야 하니 말이다. 그리고 2년 이내 이직 등 새로운 계획이 생길 수 있으니 빌트인 오피스텔이나 풀 옵션 주택으로 이사하는 것도 좋다고 생각했다.

발품을 팔며 깔끔한 신축 주택을 찾았다. 주인을 직접 만나 얘기하다 보니 심혈을 기울여 건축했음을 느낄 수 있었다. 마침내 아침 긍정 일기를 쓰며 원하는 지역이었던 목동에 집을 구했다. 서울 시민으로 등록했다. 새집으로 이사를 하니 마음도 상쾌해지고 더욱 안정된 느낌이 들었다. 특히나 맘에 드는 것은 1.5룸 형으로 중간에 큰 책장이 있어 좋았다. 책들을 사서 마구 저장해 두었다. 집을 비우는 몇 주 동안 AirBnB에 올려두었을 때도 집이 너무 좋다며 해외에서 입국할 때 머물고 싶다는 사람이 있었다. 매일 아침 긍정일기에 적은 것처럼 포근하게 생활할 수 있는 집이 있어 마음이 편안해졌다.

당신도 당신이 원하는 안식처를 아침 긍정일기에 그려 보라. 이미 자신이 살고 있는 것처럼 생생히 대문의 색깔을 입혀보고, 집 안의 향기를 맡아 보아도 좋다. 새로운 집에서 침대의 감촉을 느끼며 가족들이 행복하게 웃고 떠드는 소리를 들어보라. 당신을 가장 기분 좋게 해주는 가정의 모습은 어떤 것인지 스스로 물어보기도 하면서 아침 긍정일기에 적는 것이다. 당신의 작은 성공을 통해 또 다른 성공을 매일매일 이어나가길 응원한다.

 긍정 외침

"상상하던 마음의 안식처가 눈앞에 나타난다. 매일 바라는 것들을 아침 긍정일기에 적는다. 어느 순간 현실이 되어 내 삶에 녹아들어와 있다!"

꿈을 깨우는
시간에 투자해라

06

꿈을 꾸고 꿈을 이루기 위해
대가를 치를 각오가 되어 있는 사람들은 행복하다.

- 레온 J. 쉬넨스

해병대 소위로 임관하고 초급 장교 교육반에서 나는 '학습 장교' 역할을 했다. 교육 중에는 제일 앞자리에서 교관들의 수업 준비를 도왔다. 동기들에게 "Be a Brilliant Marine Officer!"라는 구호를 외쳤다. 학습 장교로서 교육을 잘 받을 수 있도록 동기들을 북돋았다. 당시에는 영어로 쓰는 게 왠지 멋있어 보였다. 무슨 뜻인지 정확히는 몰랐지만 머릿속에서 딱 떠오르는 단어가 'Brilliant'라는 단어였다. 나중에 찾아보니 '훌륭한, 뛰어난, 우수한' 등의 뜻이라는 걸 정확히 알게 되었다. 초급 장교 역할을 수행하게 될 동기들을 생각하니 '구호 잘 지었네!'라고 혼자 생각했다.

훌륭한 소대장이 되기 위해 우리는 교육에 열중했다. 아침 일찍 일어나 저녁까지 계속 교육이 있었다. 야외에서 교육과 훈련을 하는 시간도 많았다. 교육 중간 휴식 때마다 나는 책을 읽으며 정신적 휴식을 취했다. 배우며 성장하며 멋진 소대장이 되고 싶다는 생각을 했다. 1시간의 여유 시간이 주어진다면 '책을 읽고 싶다'고 생각했을 정도로 발전하고 싶은 생각이 간절했다. 전역하고 약 5년이 지난 지금 다들 사회 각계각층에서 이미 리더로서 꿈을 이루고 있는 동기들의 모습이 문득문득 떠오르곤 한다.

나는 지금도 엄선된 도서들을 읽으며 리더가 되기 위해 의식을 확장하고 있다. 성공 루트로 궤도 변화를 계속 시도하고 있다. 그런데 책만 읽어서는 크게 성공할 수 없다. 행동하는 실천력을 가미해야 한다. 300페이지를 읽더라도 실천을 하지 않는 것보다 3페이지를 읽더라도 실천하는 것이 훨씬 이득이기 때문이다. 책에 있는 좋은 내용들을 읽으며 나는 실천적 원칙으로 아침 5시 기상 목표를 정했다. 비교적 잘 지키고 있는 중이다. 아침에 일찍 일어나는 행동을 통해 내가 깨달은 바가 훨씬 중요하다고 생각한다. 어느 날 5시에 일어나는 것을 실패했을 때 깨달았다. 나의 정신력의 크기가 나의 성공 여부를 판가름하고 있다는 것을 느꼈다. 성공은 지능이나 스펙에 의해 결정되는 게 아니라 정신력에 의해 결정된다고 깨닫게 되었다. 실제로 일찍 일어나는 것이 사람의 '체질'에 의해 결정되지만 그 체질도 바꿀 수 있는 놀라운 힘이 있다.

"마음가짐이 몸의 70퍼센트를 차지하는 물의 성질을 바꾸고, 그 변화는 바로 몸으로 나타난다."라고 《물은 답을 알고 있다》의 저자 에모토 마사루는 말했다. 말의 힘을 느낄 수 있는 많은 실험들이 있다. KBS의 아나운서들이 직접 실험을 한 영상을 본 기억이 난다. 작은 유리통에 한 밥솥에서 뜬 밥 두 개를 준비한다. 한 밥에는 "짜증나"라고 이야기를 하고, 다른 유리통의 밥에는 "고마워"라는 말을 한 달간 반복해서 이야기했다. 밥알들에게 어떤 변화가 일어났을까? 각각의 유리병에 담겨 있던 밥알들이 달라보였다. 부정적인 말을 들었던 밥알들은 모두 검은색 썩은 곰팡이가 피었다. 반면 긍정적인 말을 들었던 밥알들은 하얀색 곰팡이가 피었고 덜 상해 있었다. 외적으로 내뱉어지는 말에 의해 밥알도 영향을 받는데 하물며 사람은 어떻겠는가? 외부에서 전해지는 말을 어떻게 받아들이는지에 따라 자신이 또한 외부로 뱉는 말이 달라지는 것은 자명하다. 내적인 마음의 힘이 외부 환경도 변화시키는 원리이다.

내부적 마음가짐이 곧 행동으로 나타난다는 말은 많이 들어 보았을 것이다. 마음가짐은 신체력과 정신력에도 큰 영향을 미친다. 신체력은 정신력과 일맥상통한다. 정신력을 매일 기르지 않으면 어느 순간 신체 기능도 무너져 버리게 된다. 그래서 아침 긍정일기 쓰기를 통해 마음가짐과 정신력을 다지는 일을 게을리 하지 않고 있다. 그래서 나는 하루에 단 한 줄이라도 좋으니 아침 긍정일기를 썼다. 아침 긍정일기를 쓰다 보면 평소에는 별 생각 없이 했던 부정적인 말도 일기장에는 아무 생각 없이 쓸 수 없다는 걸 느끼게 되었다. 말이나 생각은 부정적으로 하더라도 사람은 본능적으로 자신이 행복해지고 싶어 한다. 아침 긍정일기를 쓸 때는 긍정형을 자주 쓰게 되는 이유이다. 나중에 부정적인 내용을 내가 읽었을 때는 약간 '뜨끔'하니까 말이다.

무엇보다도 아침 긍정일기 쓰기를 반복하다 보면 목표를 더욱 빨리 끌어당기게 된다. 시간을 벌 수 있다. 시간을 버는 것이 돈을 버는 것이다. 여유 시간은 하루를 훨씬 풍요로워지게 한다. 내가 제대로 발견하지 못했던 뚜렷한 목표가 가시화 되면서 내 인생은 뚜렷해졌다. 아침 긍정일기를 쓰기 전보다 더 아름답고 행복해졌다. 네빌 고다드는 "내게 주어진 유일한 과업은 나의 관념을 위대함으로 채우는 것뿐이다."라고 했다. 그는《라디오 강의》를 통해 다음과 같이 얘기했다.

상상의 대화라는 씨앗을 뿌려 행위란 결실을 얻고,

행위란 씨앗을 뿌려 습관이란 결실을 얻고,

습관이란 씨앗을 뿌려 인격이란 결실을 얻고,

인격이란 씨앗을 뿌려 운명이란 결실을 얻는다.

느낌은 아직 신비한 영역이다. 정서가 없이는 느낌도 없다. 영국의 철학자 존 로크는 "그 사람의 사고를 알고 싶을 때는 그의 행동을 보기로 했다"라고 말했다. 맞는 말이다. 사람의 마음과 행동은 일맥상통한다고 생각한다. 사람은 마음이 움직이는 대로 몸도 움직이게 되어 있다. 미국인들은 "In my mind"라고 하면 손가락으로 머리를 가리킨다. 한글로는 Mind가 마음이지만 마음과 생각 그리고 행동으로 발현되는 과정은 하나의 에너지 흐름으로 통하는 것을 동서양을 떠나 확인할 수 있는 모습이라 생각한다. 모든 성공적 행동은 몸과 마음과 머리가 일치되었을 때 가장 정확하면서도 빠르게 나타난다.

내가 지금 책을 쓰기 위해 이렇게 글을 쓰고 있을 줄 몰랐다. 내 나이 60세가 되어 은퇴할 때나 책을 막연히 써 볼까라고 생각했다. 책은 성공한 이후에 써야 된다고 생각했기 때문이다. 그런데 지금처럼 아침 긍정일기를 쓰다 보니 어느새 책을 써도 될 만큼 글을 쓰는 게 몸에 익숙해졌다. 억대 연봉을 받는 회사원을 보면 꿈같이 동경했던 적이 있다. 나와는 거리가 먼 일이라 생각하면서 말이다. 멀리 내다보는 것도 좋지만 멀리 있는 것을 끌어당길 줄도 알아야 한다는 생각이 자주 들었다. 책을 많이 읽고, 특히나 제대로 검증된 책을 읽다보니 우주의 법칙이 어떻게 작용하는지를 이해하게 되었다. 나도 성공자들의 말과 행동을 많이 닮아있다는 것을 어느 순간 깨닫게 되었다. 아침 긍정일기를 쓰면서 삶의 조각들을 새롭게 만들어 가며 결심했다. 60세가 아니라 약 27년의 시간을 앞당겨 끌어당긴 것이다. 시간을 끌어당기는 느낌을 내 주변 사람들도 느껴 보았으면 좋겠다. 마치 우주의 입자들이 내 삶의 빈 공간들을 메꿔주며 꽉 채워주는 신비한 느낌이 드니까 말이다.

과거, 현재, 미래 중 현재와 미래에 2:5:3의 비중을 둔다. 확실히 사람은 시간선Time-line에 놓여있는 4차원의 세계를 살고 있다. 단지 현재만을 생각하지 못하기 때문이다. 그렇지만 사람은 현재에 3차원 공간 안에 몸은 머물러 있다. 그래서인지 과거를 배우는 이유도 현재를 더 잘 알고 미래를 예측하기 위해서 돌아보는 경우가 더 많다. 현재라는 3차원의 세계에 있는 현실은 과거의 수많은 선택에 의해 결정된 결과이기 때문이다. 미래는 긍정적 희망과 기대가 있다. 현재는 미래에 내가 될 모습을 상상하며 달려간다. 그러기 위해선 현재에 충실해야 한다. 과거에 연연하거나 미래의 부푼 기대만 꿈꿀 순 없다. 감사하는 마음으로 현재 내가 가지고 있는 꿈을 일깨워야 한다. 잠들어 있는 내 안의 꿈을 일깨워 크게 성공하길 바라면서 말이다. 그 꿈을 이루기 위해 나는 '지금'이 필요하다.

나는 긍정심리학과 세일즈 리더십과 뇌과학을 공부하며 인간의 상상력과 행동에 굉장히 과학적인 원리가 있다는 것을 깨달았다. 대부분의 사람들은 평소에 자신의 심리적인 원인에 대해 잘 생각하지 않기 때문에 현상에만 집착하고 내적인 잠재력에 대한 통찰을 얻지 못하고 있다. 나는 앞으로도 NLPNeuro Linguistic Program을 적용하여 일상생활에서 벌어지는 수많은 일들의 연관성을 밝히고, 생활 NLP 내용들을 많이 알리고 싶다. 책을 통해서 그리고 강연을 통해서 말이다. 이는 나의 사명이기 때문에 내가 지구에 존재하는 한 계속될 것이다. 나의 잠재력을 일깨워 내가 원하는 현실이 점점 더 빨리 다가오고 있음을 느끼고 있다.

잠자고 있는 당신의 강점을 일깨우는 시간을 가져야 한다. 내면에 있는 강점은 스스로가 의미를 부여하기 전에는 발현되지 못한다. 혼자 있는 아침 15분 동안 오로지 당신 자신에게만 집중하는 연습을 해 보자. 당신의 강점과 연결된 행복이 다른 사람에게는 더 큰 행복을 줄 것이다. 당신의 인생에서 성공하고 행복할 수 있는 일을 찾아 현실로 만들어야 한다. 최적의 답은 이미 당신의 긍정의식 안에 존재한다. 당신의 꿈을 깨우는 아침 시간은 온 우주가 당신을 위해 변화하고 있음을 느끼기 바란다. 아침 긍정일기 쓰기를 통해 진정 자신을 위해 시간 투자하는 순간부터 당신이 원하는 것들이 들어오기 시작한다.

 긍정 외침

"내재된 무한한 잠재력과 그 위대한 결과를 깨달았다. 매일 15분 동안 나의 잠재력을 깨운다. 일상에서 생각하지 못한 것들이 나를 요동치기 시작한다. 나는 내가 원하는 것을 명확히 파악한다!"

아침 긍정일기 쓰며
끌어당겨라

07

직접 해 보기 전에는 아무도 자기 안에 어떤 능력이
도사리고 있는지 미리 알 수가 없다.

- 어니스트 헤밍웨이

'오늘은 의외의 기쁨과 풍요로움이 가득한 운 좋은 하루 보내세요.'
라는 쪽지를 고객들에게 보내야겠다고 생각한 것도 아침 긍정일기를
쓰면서 생각해 낸 것이다. 의외의 기쁨이란 누구도 생각하지 못한 즐
거운 일이다. '의외'라는 말이 처음에는 생소하게 느껴질 수도 있다. 나
는 '의외'라는 말이 놀랍게 느껴진 적이 있었다. 친구 K는 D회재 영입
사원이다. 친구를 위해 보험 하나 들어주기로 했다. 해당 월이 지나면
혜택이 감소된다고 설명하며 각종 차트와 환급금 등 이것저것 얘기했
다. 친구도 같은 보험 상품에 가입했고 20년 후까지 계속 한다는 친구
를 위해 들어주기로 결심하고 가입을 승낙했다.

자동차 보험으로 월 5만 원씩 청약하고 통장에서 5만 원이 빠져 나갔다. 그런데 그 다음 날 'D화재 1539'란 이름으로 내 통장에 8만원이 입금됐다. 1539는 내 차 번호고 D화재이니까 친구의 자동차 보험이라 생각해 친구에게 입금 사진을 갈무리해 "이거 너랑 내 차와 관련 있는 거야?"라는 메시지를 보냈다. 그러자 친구는 "확실히 모르겠는데…." 라고 말했고 알아보겠다고 했다. 나는 장난스레 답장을 했다. "너도 모르는 거면 굳이 알아볼 필요는 없어, 수고하지 마. 줬다 뺏기 없기다!" 그러면서도 혹시 친구의 수당이 나한테 잘못 입금된 것은 아닌가 생각했다. 아님 보험을 가입하면 보험사에서 가입자에게 소정의 현금 페이백을 해 주는 건지 의아해했다. 어쨌든 이 돈의 정체는 친구도 알 수 없었다. 나는 그날 하루 의외의 돈이 들어와서 기분 좋게 보냈다고 긍정일기에 적었다. 정말 놀랍다. 긍정일기를 쓰고 다시 읽는데 돈이 굴러 들어올 줄이야!

세상엔 의외의 기쁨들이 참 많이 있다. 대학 때만해도 내가 BMW를 몰며 강남역을 지나게 될 줄은 몰랐다. 서울에 처음 왔을 때 청담동, 삼성동, 강남대로의 지명은 양동근의 노래에서 들었듯이 럭셔리한 사람들이 주로 다니는 곳인 줄 알았으니까 말이다. 평범한 니도 깊은 감흥을 느낄 수 있게 되다니 나한테는 굉장히 의외의 일이다. 이 모든 것이 삶의 축복이라 생각하니 행복해졌다. 때론 돈도 알아서 굴러 들어오고 말이다.

아침 긍정일기는 생각나는 대로 그냥 써도 된다. 누구한테 보여줄 것도 아니지 않은가. 글씨는 본인만 알아보면 될 테니 말이다. 나중에 다시 읽다 보면 '이런 생각을 했었구나!' 하고 놀랄 때가 있을 것이다. 나는 아침 긍정일기를 쓰고 다시 읽고 하다 보니 자연스럽게 책 쓰기가 되었다. 일도 더 잘 되어 인센티브도 더 많이 받게 되었다.

오늘 하루도 웃는 얼굴로 "감사합니다."라고 외쳐본다. 이미 이루어진 것에 감사하고, 웃을 수 있는 이 순간에도 감사한다. 그리고 아침 긍정일기에 적고 기억한다. 데일 카네기는 "미소는 본전이 필요 없다. 그런데도 이익은 막대하다. 맘껏 주어도 줄지 않는다."라고 말했다. 감사의 미소는 오히려 주고받으면 풍요로워진다. 일순간의 감사의 미소만으로도 받는 사람의 기억 속에 영원하게 남을 수도 있다. 감사의 미소가 가져다주는 행복한 느낌처럼 한 걸음 한 걸음, 일거수일투족이 아침 긍정일기 쓰기의 소재가 된다. 돈을 벌 수 있는 기회가 되고 있어 감사하게 생각한다.

만약 모든 사람이 이성을 잃고 당신을 탓할 때,

냉정을 유지할 수 있다면,

만약 모든 사람이 당신을 의심할 때 당신 스스로를 믿을 수 있다면,

그리고 그들의 의심을 용서할 수 있다면,

만약 당신이 기다릴 수 있으면 그리고 기다림에 지치지 않는다면,

거짓을 들을지라도 상관하지 않을 수 있다면,

만약 미움을 받고도 미워하지 않는다면,

그러면서도 너무 착한 척하거나 잘난 척하지 않는다면,

(중략)

만약 여러 사람과 어울리면서도 당신의 미덕을 지킬 수 있다면,

왕들과 함께 거닐 면서도 오만하지 않을 수 있다면,

만약 적이나 사랑하는 친구들에게도 상처입지 않을 수 있다면,

만약 모든 사람이 당신에게 기댈지라도 버거움을 느끼지 않을 수 있다면,

만약 당신이 잔혹한 1분의 시간을

60초에 맞먹는 거리를 달리는 것으로 채울 수 있다면

이 세상과 그 안에 있는 모든 것은 당신의 것이 되리라.

그리고 그때 비로소 당신은

남자가 되리라, 나의 아들아!

- 《만약》 러드야드 키플링

대학생 때 '싸이월드' 대문에 적어놓고 자주 보며 되뇌곤 했던 시이
다. 1분이라는 고통의 시간을 60초의 짧은 시간으로 생각을 바꾸었다.
이 시를 통해 멘토의 역할이 어떤 것인지도 알게 되었다. 아침 긍정일
기를 쓰며 나 스스로에게 멘토가 되었다. 비로소 '나나움으로 풍요롭
게' 될 수 있다고 확신했다.

처음 아침 긍정일기를 쓰며 느꼈던 좋은 경험을 친구에게 공유하며
아침 긍정일기를 써 볼 것을 권했다. 일주일 정도 지났을 때 그 친구에

게 메시지를 보냈다. "아침 긍정일기 쓰라고 했던 거 기억나지? 잘 쓰고 있니?" 그랬더니 친구는 이렇게 답이 왔다. "고맙네. 4일째 쓰고 있어. 아직은 짧게 쓰는데 곧 익숙해 질 것 같네. 잘 써 볼게. 기분은 좋아." 그러면서 '따봉' 이모티콘을 함께 보내왔다.

당신도 아침 긍정일기 쓰는 경험을 하기 위해 아침 15분 시간을 만들기 바란다. 카페에서 무언가를 쓰고 있는 사람을 보면 얼마나 멋져 보이고 사랑스러운가! 지적으로 무르익어 보이고, 자신만의 소중한 시간에 자기를 위해 기록을 남긴다는 건 참 아름다운 일이다. 당신이 원하는 것을 얻기 위해 긍정 외침을 하고 있는가? 본연의 일에서 성공하겠다고 다짐하며 외치고 있는 중인가? 현재 당신이 가지고 있는 것에 감사하는 마음을 갖기 시작했나? 한 달 후 아침 긍정일기를 다시 읽어보며 반복해서 당신 스스로 되뇌어 보길 바란다. 당신이 지금 당장 긍정 외침을 한다면 이미 작게는 성공한 것이다. 이제부터는 이 작은 성공을 바탕으로 당신의 잠재력에 놀라운 경험을 할 수 있길 바란다. 아침 긍정일기 쓰는 게 얼마나 많은 부를 가져다주고 있는지 조만간 느낄 수 있을 거라 확신한다.

 긍정 외침

"아침 긍정일기를 쓰면서 행복이 살아 움직임을 느낀다. 내가 원하는 것들을 끌어당긴다. 매일 간절히 반복하면 진짜 현실이 된다. 나는 내 삶을 완성해 가고 있다!"

2030세대, 다시 일기를 써야 하는
이유에 대해 말하고 싶다

꿈은 생생히 글로 적을 때 이루어진다. 그 글을 말로 표현할 때 강력한 힘을 발휘한다. 나는 가장 숭고한 이상을 향해 사회에 공헌하고자하는 열망이 있다. 지금 아침 긍정일기를 쓰며 꼭 이루어지기를 간절히 상상한다. 이미 이루어진 것처럼 매일 아침 긍정일기 쓰기를 통해돈이 들어오는 순서대로 일거수일투족 생산적으로 만들어 나갔다. 인생에서 의미 있는 순서와 일치하게 마스터 마인드로 나와 주변 사람들을 연결했다. 긍정 외침을 통해 하나씩 성공 리스트를 채워 나갔다. 실패를 통해 배우고 성장하면서 말이다.

아침 긍정일기에 나만의 성공 노하우를 적어 나갔다. 내 안에 숨겨진 잠재력을 깨워 나와 싸워 나갔다. 내가 할 수 없다고 생각했던 것조차 긍정일기에 적으면 이루어지는 신기한 경험도 했다. 내가 앞으로 하고자 하는 일이 다른 사람의 발전을 도와주는 전문가가 되는 것이다. 주변에 평범한 사람들도 위대하게 만들어 줄 수 있는 능력을 계발하는 것이다. 나는 최고의 긍정 에너지 크리에이터이자 세일즈 멘탈 코치가 될 것이다.

나의 언어로 아침 긍정일기를 쓰면서 달라진 점들이 많이 생겼다. 나에 대한 강점을 재발견할 수 있었다. 사회생활하며 우여곡절이 많았다. 에너지 레벨도 롤러코스터처럼 오르락내리락한 적도 많았다. 이제는 마음의 움직임도 나의 생각도 자연스럽게 되었다. 마음이 성공을 향해 하나의 힘으로 집중할 수 있게 되었다. '내 못난 일상다반사'는 책에 간단히 소개했다. 그런데 아침 긍정일기를 쓰면서 '나다움'으로 승화되었다. 아침 긍정일기 쓰기는 내 일상을 '풍요로움'으로 바꿔주는 놀라운 경험을 하게 했다. 이제 억지로 술도 마시지 않게 되면서 정신력도 훨씬 좋아졌으니 말이다. 내가 원하던 '긍정 에너지 크리에이터'로 확실히 변신할 수 있었다.

나는 막연히 꿈꾸었던 큰 책장이 있는 집을 원했다. 집에 책을 꽉꽉 채워 넣는 상상을 하면서 말이다. 이제 그 상상이 현실이 되었다. 아침 긍정일기를 쓰며 책을 약 300권 정도를 구매해서 읽었다. 성공 도서들을 읽으며 전두엽이 엄청 자극이 되었다. 100권 가까이 읽었을 때는 '나도 성공할 수 있겠다!'라는 자신감이 생겼다. 성공 서적들을 읽다보니 나와 비슷한 상황에서 성공했던 경험들도 알 수 있었다. 나는 앞으로도 계속 좋은 책들을 읽으며 전두엽을 흔들어 깨우려 한다. 마치 우주가 흔들리며 마음이 열리는 것처럼 말이다. 내 눈에 안 보이던 새로운 세상으로 몸과 마음도 확장될 것이라 믿는다. 나의 잠재력을 최대한 끌어내어 위대한 일을 할 것이라 아침 긍정일기에 적었다. 마음 에너지를 더 키워 주변 사람들에게 나누어 주겠다. 생각과 행동을 항상 올바르고 위대하게 할 것이라 긍정 외침을 한다.

아침 긍정일기를 쓰며 평소 감명 깊게 읽었던 책들도 블로그에 정리해서 올리고 있다. 수많은 세일즈 실용서적부터 《채근담》, 《정관정요》, 《한비자》, 《도덕경》, 《제갈량》 등의 고전에 이르기까지 다양한 책들을 읽고 있다. 그중에 아침 긍정일기는 네빌 고다드의 《부활》이라는 책과 영혼의 글이 깊이 새겨 있는 책의 내용을 마음으로 받아들이면서 쓰게 되었다. 책을 읽고 긍정일기에 정리하면서 성공한 내용들이 다시금 나와 맞닿아 있음을 느끼고 있다. 리처드 브랜슨과 같은 열정적인 CEO에 대해서도 긍정일기에 닮고 싶은 인물로 그려 나간다. 엘론 머스크, 피터 틸, 마윈, 스티브잡스 등의 성공한 사람들에게서도 많이 배울 수 있었다. 또한 《성공의 법칙》을 발견해 낸 나폴레온 힐 덕분에 우주의 원리를 조금이나마 깨우칠 수 있다. 《성공하는 사람들의 7가지 습관》으로 너무나도 유명한 스티븐 코비 박사님의 책도 다시 읽는다. 《유쾌한 창조자》, 《끌어당김의 법칙》 등 영적인 해답을 내려주는 제리 힉스도 새롭게 만난 위인이다. 남경홍 소장님의 《허공의 놀라운 비밀》,

존 페인의《옴니》등도 의식을 확장하는 데 큰 영감을 주었다.

《네 안에 잠든 거인을 깨워라》의 저자 앤서니 라빈스는 나의 잠재력을 계발할 수 있게 동기 부여해줬다. 현재 나는 NLP 트레이너로서 앤서니 라빈스의 다른 책들도 보며 많이 배우고 다른 사람들에게도 기술을 알려주고 있다. 경험과 지식을 나누며 평생 성장하는 법을 알려주는《메신저가 되라》의 저자 브렌든 버처드도 내가 가고자 하는 길에 선구자적으로 성공을 이루어 낸 사람이다. 이 밖에도 수많은 영적인 멘토들의 삶을 행복이 살아 숨 쉬는 아침 긍정일기에 녹여내고 있다. 앞으로 계속 깨달음의 경험들을 책으로 더 많이 녹여낼 예정이다.

상상하는 바를
아침 긍정일기에 적는다

아침 긍정일기 쓰기를 내가 만약 '취업을 준비하는 때나 포항에서 해병대 소대장으로 근무하는 20대에 미리 썼더라면 내 인생이 어떻게 달라졌을까?'라는 생각을 해 본다. 나는 아침 긍정일기를 쓰면서 실패까지도 성공으로 만드는 놀라운 체험을 했기 때문이다. 아침 긍성일기 쓰기를 통해 내가 원하는 삶을 완성해 가고 있다. '풍요로움'을 내 안으로 끌어들이고 있다. 아침 긍정일기가 내 삶에 새로운 활력을 불어넣어 주고 있다. 그래서 아침 긍정일기 쓰기를 사회 초년생 때부터 하라고 강력히 권하고 싶다. 지금이라도 늦지 않은 30대 직장인들에게도 아침 긍정일기 쓰기를 해 보라고 말하고 싶다. 나처럼 아침 긍정일기 쓰기를 통해 중요한 깨달음을 얻을 수 있기를 바란다.

> '부모님 마음'을 편안하게 해드렸더니, 진정 효자가 되었다.
> '지금 당장' 하고 싶은 것을 시작했다.
> 몸과 마음과 영혼은 '하나의 에너지 흐름'으로 통했다.
> 이별, 대상이 아니라 문제는 바로 '나'였다.
> 내가 다른 사람보다 더 많은 가치를 느끼는 건 '시간'이라 깨달았다.

누구나 변화를 두려워한다. 그런데 나는 변화하지 않는 게 더 두려웠다. 나의 내면을 관찰해 제2의 인생을 살아야 한다고 깨닫는 순간 과감하게 모든 것을 바꿔야 한다고 생각했다. 이제껏 나를 감싸고 있던 조직의 후광도 벗어 던지고 싶었다. 월급의 달콤한 중독에서 벗어나고 싶었다. 내 이름 석 자만 가지고 세상과 맞서 나를 세워야 한다고 생각했다. 언젠간 해야 할 일이라면 '지금' 하는 것이 현명한 선택이라 여겼기 때문이다. 나는 내가 무엇을 원하는지 정확히 알고 있었다. 오로지 내가 깨달은 그대로를 다른 사람과 공유할 수 있다면 나는 성공할 수 있다고 믿었다.

현재 당신이 있는 위치는 당신이 생각하는 위치가 아닐 수 있다. 당신이 가는 길은 길이 아닐 수도 있다. 어디에 있는지, 어디로 갈 것인지 정하는 것이 어쩌면 당신을 더 헷갈리게 할 수도 있다. 미래가 불확실하다고 생각하는가? 미래가 불확실한 건 당신의 생각이 불확실하기 때문이다. 미래는 당신이 걱정하지 않아도 알아서 잘 가고 있다. 당신의 인생은 현재 당신이 생각하고 있는 그곳을 향해 가고 있을 뿐이다.

당신의 5분 후와 5년 후 모습을 동시에 보아야 한다. 당신이 원하는 것이 정확히 무엇인지 파악해야 한다. 지금이 중요한 것은 미래와 맞닿아 있기 때문이다. 목적지에 도달해 있을 당신을 생생하게 상상해 보라. 끝에서부터 생각하는 것이다. 아침 긍정일기에 당신 스스로 답을 적어나가며 구체화시킬 수 있다. 나의 아침 긍정일기는 2020년에도 계속된다. 미래에 아침 긍정일기를 쓰는 당신을 상상하라.

당신이 원하는 것이 정확히 무엇인지 파악하자.

'어떻게'를 아는 사람은 반드시 일을 찾을 것이다.

'왜'를 아는 사람은 반드시 성공할 것이다.

-다이안리비치

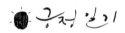

궁쳐 일기

1판 1쇄 인쇄 2015년 10월 26일
1판 1쇄 발행 2015년 10월 31일

지은이 조영근
펴낸이 임종관
펴낸곳 미래북
편   집 정광희
본문디자인 서진원
등록 제 302-2003-000326호
주소 서울시 용산구 효창동 5-421호
마케팅 경기도 고양시 덕양구 화정동 965번지 한화 오벨리스크 1901호
전화 02)738-1227(대) | 팩스 02)738-1228
이메일 miraebook@hotmail.com

ISBN 978-89-92289-75-7   03810